Caro Langdale

Harriets Team

krimibuch

Und wieder danke ich
Angelika, Barbara, Brigitta, Theresa und Ute

Bibliografische Informationen der Deutschen Nationalbibliothek:
Die Deutsche Nationalbibliothek verzeichnet diese Publikation
in der Deutschen Nationalbibliografie, detaillierte bibliografische
Daten sind im Internet über http://dnb.dnb.de abrufbar.

Umschlaggestaltung: Brigitta Lange
Unter Verwendung von Fotos von Ute Flohr

Herstellung und Verlag:
BoD - Books on Demand, Norderstedt

ISBN: 9783749464791

Prolog
21. April 2022, 23:43 Uhr

Wie war er bloß in diese aussichtslose Lage geraten?

Er lag in einer völlig verdreckten Garage hilflos am Boden, Kabelbinder schnitten ihm in Hand- und Fußgelenke, das Atmen fiel ihm schwer, denn mindestens eine Rippe fühlte sich gebrochen an, im Gesicht hatte er schmerzhafte Schürfwunden und sein linkes Auge war so geschwollen, dass er es nicht öffnen konnte. Darüber hinaus waren seine Chancen, diese Nacht zu überleben, äußerst gering.

Mehr als all diese düsteren Vorstellungen und Schmerzen aber quälte ihn der Gedanke, versagt zu haben.

Er hatte sich ein eigenständiges Projekt vorgenommen, die Planung mit niemandem abgesprochen, schon gar nicht mit ihr, und sich dann an die Umsetzung gemacht. Es war hervorragend gelaufen. Ohne Schwierigkeiten hatte er sich als Maulwurf in Lamonts Organisation eingeschleust und war nach und nach all dessen Vertriebsgeheimnissen auf die Spur gekommen. Es fehlten nur noch Details zu den kanadischen Zwischenhändlern und er war ein hohes Risiko eingegangen, um diese letzten Informationen zusammenzutragen. Ein zu hohes Risiko, wie er jetzt wusste.

Er hatte sich verraten und Lamonts Sicherheitschef hatte ihn von seinen Leuten zusammenschlagen und dann in diesen feuchten und dreckigen Verschlag werfen lassen.

Warum war er im Bemühen, die Sache zu einem schnellen Abschluss zu bringen, übereifrig und unvorsichtig geworden? Mit ein wenig Geduld hätte er die Informationen innerhalb weniger Wochen sicherlich auch risikolos erhalten.

Aber er hatte ihr ja unbedingt, noch bevor sie in den Norden zog, Lamont auf dem Silbertablett präsentieren wollen. Er hatte sie beeindrucken wollen. Einmal den Satz hören wollen: ‚Großartig, Tommy, das macht Dir so schnell keiner nach.'

Wenn er wenigstens seine ganzen Informationen gegen Lamont und seine Organisation so verwaltet hätte, dass sie nach seinem Tod Zugriff darauf hätte. Aber er hatte in seiner Selbstüberschätzung alles nur auf seinem Laptop gespeichert und den würden Lamonts Leute in Kürze zerstören. Und damit wäre seine ganze Arbeit des letzten halben Jahres für die Katz.

Die Wut über diese unnütze Verschwendung ließ ihn ein letztes Mal versuchen, seine Armfesseln zu sprengen, aber außer einem stechenden Schmerz brachte das kein Ergebnis. Mit einer letzten Kraftanstrengung schob er sich an die

Wand in seinem Rücken und schaffte es, sich so weit aufzurichten, dass er sitzend seinem Schicksal ins Auge blicken konnte. Er wusste selbst nicht, warum es ihm so wichtig war, nicht hilflos am Boden zu liegen, wenn Lamonts Leute zurückkamen. Nicht, dass es ihm was nützen würde, da machte er sich keine Illusionen. Sie würden aus ihm herausprügeln wollen, wer seine Auftraggeber waren, ihm nicht glauben, dass es keine gab und irgendwann zu weit gehen. Seine Leiche würde man nicht finden. Er würde mit Schlachtabfällen aus der Fleischindustrie an Bord eines heruntergekommenen Frachters in ein Drittweltland transportiert und dort entsorgt werden. Lamont selbst hatte ihm vor einiger Zeit albern kichernd erzählt, dass er das Spezialtransportunternehmen eigens zu diesem Zweck in seinen Firmenpool aufgenommen hatte.

Er war so erschöpft, dass er trotz aller beunruhigenden Gedanken in einen leichten Schlaf abdriftete. Er begann zu träumen. Oder war es mehr ein unterbewusstes Erinnern? Szenen aus dem letzten halben Jahr tauchten auf und begannen sich wild zu mischen.
Er sah die Examensfeier von Alisha, der jungen Afghanin, die ihr Ingenieurstudium mit Bravour absolviert hatte. Clive tauchte vor ihm auf, der triumphierend lächelnd erzählte, dass sie MacCaffrey des Mordes überführt hatten. Die bombastische Hochzeitsfeier von Kira und Ruslan spielte sich im Zeitraffer ab. Kolja und seine Leute huschten

durchs Bild. Tony, Angus, Clara und Pete, Laura und Carl, Rouben und sogar Bob Wilkins gaben sich in seinem Traum ein Stelldichein.

Er schreckte hoch, aufgeweckt von seinem eigenen Stöhnen. Angestrengt lauschte er, als könne er dadurch den Grund für seine tiefe Beunruhigung finden. Aber erst, als er halbwach seinen Traum Revue passieren ließ, wurde ihm klar, was ihn mehr als alle seine düsteren Zukunftsaussichten verstört hatte: Harriet war in seinen Träumen nicht ein einziges Mal aufgetaucht. Und dabei spielte sie doch die zentrale Rolle in ihrer aller Leben.

Jeder von ihnen hätte jederzeit alles stehen und liegen lassen, wenn Harriet sie brauchte. Ihr hatten sie all die irren Geschichten zu verdanken, die sie in den letzten beinahe zehn Jahren erlebt hatten.

Schweren Herzens musste er sich eingestehen, dass er sich vor ihrer Verachtung fürchtete. Und verachten würde sie ihn, wenn sie erfuhr, wie sein Ende ausgesehen hatte.

Für einen kurzen Moment hatte er, es mochte jetzt sieben Jahre her sein, geglaubt, sie könnten ein Paar werden, aber sie hatte ihm unmissverständlich klar gemacht, dass eine Liebesbeziehung in ihr rasantes Leben nicht hinein passte.

Das hatte sie so diplomatisch gemacht, dass er nicht das Gefühl gehabt hatte, sein Gesicht zu verlieren, und deshalb hatte es ihrer Freundschaft auch keinen Abbruch getan. Er hatte sich weiterhin aufgeregt, wenn sie sich in wahnsinnige Geschichten mit Schwerkriminellen und Politikern verwickelte, und er hatte sich immer als ihren zweiten Mann, dem sie vertraute, gesehen. Nicht als ihren Stellvertreter. Er war nicht so vermessen, zu glauben, er oder irgendjemand sonst könne an ihre Stelle treten.

Er hatte es sogar verstanden, als sie Rouben geheiratet hatte. Dabei war es sicher hilfreich gewesen, dass das keine Liebesheirat war, sondern planerisches Kalkül von Roubens Seite, der seine Unternehmensnachfolge regeln und seine Firma in sicheren Händen wissen wollte, bis die jungen Leute so weit waren.

Die Erschöpfung nahm überhand. Sein Herzschlag wurde ruhiger und er schlief wieder ein, diesmal, ohne zu träumen.

♦

März 2021

Harriet Day alias Arlette Katchatourian saß am Esstisch ihres Hauses in Bath und genoss ihr Frühstück. Für die zauberhafte Aussicht hatte sie keinen Blick, denn sie las aufmerksam einen mehrere Seiten umfassenden Bericht von Clive. Sie lächelte zufrieden.

Mit der Auflösung der kriminellen Vereinigung des russischen Paten Igor Andrejewitsch schien alles gut zu laufen. Sie hatte sich bisher vollkommen aus der Sache heraus gehalten und es den jungen Leuten überlassen, Igors Imperium abzuwickeln.

Mit Artur Bogdanovich, einem jungen IT-Spezialisten, hatten sie ein kongeniales Pendant zu Laura auf russischer Seite für ihr Team gewonnen. Da die beiden nur virtuell kommunizierten, klappte die Zusammenarbeit blendend. Igors Sohn Ruslan hatte nach und nach die seriösen Unternehmensteile aus dem Gesamtunternehmen herausgelöst und führte die Geschäfte fort.

Die halblegalen Bereiche wie Geldwäscheunternehmen und Briefkastenfirmen hatte er entweder in legale Firmen umgewandelt oder an andere Paten verkauft. Über kurz oder lang würde die russische Polizei dezente Hinweise erhalten, wo es sich zu suchen lohnte. Man müsste nur einige zuverlässige Polizisten finden, die nicht in den Diensten krimineller Organisationen standen. Das alles würde einige Zeit in Anspruch nehmen.

Nun ging es darum, den wirklich üblen Sumpf auszutrocknen. Drogen, Waffen, Menschen - Igor hatte mit allem gehandelt, was dreckig und gewinnbringend war. Besonders beunruhigend war ein riesiges Waffenarsenal, das unter anderem auch einige atomare Sprengköpfe aus sowjetischen Altbeständen enthielt, dazu ein ganzes Sortiment chemischer und biologischer Waffen.

Unter allen Umständen musste verhindert werden, dass diese Waffen in falsche Hände gerieten. Es war nur eine Frage der Zeit, bis Informationen zu diesen Waffen die russische Unterwelt erreichten. Zwar waren nur wenige von Igors Leuten eingeweiht gewesen, aber diejenigen, die nicht in englischen Gefängnissen einsaßen, weil sie vor einem halben Jahr bei einem vermeintlichen Kampf zwischen verfeindeten Gangs im unübersichtlichen Gelände der Haystacks verhaftet worden waren, würden schon bald den Kontakt zu anderen Paten suchen und ihr Wissen nutzen, um sich dort gut einzuführen.

Ruslan hatte gut daran getan, die Organisationsstruktur seines Vaters erst einmal unangetastet zu lassen, auch wenn das bedeutete, dass weiter dreckige Geschäfte gemacht wurden. Noch hatte niemand begriffen, dass Igor sein Imperium nicht mehr leitete. Zwar hatte man sich gewundert, dass ein Sohn mit ganz eigenen Leuten die Tagesgeschäfte führte, aber seine knappe Information, sein Vater baue mit seinen Vertrauten ein neues Geschäftsfeld in Südamerika auf, hatte die Leute zufriedengestellt.

Sein Vater war in der Welt des organisierten Verbrechens als der irre Igor bekannt, weil er völlig unberechenbar war. Ruslan, ein wohlerzogener Oxfordstudent, der sich durch Liebe zur Kunst, Literatur, Musik und zum Theater und durch ein sanftes Gemüt auszeichnete, schien gänzlich ungeeignet für den Job des Stellvertreters. Und doch hatte er sich schnell einen Namen in der russischen Unterwelt gemacht.

Dr. Thomas Hunter und Martin MacGregor - oder besser Andrew Carter und Clive Oakham, denn so hießen sie eigentlich - Harriets engste Vertraute, die ihr bei der Zerschlagung von James Days Mafia-Imperium zur Seite gestanden hatten, kümmerten sich dabei um den unerfreulichen Part der Geschäftsführung. Galt es, jemanden einzuschüchtern oder zur Kooperation zu bewegen, sorgten sie mit einem Trupp äußerst schlagkräftiger Leute für die nötige Einsicht auf der Gegenseite. Ruslan hielt sich stets zurück und griff erst wieder in die Verhandlungen ein, wenn sein Gesprächspartner entweder Einsicht zeigte oder im Dreck lag und nicht anders konnte, als einzulenken.

Schnell kursierte in der Branche der Mythos von Ruslan

Andrejewitsch, dem kühlen Analytiker, der jede Schwachstelle seines Gegners kannte und gnadenlos ausnutzte. Das trug ihm den Beinamen Ruslan der Erbarmungslose ein.

An Irre waren die Russen gewöhnt. Sie hatte es mit Zaren zu tun gehabt, mit Stalin und Beria und seit dem Zusammenbruch der Sowjetunion lebten sie mit willkürlich herrschenden Politikern und Oligarchen, die sich alle gleichermaßen durch eine gewisse Portion Wahnsinn und ein gerütteltes Maß an Persönlichkeitsstörungen auszeichneten.

Aber dieser absolut emotionsfreie, stets freundliche und durch nichts zu erschütternde junge Mann war für alle Russen, die mit ihm zu tun bekamen, eine völlig neue Erfahrung. Vor allem, wenn er innerhalb weniger Sekunden mit lächelndem Gesicht Existenzen zerstörte.

Sie ahnten nicht, wie viel Überwindung es ihn kostete, diese Rolle zu spielen. Am liebsten hätte er das Erbe seines Vaters den Wölfen zum Fraß vorgeworfen und mit allem nichts zu tun gehabt.

Aber Kira, Tony und Faizah, seine engsten Bezugspersonen und Vertrauten hatten ihm, direkt nachdem sein Vater verschwunden war, drastisch klar gemacht, was es bedeuten würde, wenn er diesen Kurs einschlug. Und so riss er sich zusammen, wann immer er mit kriminellem Abschaum zusammentraf, und spielte seine Rolle.

Harriet las weiter und ihr gute Stimmung bekam einen Dämpfer. Clive und Andrew kamen zu dem Schluss, dass

man die Illusion eines die Geschäfte seines Vaters erfolgreich fortführenden Ruslan nicht mehr lange würde auf-
recht erhalten können. Es hatte eine erste Razzia im Hafen
von Wladiwostok gegeben, bei der der Zoll zwei Fracht-
schiffe aufgebracht hatte, die zu Ruslans Flotte gehörten
und mit Waffen vollgeladen waren.

Kurz darauf hatte man am Flughafen von Nowgorod eine
große Drogenlieferung beschlagnahmt und gleichzeitig
drei wichtige Leute aus Ruslans Organisation verhaftet.

Niemand wusste, dass die Polizei in beiden Fällen die entscheidenden Hinweise von Ruslan selbst erhalten hatte,
denn er wollte um jeden Preis verhindern, dass die Waffenlieferung, die für islamische Rebellen in Somalia bestimmt
war, ihr Ziel erreichte. Und er hatte auch nicht dafür verantwortlich sein wollen, dass die Gegend um Nowgorod
mit einer neuen Designerdroge verseucht wurde, die viele
junge Menschen das Leben kosten würde.

Aber schnell kursierten Gerüchte, dass unzufriedene Mit-
glieder seiner Organisation gegen ihn arbeiteten. Das würde Ruslans Ruf nachhaltig beschädigen und machthungrige
Gegner auf den Plan rufen.

Erst vor wenigen Tagen hatte Kolja, Igors starker Mann in
Petersburg, in einem Lokal getönt, Ruslans Tage seien ge-
zählt und er, Kolja, werde an seine Stelle treten und Igors
Organisation zu neuer Blüte führen.

Man musste davon ausgehen, dass Kolja Verbündete suchen und dann Ruslan herausfordern würde. Die Frage war, wie man dieser Gefahr begegnen sollte.

Clive bat Harriet, an einem der nächsten Treffen der Andrejewitsch Vermögensverwertung Ltd. teilzunehmen und ihnen zu helfen, eine Strategie zu entwickeln. Er sah Andrew und sich außerstande und traute auch den jungen Leuten nicht zu, den nächsten schwierigen Part ohne Harriets Hilfe abzuwickeln.

Harriet seufzte. Das hieß wohl, dass sie zurück ins Hamsterrädchen musste.

Seit sie vor etwas über einem halben Jahr Ruslans Vater in einer gewagten oder genau betrachtet vollkommen wahnsinnigen Aktion unschädlich gemacht hatte, hatte sie ein recht ruhiges Leben in Bath genossen.

Sie engagierte sich in einer wohltätigen Organisation, die sich um benachteiligte Frauen und Kinder kümmerte, unterstützte recht regelmäßig das ehrenamtliche Team, das den Teegarten von Prior Park bewirtschaftete und arbeitete sich einmal mehr durch die Aufzeichnungen ihres Vaters, um neue Ansätze zu finden, dem organisierten Verbrechen in Großbritannien nachhaltig zu schaden.

Und anders als vor vier Jahren genoss sie dieses zurückgezogene, unspektakuläre Leben. Natürlich würde irgendwann der Punkt kommen, an dem sie sich wieder Aufregung und Aktivität wünschte, aber noch war es nicht so weit. Das hatte sie zumindest gedacht.

Clives Bitte nicht zu entsprechen war keine Option. Sie konnte ihn und die anderen nicht im Stich lassen, denn sie hatte sich umgekehrt immer hundertprozentig auf alle verlassen können. Wenn sie sich jetzt weigerte, würde sie das über die Jahre gewachsene Vertrauen nachhaltig schädigen.

Sie schickte Clive eine SMS mit der Frage, wann das nächste Treffen stattfände und wo.

Dann begann sie, über Kolja nachzudenken. Die dürren Informationen, die sie hatte, machten zumindest eins klar. Er war ein Großmaul und er hatte Ambitionen. Vielleicht konnte man dort ansetzen, wenn man ihn unter Kontrolle bekommen wollte. Es wäre gut, wenn er nicht wüsste, dass Ruslan vor ihm gewarnt worden war. Als erstes mussten sie also herausfinden, von wem die Information stammte, dass Kolja in Petersburg den starken Mann markierte.

Sie mussten sicher sein, dass derjenige nicht zu Koljas Leuten gehörte, sondern auf Ruslans Seite stand.

Und dann würde das übliche Spiel beginnen. Wenn du einem Kampf nicht aus dem Wege gehen kannst, dann musst du wenigstens dafür sorgen, dass er auf deinem Terrain und nach deinen Regeln stattfindet.

◆

„Wir müssen nach Petersburg."

Kaum hatte Harriet diesen Satz ausgesprochen, sprachen alle durcheinander.

„Wir können nicht … "

„Das geht nicht… "

„Das ist doch der absolute Wahnsinn … "

Harriet lehnte sich zurück und wartete, bis der Sturm der Entrüstung nachgelassen hatte. Dann lächelte sie freundlich in die Runde.

„Und warum ist das unmöglich, Wahnsinn, ausgeschlossen?" fragte sie.

Faizah ergriff das Wort.

„Weil wir uns dann auf Koljas Terrain begeben und es immer schlecht ist, auf feindlichem Gebiet zu kämpfen. Denkt dran, was mein Vater immer gesagt hat: ‚Lock' den Feind auf dein eigenes Grundstück und er hat verloren'."

Ein vielstimmiger Chor pflichtete ihr bei, auch wenn Tony die Augen verdrehte, als Faizah ihren Vater zitierte.

„Ich habe ja auch nicht gesagt, dass wir ihn in Petersburg unschädlich machen. Meine Idee ist: Wir streuen das Gerücht, dass Ruslan mit einigen seiner Leute höchst unzufrieden ist und deshalb alle Departments persönlich besucht. Artur kann uns bestimmt mit ausreichenden Informationen versorgen, dass Ruslan jeweils einen guten Grund hat, durchzugreifen. Er statuiert in einem Ort ein Exempel, degradiert einen Führungsoffizier in einem anderen, löst eine ganze Gruppe in einem wichtigen Standort auf. Das passiert mit brutaler Härte, so dass alle anderen gewarnt sind und sich fragen, wann sie ihr Schicksal ereilen wird. Und dann fährt Ruslan nach Petersburg.

Aber anstatt Kolja, der mit Schlimmem rechnet und seine Leute auf Krieg vorbereitet hat, zu kritisieren, macht Ruslan ihn zu seinem Stellvertreter und zum Gebietschef für den ganzen Osten jenseits des Urals. Einzige Bedingung: Kolja muss den Wohnort wechseln, damit er näher am Geschehen ist. Einen Teil seiner Leute nimmt er mit dorthin, eine ganze Reihe aber bleiben weiterhin in Petersburg, um im dortigen Segment für Stabilität zu sorgen."

„Und was soll das bringen? Er wird doch nur um so gefährlicher, wenn er plötzlich der starke Mann neben Ruslan ist", wandte Kira ein.

„Nun, erst einmal fühlt er sich sicher und glaubt, er könne weiter im Hintergrund an seinem unaufhaltsamen Aufstieg arbeiten. Zweitens ist seine Gefolgschaft halbiert. Drittens ist er in Krasnojarsk von Leute umgeben, die von uns handverlesen sind und den Auftrag haben, ihn zu überwachen. Und viertens wird er im August zur Hochzeit nach England eingeladen. Er fühlt sich natürlich geehrt und leistet der Einladung Folge. Und dann haben wir ihn auf unserem Grundstück, um es mit Faizahs Vater zu sagen."

„Moment mal, welche Hochzeit?", fragte Ruslan verblüfft.

„Na, Deine und Kiras, natürlich", lautete Harriets lapidare Antwort. „Der August ist ein wirklich schöner Monat, um zu heiraten."

„Aber … ", stotterte Ruslan.

„Heißt das, Du willst mich gar nicht heiraten?" Kiras empörter Gesichtsausdruck verhieß nichts Gutes.

„Ihr könnt den armen Jungen doch nicht so überfallen", mischte sich Clive vermittelnd ein. „Natürlich will er Kira heiraten, aber vielleicht solltet Ihr ihm doch die Chance geben, ihr einen richtigen Antrag zu machen. Ich gebe zu, Harriets Idee hat vieles für sich. Ich schlage vor, wir ziehen uns jetzt alle mal für ein, zwei Stunden zurück und tun, jeder für sich, was wir tun müssen. Und dann treffen wir uns hier wieder." Bei seinen letzten Worten sah Clive Ruslan bedeutungsvoll an und der nickte kaum merklich, zum Zeichen, dass er verstanden hatte.

◆

April 2021

Kolja hatte Übung als Großmaul. Deshalb gelang es ihm, seine Männer perfekt darüber hinwegzutäuschen, dass er sich Sorgen machte. Ruslan hatte sich angekündigt. Er wolle sich vom Zustand der Sektion Petersburg überzeugen, hatte er am Telefon zu Kolja gesagt.

Wann immer Ruslan in den letzten drei Wochen mit diesen Worten einen Besuch angekündigt hatte, hatte das böse Folgen für die Besuchten gehabt. Bjelaja war in Wladiwostok liquidiert worden, weil Ruslan ihn für den Verräter hielt, der die Waffenlieferung preisgegeben hatte. Ein neuer Sektionschef war noch nicht benannt, aber Ruslan hatte angekündigt, dass er das in Kürze nachholen und verkünden werde, welcher von Bjelalas Stellvertretern aufsteigen werde. Zwischen denen war daraufhin Hauen und Stechen losgegangen. Ristows Wagen war in die Luft geflogen, als er sich gerade zu seiner Geliebten chauffieren lassen wollte, und Krawtschenkow lag, nachdem er beim Verlassen eines Edelbordells angeschossen worden war, lebensgefährlich verletzt auf der Intensivstation eines teuren Privathospitals. Somit gab es nur noch zwei der ehemals vier

Stellvertreter und alle fragten sich, welcher letztlich überleben würde.

Vor zwei Wochen war in Jekaterinenburg Tschernjekow abgelöst worden. Ruslan hatte zwar sein Leben verschont, aber er war zum Mitglied der Fußtruppe in der Sektion Ochotsk degradiert worden.

In Krasnojarsk war eine Woche später gleich die ganze Führungsgruppe „abberufen" worden, was vermutlich ein Euphemismus für umgebracht war. Niemand aus der Gruppe war seitdem gesehen worden. Alle warteten gespannt darauf, dass das entstandene Machtvakuum von Ruslan gefüllt wurde, aber bislang war nichts geschehen.

Und nun würde Ruslan nach Petersburg kommen.

Noch fühlte sich Kolja nicht stark genug, Ruslan mit offener Aggression zu begegnen, zumal er auch nicht sicher sein konnte, dass die anderen Sektionschefs ihn als neuen Boss anerkennen würden. Einen lang anhaltenden Krieg um die Nachfolge konnte sich die Organisation auf keinen Fall leisten, so viel war klar. Es gab genug andere, die gierig darauf lauerten, dass Andrejewitschs Imperium wankte. Wenn Kolja also Ruslan erfolgreich verdrängen wollte, brauchte er starke Verbündete und die musste er erst noch gewinnen.

Allerdings galt es, Vorsorge zu treffen, damit es ihm nicht so erging wie Bjelaja in Waldiwostok. Kolja hatte also sehr genau geplant, wo er Ruslan am späten Nachmittag begegnen würde. Das Haus hatte Ausgänge zu zwei Strassen, an denen jeweils gut motorisierte Fluchtfahrzeuge bereit standen. Darüber hinaus gab es einen zusätzlichen Hinterausgang, der in einen Innenhof führte, der wiederum eine ganze Reihe von Fluchtwegen eröffnete. Für einen Ortsfremden wäre es also so gut wie unmöglich, jemanden zu verfolgen, der sich auskannte.

Das ganze Haus war voll von Koljas Gefolgsleuten, die schwer bewaffnet zu allem bereit waren. Kolja hatte das damit begründet, dass man um jeden Preis Ruslan gegen einen möglichen Angriff eines Konkurrenten absichern musste. Eine Handvoll Leute wussten, dass das Treffen zwischen Ruslan und Kolja unter Umständen nicht harmonisch enden würde und waren darauf vorbereitet, ihren Boss herauszuhauen, wenn es hart auf hart ging.

Kolja fühlte sich gut vorbereitet und hatte den ganzen Tag eine entspannte Miene zur Schau getragen, aber die Angst vor dem, was auf ihn zukam, nagte dennoch an ihm.

Als Ruslan mit seinem zwölfköpfigen Begleittross fünf Minuten vor der vereinbarten Zeit eintraf, musste Kolja sich sehr zusammenreißen, um seiner Aufregung Herr zu werden. Er war ein Bär von einem Mann und er bemühte sich um einen besonders festen Händedruck, der aber im Ansatz scheiterte. Gerne hätte er dem schmächtigen, blonden Kerlchen mit der Balletttänzerfigur die Hand zerquetscht, musste aber feststellen, dass irgend etwas ihn hinderte, kräftig zuzudrücken. Verwirrt löste er seinen Griff und verlegte sich auf Leutseligkeit.

Er bat Ruslan herein und bot ihm den prächtigsten Sessel im Raum an, der allerdings den Nachteil hatte, dass man sehr tief hinein sank und nur mit Mühe wieder aufstehen konnte. Ruslan reagierte ebenso leutselig. Mit den Worten, er werde doch dem Petersburger Sektionschef nicht den Chefsessel wegnehmen, ließ er sich auf einem ungepolsterten Stuhl nieder und Kolja blieb nichts anderes übrig, als sich in die Polster des kleinen Throns fallen zu lassen. Das Ergebnis war, dass man nicht von Augenhöhe sprechen konnte, auf der sich die beiden Männer begegneten. Kolja schaute nämlich auf Ruslans Brustbein und musste zu ihm aufblicken, wenn er in sein Gesicht sehen wollte.

Ruslans Männer hatten sich blitzschnell strategisch so an die Seiten und in die Ecken des Raums verteilt, dass sie ihn vollständig unter Kontrolle hatten und Koljas Männer gezwungen waren, mitten im Raum stehen zu bleiben.

Bevor Kolja noch etwas zu trinken anbieten konnte, hatte einer von Ruslans Männern schon eine Mahagonikiste auf einen Tisch gestellt und entnahm ihr eine Vielzahl an Gläsern und einige Whiskyflaschen.

„Sie erlauben mir, Ihnen einige Flaschen eines 30 Jahre alten Single Malt als Gastgeschenk zu überreichen. Vielleicht möchte einer Ihrer Leute so nett sein, für uns alle einzuschenken?"

Kolja winkte einen seiner Männer zum Tisch.

„Es ist mir eine Ehre, Sie endlich kennenzulernen", sülzte

er, „Ihr Vater hat immer Gutes von Ihnen zu berichten gewusst, wenn er uns besuchte. Und nach allem, was in den wenigen Monaten geschehen ist, in denen Sie die Geschäfte führen, kann ich nur sagen, er hat völlig recht gehabt."

Er mühte sich aus dem Sessel heraus und ging zu einem der großen Fenster, die zur Magdalinskiy-Strasse lagen. Alle Augen folgten ihm, so dass niemand bemerkte, dass der Mann, den er mit dem Einschenken der Getränke beauftragt hatte, die Gelegenheit nutzte, um sich von der Unversehrtheit der Flasche zu überzeugen, einen Probeschluck aus dem ersten Glas nahm, Kolja verstohlen zunickte und erst dann die Gläser füllte.

Währenddessen schwadronierte Kolja von den Vorzügen eines Mannes wie Andrejewitsch, seiner Weitsicht, die an den Ausblick aus dem Fenster erinnerte, an dem er, Kolja, jetzt gerade stehe, Igors Ideenreichtum, der ihn neue Geschäftsfelder auf neuen Kontinenten eröffnen ließ, seinem Glück, einen so würdigen Nachfolger wie Ruslan sein eigen nennen zu dürfen. Dabei wirkte er aufs Äußerste gespannt. Als das letzte Glas gefüllt war, setzte er sich wieder in seinen Polstersessel. Die Gläser wurden herumgereicht.

Ruslan hob sein Glas und erwiderte:

„Ich danke Ihnen für die freundliche Begrüßung und kann sagen, dass mein Vater für Sie stets Worte des Lobes gefunden hat. Ich erinnere mich noch genau, was er gesagt hat, als ich sechs Jahre alt war und er aus Petersburg zurückkam. ‚Ruslan', sagte er, ‚in Petersburg steht ein Mann in meinen Diensten, der es weit bringen wird. Dieser Kolja ist klug, umsichtig und gewitzt. Nächstes Mal werde ich ihn befördern.' Und das hat er dann ja auch getan, wenn ich mich richtig erinnere. Zwei Jahre später hat er Sie zum Stellvertreter des Sektionschefs gemacht und weitere drei Jahre später haben Sie nach Gronskis Tod die Führung übernommen, nicht wahr?"

„Dass Sie das wissen?!", staunte Kolja, sichtlich gerührt und entspannte sich ein wenig.

„Mein Vater hat mir beigebracht, immer zu wissen, was im Unternehmen los ist. Und deshalb reise ich auch im Moment zu allen Sektionen und mache mich mit den Gegebenheiten vor Ort vertraut. Was sich als sehr klug herausstellt. Denn längst nicht überall stehen die Dinge zum Besten."

Kaum hatte Ruslan den letzten Satz mit seinem gewohnt freundlichen Gesicht geäußert, da verkrampfte sich Kolja wieder und sein leutseliger Ausdruck wich einem äußerst wachsamen Blick.

Ruslan fuhr fort: „Mancherorts hat nur eine gewisse Nachlässigkeit Einzug gehalten, die ein effektives und wirtschaftliches Arbeiten unserer Organisation behindert. An anderen Stellen musste ich leider drastische Exempel statuieren, weil dort ganz offensichtlich zweit- und drittrangige Führungskräfte zu dem Eindruck gelangt waren, sie selbst könnten das Schiff besser lenken, als der Kapitän, wenn Sie mir dieses Bild verzeihen wollen."

Koljas Blick irrte gehetzt durch den Raum, als wolle er sich vergewissern, dass seine Leute ihn beschützen würden vor dem, was jetzt unweigerlich kommen musste. Es war aussichtslos. Ruslans Männer kontrollierten den Raum und seine Leute hatten keine Chance.

„Ich bedauere, dass ich in solchen Fällen mit einer gewissen Härte vorgehen muss, aber entgegen aller in Oxford erlernten Grundsätze zum Thema Basisdemokratie und Mitarbeiterbeteiligung halte ich es mit der Maxime meines Vaters. Auf einem Schiff kann es nur einen Kapitän geben. Ich denke, nach den letzten Wochen ist dass nun wieder allen klar, nicht wahr?"

Kolja war in seinem Thron zusammengesackt und reagierte nicht auf die rhetorische Frage.

„Sie sind doch sicher ganz meiner Meinung, Kolja? Durch die vielen Erzählungen meines Vaters sind Sie mir so vertraut, ich darf doch Kolja sagen?"

Kolja riss sich mit Mühe zusammen und stotterte sein Einverständnis.

Ruslan erhob sich und nahm eine kleine Wanderung durch den Raum auf. Dabei sprach er sinnend weiter:

„Nun, es ist ein Glück, dass sich nicht überall Schlendrian und Selbstüberschätzung breit gemacht haben. Nehmen wir zum Beispiel Ihre Sektion, Kolja. Hier steht alles zum Besten. Ihre Niederlassung arbeitet gut, die betriebswirtschaftlichen Ergebnisse sind äußerst zufriedenstellend, die Personalführung könnte manch anderer Sektion als Beispiel dienen."

Kolja richtet sich in seinem Thron langsam so weit auf, wie es die Polster zuließen und blickte Ruslan beinahe staunend an.

„Ich habe also meinem Vater, mit dem ich regelmäßig konferiere, vorgeschlagen, Sie, Kolja, für die Zeit seiner Abwesenheit zu meiner rechten Hand zu machen."

Der Ausdruck blanker Ungläubigkeit auf Koljas Gesicht wich einem erst zögerlichen Lächeln, das in ein Strahlen überging.

‚Moskau, endlich Moskau', war alles, was er denken konnte.

„Wir werden die Struktur unseres Unternehmens grundlegend umbauen. Ein wichtiger Teil ist die Stärkung unserer sibirischen Unternehmungen. Bislang hat dort jede Niederlassung sehr eigenständig operiert. Ich habe meinen Vater davon überzeugen können, dass wir eine starke Führung brauchen, die diese Niederlassungen verzahnt und ihre Operationen optimiert. Und wer wäre da besser geeignet als der neue Stellvertreter."

Auf Koljas Gesicht hatte sich ein selbstzufriedenes Grinsen breit gemacht.

„Sie, Kolja, werden mit einem Teil ihrer Leute noch diese Woche nach Krasnojarsk übersiedeln. Jewgenij", Ruslan deutete auf einen von Koljas Männern, „wird dort die lokale Führung übernehmen und damit die Vakanz schließen, die sich nach dem Weggang der bisherigen Führungscrew ergeben hat. Ihre Aufgabe als unser Stellvertreter, Kolja, wird es sein, sich ein umfassendes Bild der einzelnen Niederlassungen zu machen, Schwachstellen zu beheben und unserer Organisation im großen Osten zu neuer Schlagkraft zu verhelfen."

Das Lächeln in Koljas Gesicht hatte seine Selbstzufriedenheit verloren und wirkte ein wenig starr.

„Und was wird mit Petersburg?", brachte er mühsam heraus.

„Petersburg wird kommissarisch von Ihrem bisherigen Stellvertreter Wadim geleitet, bis wir zu einer endgültigen Lösung gekommen sind. Ein gut bestelltes Haus ist leichter zu führen als ein Saustall, wenn Sie mir diese drastische Wortwahl erlauben."

Es herrschte Totenstille im Raum. Ruslans Männer standen vollkommen entspannt, aber auf den Gesichtern von Koljas Leuten ließen sich jede Menge widerstreitende Gefühle ablesen.

Jewgenij und Wadim konnten ihr Glück nicht fassen, soeben zu Sektionschefs befördert zu werden, auch wenn Jewgenij das lieber nicht im fernen Sibirien geworden wäre. Beim Fußvolk überwog die Befürchtung, sie seien womöglich dazu verdammt, mit Kolja nach Sibirien umzusiedeln. Und bei Kolja selbst hielten sich Stolz und Wut die Waage. Stellvertreter ja, natürlich. Er war zufrieden, dass Andrejewitsch unter dem Einfluss seines Sohnes endlich erkannt hatte, was in ihm steckte. Aber der Preis, dafür nach Krasnojarsk gehen zu müssen, war eine Kröte, die beinahe zu groß war, um sie zu schlucken.

Kolja wurde sich der erwartungsvollen Blicke bewusst, die sich auf ihn richteten. Alle im Raum warteten darauf, dass er etwas sagte. Er stemmte sich aus dem Polsterstuhl hoch, gewann seine Fassung zurück und blickte Ruslan - so hoffte er - fest in die Augen, als er sagte:

„Es ist mir eine Ehre, dass Sie und Ihr Vater so großes Vertrauen in mich setzen. Ich werde Sie nicht enttäuschen."

Dann wendete er sich an seine Männer und fuhr fort:

„Leute, ich werde noch heute entscheiden, wen von Euch ich bei der großen Aufgabe, die ich soeben erhalten habe, benötige. Morgen früh gebe ich Euch Bescheid."

Ruslan ergriff das Wort.

„Nun, Kolja, Sie haben jetzt jede Menge zu tun. Wir werden Sie also nicht länger von der Arbeit abhalten. Mitte Mai erwarte ich Sie in Moskau zu einem ersten Bericht. Ich wünsche Ihnen allen bis dahin eine gute Zeit."

Ruslan reichte seinem gerade neu ernannten Stellvertreter die Hand und wieder gelang es diesem nicht, dem schmächtigen Mann die Hand zu quetschen und dabei hätte er so gerne dessen schmerzverzerrtes Gesicht gesehen.

Wie zufällig formierten sich Ruslans Leute in einer Raute um ihn, so dass er von allen Seiten geschützt wurde und gemeinsam verließ die Gruppe das Gebäude. Sekunden später fuhren vier große Geländewagen vor, die Gruppe verteilte sich in Windeseile auf die Fahrzeuge und die Ko-

Ionne fuhr davon. Schon an der nächsten Kreuzung aber fuhren die vier Wagen in vier unterschiedliche Richtungen und fuhren so lange kreuz und quer durch die Stadt, bis man sicher sein konnte, dass mögliche Verfolger abgehängt waren. Einer der Wagen steuerte den Flughafen Pulkovo an, zwei der anderen Wagen fuhren zu kleinen Flugplätzen in der näheren Umgebung und der vierte nach Weliki Nowgorod, wo die Männer in den Nachtzug nach Moskau stiegen.

♦

„Deine Strategie ist hundertprozentig aufgegangen. Woher wusstest Du, dass das so ablaufen würde?", wandte sich Ruslan an Harriet.
Vor drei Tagen waren Ruslan, Andrew und Clive aus Moskau zurückgekehrt. Nun saßen sie mit Faizah, Kira und Harriet in deren Wohnzimmer in ihrem Haus in Bath.
„Ich habe das nicht gewusst. Aber solche Typen wie diesen Kolja gibt es viele auf der Welt und sie sind alle gleich gestrickt. Sein Ehrgeiz wird ihn jetzt eine Weile mit dem Posten als Stellvertreter und Chef von ganz Sibirien zufrieden sein lassen, gleichzeitig hasst er dich dafür, dass Du ihn

nach Krasnojarsk geschickt hast, ans gefühlte Ende der Welt. Er hatte bei dem Begriff *Stellvertreter* bestimmt an Moskau gedacht. Er wird nun eine ganze Weile brauchen, bis er wieder eine Fußtruppe um sich geschart hat, die er für ausreichend schlagkräftig hält, um sich erneut an dich heranzuwagen. Ich schätze, Du hast drei, vier Monate gewonnen, um Igors Imperium weiter zu zerlegen und dann musst Du Kolja endgültig unschädlich machen."

„Sein Gesicht hättest Du sehen müssen, als er versuchte, dem Kleinen die Hand zu zerquetschen und es ihm nicht gelang." Andrew schmunzelte bei der Erinnerung.

„Wie hast Du das eigentlich hingekriegt?", wollte Clive wissen.

„Ach, die Damen haben mir dankenswerterweise einen kleinen Trick verraten, wie sie es schaffen, dass ihnen die Kerle die Hände nicht zermalmen. Du musst vermeiden, dass sie deine Finger erwischen, sondern Deine eigene Hand so weit vorschieben, dass die Wölbung zwischen Deinem Daumen und Zeigefinger genau in der der gegnerischen Hand liegt. Dann kann der andere unmöglich fest zudrücken", erklärte Ruslan.

„Ich habe Koljas Gesicht übrigens sehr genau gesehen", sagte Harriet versonnen.

„Wie meinst Du das?"

„Vier der Männer waren mit Minikameras ausgestattet und ich habe die ganze Zeit sehen können, was in dem Raum passierte."

„Harriet hat mir gesagt, dass ich unter allen Umständen den gepolsterten Thron vermeiden soll, weil sie ahnte, dass er mich damit klein machen wollte, also, noch kleiner, als ich sowieso schon bin", grinste Ruslan.

„Harriet hat Dir gesagt ...?"

„Hast Du dich nicht gewundert, dass Ruslan an dem Tag eine Brille getragen hat, wo er doch sonst Brillen meidet wie der Teufel das Weihwasser? Diese Brille ist mit einem beinahe unsichtbaren Sender und Empfänger ausgestattet. Ich stand die ganze Zeit mit Ruslan in Funkkontakt und konnte ihm meine weisen Ratschläge einflüstern."

„Hätte ich mir doch denken können, dass Du nichts dem Zufall überlässt", seufzte Andrew schicksalergeben.

♦

Die beiden älteren Herrschaften waren Harriet oder besser Arlette sofort sympathisch gewesen, als sie sie im Januar zum ersten Mal getroffen hatte. Sie hatten, genau wie sie selbst, ein Theaterabonnement im Theatre Royal Bath. Beim ersten Mal war es bei einem unverbindlichen Anlächeln und einem „Guten Abend" geblieben, aber schon beim zweiten Mal waren sie in der Pause ins Gespräch gekommen.

Ethel und Matthew Granger waren beide knapp über siebzig, würden in Kürze Goldene Hochzeit feiern und hatten zwei Töchter. Die eine war im diplomatischen Dienst und seit einigen Jahren an der Botschaft in Wien tätig. Die andere arbeitete in Sheffield als Lehrerin an einer Grundschule und lebte mit einem Journalisten zusammen.

Matthew hatte gerade sein Architekturbüro in Plymouth verkauft und von dem Erlös hatten sie sich in Bath ein Haus am Laura Place gegönnt. Es war immer ihr Wunsch gewesen, ihren Ruhestand in dem architektonischen Traum aus honigfarbenem Sandstein zu verbringen. Sie waren stolz auf ihr Haus und Arlette hatte ihnen im März den Gefallen getan, ihrer Einladung zum Tee Folge zu leisten, die sie am vierten Theaterabend aussprachen.

„Wir kennen in Bath noch nicht viele Leute und unsere Freunde aus Plymouth scheuen die vermeintlich weite Strecke und erwarten, dass wir sie besuchen, denn wir kennen uns in Plymouth aus, sie in Bath hingegen nicht", hatte Ethel erklärt.

„Als wenn das die Fahrstrecke kürzer machen würde", hatte Arlette mitfühlend ironisch gesagt, was ihr ein freudiges Lächeln der beiden eingetragen hatte.

Ihr Teebesuch war ein voller Erfolg gewesen. Arlette hatte erst Ethels Teekuchen und Scones ausreichend zugesprochen und beides gelobt und dann das Haus bei einem ausführlichen Rundgang gebührend bewundert und die Renovierung gewürdigt, die eine ganze Reihe von Modernisierungsmaßnahmen umfasste, ohne aber das Haus in seinem Charakter zu beeinträchtigen. Alle Anstriche waren in Farbtönen vorgenommen worden, die gut von 1830 hätten stammen können.

„Da erkennt man wohl den Architekten, der Neues schafft, ohne Altes sinnlos zu zerstören", hatte sie bemerkt und den Stolz in Matthews Augen gesehen.

Seitdem hatte sich Arlette zwei Mal mit den Grangers zum Abendessen getroffen und hatte ihnen Prior Park gezeigt.

Bei einem Theaterbesuch Ende April hatte sie sich für die nächste Aufführung abgemeldet. Sie werde einige Tage bei Freunden in der Nähe von Manchester verbringen und könne daher den nächsten Termin nicht wahrnehmen. Aber Anfang Juni würde man sich auf jeden Fall wieder im Theater treffen.

Arlette war einigermaßen überrascht, als ihr Mobiltelefon klingelte und der Name der Grangers angezeigt wurde.

Matthew meldete sich und es war nicht zu überhören, dass er sehr aufgeregt war.

„Mrs. Katchatourian, entschuldigen Sie die Störung, aber meine Frau meinte, ich solle Sie unbedingt anrufen. Wir sind gerade zu Besuch bei meiner Tochter in Sheffield und die hat uns für heute Abend Karten für das Royal Exchange

Theater in Manchester geschenkt. Es tritt eine portugiesische Gruppe auf, die Macbeth als Komödie zeigt. Meine Tochter hat das gesehen und ist absolut begeistert. Nun fühlt sich aber meine Frau gar nicht wohl. Sie hat wohl eine Grippe und ohne sie habe ich keine Lust, in eine mir vollkommen unbekannte Stadt zu fahren und allein ins Theater zu gehen. Meine Frau meinte, Sie wären doch gerade in der Gegend und vielleicht hätten Sie ja heute Abend die Möglichkeit, mich nach Manchester ins Theater zu begleiten. Mir ist das ein wenig unangenehm, Sie zu stören. Das ist ja jetzt doch ein ziemlicher Überfall und so gut kennen wir uns ja auch gar nicht."

„Ganz im Gegenteil", beruhigte ihn Arlette, „das passt wunderbar. Meine Freunde haben heute Abend eine Verpflichtung und ich bin ganz allein zu Hause. Ich fahre sehr gern mit Ihnen nach Manchester. Würden Sie denn mit dem Auto fahren? Dann könnten Sie mich vielleicht mitnehmen, denn ich bin ungefähr auf der halben Strecke zwischen Sheffield und Manchester. Ich kann sonst aber auch gerne mit dem Zug fahren und Sie im Theater treffen."

„Nein, nein, ich fahre auf jeden Fall mit dem Wagen und ich hole Sie gerne ab. Nennen Sie mir Ort und Zeit und ich bin pünktlich zur Stelle."

Nach einem Blick auf den Autoatlas und ihr Tablet schlug Arlette einen Pub in Glossop vor, der direkt an der Hauptstraße lag, die Sheffield und Manchester verband. Das hatte den Vorteil, dass Matthew keinen Umweg fahren musste und für Arlette war es eine Fahrstrecke von gerade mal fünf Meilen. Außerdem hätte sie niemals jemandem ihre tatsächliche Adresse gegeben. Eine ganz grundsätzliche Vorsicht war ihr in den letzten Jahren einfach in Fleisch und Blut übergegangen.

♦

Matthew war überpünktlich in den Pub gekommen, in dem Arlette auf ihn gewartet hatte. Sie waren zügig aufgebrochen, denn Matthew kannte sich in Manchester nicht aus und wollte gerne in Ruhe am Theater eintreffen. Die Fahrt war gut verlaufen und sie hatten die City ohne Stau zügig erreicht. Gerade fuhren sie Deansgate entlang, denn Matthew wollte am nördlichen Ende der Straße ganz in der Nähe des Theaters in ein Parkhaus fahren.

Irgendetwas beunruhigte Arlette, aber sie konnte nicht definieren, was es war. Die Fahrt war angenehm verlaufen, Matthew war ein sicherer Fahrer und das Navigationsgerät wies den Weg. Sie hatten sich über diverse Theaterstücke unterhalten, sie hatte sich nach seiner Tochter und dem Gesundheitszustand seiner Frau erkundigt und das Gespräch war ungezwungen dahin geplätschert. Aber seit sie das innere Stadtgebiet von Manchester erreicht hatten, fühlte Arlette eine ständig wachsende Irritation. Etwas stimmte nicht. Wenn sie doch bloß für sich in Worte fassen könnte, was das war.

Sie mussten an der Kreuzung Deansgate/John Dalton Street an einer roten Ampel anhalten. Unvermittelt öffnete Arlette ihren Sicherheitsgurt und beugte sich nach vorn, so als wolle sie etwas aus dem Fußraum des Wagens aufheben. Tatsächlich griff sie nach ihrer Handtasche, riss die Beifahrertür auf und sprang aus dem Wagen. Noch ehe Matthew richtig begriffen hatte, dass seine Begleiterin ihn verlassen hatte, war diese in der Tür der Eckkneipe *Sawyer's Arms* verschwunden. Die Ampel sprang auf grün und da er auf der Geradeausspur stand und hinter ihm sofort wütend gehupt wurde, als er nicht losfuhr, blieb Matthew nichts anderes übrig, als weiter die Deansgate entlang zu fahren. Er versuchte, im Rückspiegel zu erkennen, ob Arlette den Pub wieder verließ, aber wenige Meter hinter der Kreuzung scherte ein kleiner Lieferwagen hinter ihm ein und versperrte ihm die Sicht. An der nächsten Kreuzung konnte er nicht nach links abbiegen, da die King Street in der für ihn falschen Richtung Einbahnstraße war, also bog er rechts ab und übersah im Eifer des Gefechts die nächste kleine Querstraße, die ihn hätte die Richtung wechseln und wieder nach Süden zur John Dalton Street fahren lassen

können. Er malträtierte sein Lenkrad mit wütenden Faust-
hieben und fluchte in einer Weise, die man dem distinguier-
ten älteren Herrn unter keinen Umständen zugetraut hätte.

Arlette Katchatourian würde er nicht wiederfinden, das
stand fest. Sie hatte Zeit genug gehabt, den Pub zu verlassen und irgendwo im Straßengewirr oder einem der großen Kaufhäuser zu verschwinden. Der geniale Plan vom
Chef war schief gegangen und er konnte sich nicht erklären, warum. Was hatte sie veranlasst, aus seinem Wagen
zu springen? Er fuhr völlig regelwidrig auf den Bürgersteig
ins absolute Halteverbot, stellte den Motor aus, griff zum
Handy und wählte. Er wusste, dass das folgende Telefonat
kein angenehmes sein würde.

◆

Während Matthew Granger sich eine fernmündliche Abreibung wegen seines Versagens abholte, hatte Harriet das
Sawyer's Arms so schnell wieder verlassen, wie sie es betreten hatte. Sie sah, dass Matthew nach rechts abbog. Rasch
lief sie genau in die entgegengesetzte Richtung, bog nach
rechts in die Southgate ab und verschwand an der nächs-

ten Kreuzung in einem riesigen Kaufhaus und dessen Damenmodenabteilung.

Innerhalb kürzester Zeit hatte sie sich von einer eleganten blonden Theaterbesucherin mit modischer Kurzhaarfrisur in eine sportiv gekleidete brünette Brillenträgerin mit Jeans, Sneakern und Barbourjacke verwandelt. Sie verließ das Kaufhaus am diagonal gegenüber gelegenen Ausgang und ließ sich in einem kleinen italienischen Restaurant an einem versteckt liegenden Tisch nieder.

Erst jetzt, als sich nach der Vorspeise ihr Adrenalinspiegel so langsam normalisierte, merkte sie, dass sie sich zittrig fühlte. Zudem war sie wütend, richtig wütend. Und das in erster Linie auf sich selbst. Sie wurde nachlässig. Noch vor einem Jahr hätte sie Laura und Carl sofort damit beauftragt, neue Bekanntschaften auf Herz und Nieren zu prüfen. Und sie hätte sich niemals auf so eine Autofahrt eingelassen, ohne nicht mindestens eine Person aus ihrem Team als Backup einzusetzen. Natürlich hatte sie Clive und Faizah informiert, dass sie mit einem Bekannten aus Bath in Manchester ins Theater gehen würde, aber sie hatte nicht für ein Sicherheitsnetz gesorgt.

Langsam beruhigte sie sich. Es war ja gut ausgegangen. Sie merkte, wie das innere Flattern nachließ und sie ruhiger wurde. Sie überlegte, wie sie zurück nach Chinley kommen könnte. Der Zug war keine Option. Wenn dieser Matthew oder wie immer er in Wirklichkeit hieß, sein Geschäft auch nur halbwegs verstand, würde er den Hauptbahnhof überwachen. Und da er sicher nicht allein arbeitete, würde jemand ebenso die Autovermietungen überprüfen. Sie brauchte eine Landkarte oder einen Autoatlas. Sie zahlte und ging in eine nahegelegene Buchhandlung. Und als sie einige Karten studiert hatte, drängte sich ihr ein Plan, wie sie Manchester verlassen konnte, geradezu auf.

Sie kaufte eine Landkarte mit einem für ihre Zwecke bestmöglichen Maßstab und einen Ministadtplan von Manchester. Für ihren Weg nach Westen wählte sie wann immer möglich Fußgängerzonen, wechselte häufiger die Richtung und prüfte sehr genau, ob ihr jemand folgte und ging flott, aber entspannt zu einem Outdoorladen in der Tariff Street, wo sie ihre frisch erworbene Kleidung mit einem sehr warmen Pullover, einem Paar Fleece-Handschuhen und einer dicke Mütze ergänzte.

Dann ging sie weiter bis zum *Thomas Telford Basin*. In der kleinen Marina bastelten und schraubten jede Menge Sportbootschiffer an ihren Kanalbooten herum. Arlette setzte sich auf eine Mauer und schaute den Leuten eine Weile zu, dann ging sie zu einer Frau fortgeschrittenen Alters, die gerade ihrem Nachbarn zugerufen hatte, dass sie ihr Boot jetzt soweit flott hätte, und sprach sie an.

◆

Drei Stunden später, es war mittlerweile zehn Uhr abends und sie passierten gerade Marple und die kurz dahinter liegende Macclesfield-Kanal-Abzweigung, rief Harriet Clive an.

„Na, wie war das Theater?", wollte der gut gelaunt wissen.

„Das Theater musste leider ersatzlos gestrichen werden."

„Wie meinst Du das? Was ist passiert?"

„Das erkläre ich Dir, wenn ich zurück bin. Es tut mir leid, dass ich Dich so spät noch belästige, aber meinst Du, Du könntest mich in etwa einer Stunde am Bootsanleger in Whaley Bridge abholen? Moment, ich kläre mal eben, ob das zeitlich hinkommt."

Sie schaute Carlotta, ihre Bootsführerin, fragend an und diese nickte zustimmend.

„Carlotta sagt, dass wir das schaffen. Ich weiß, dass das wirklich eine Zumutung ist, ... "

„Ach, was. Natürlich sammele ich Dich da ein. Kein Problem. Aber wer ist Carlotta? Und wieso Whaley Bridge? Dein Wagen steht doch in Glossop?"

„Das erkläre ich Dir auch später. Es ist alles ein wenig anders gelaufen als geplant. Ich ruf Dich wieder an, wenn wir in Whaley Bridge ankommen, dann können wir einen genauen Treffpunkt vereinbaren."

Harriet beendete das Gespräch noch bevor Clive eine weitere Frage hätte stellen können. Sie wollte ihm ganz bestimmt nicht jetzt am Telefon und in Carlottas Hörweite erklären, wieso sie mit einem Kanalboot unterwegs war, anstatt gemütlich im Theater zu sitzen.

Pünktlich um elf Uhr erreichten sie das Whaley Bridge Basin. Carlotta legte an.

„So, Mädchen, da sind wir. Da bin ich ja unverhofft zu einem Ausflug aufs Land gekommen. Ich bleib' über Nacht hier und morgen tuckere ich gemütlich zurück und schau mir die Gegend an. Heute Abend kann man ja nicht mehr viel sehen."

Sie amüsierte sich offensichtlich ganz prächtig. Harriet dankte ihr vielmals, zahlte ihr den vereinbarten Reisepreis, der ihr lächerlich gering vorkam, und sprang auf die Kaimauer.

„Wenn Du noch mal eine Bootstour machen möchtest, Du weißt ja jetzt, wo Du mich findest", rief ihr Carlotta hinterher.

Harriet dreht sich kurz um, winkte fröhlich und rief: „Worauf Du Dich verlassen kannst."

Dann rief sie Clive an und verabredete sich mit ihm auf dem Supermarkt-Parkplatz, der einen Katzensprung von der Anlegestelle entfernt lag.

Zehn Minuten später ließ sie sich in den Beifahrersitz von Clives Range Rover fallen.

Mit dem ihm eigenen Takt ließ er sich Zeit, bis die Neugier schließlich doch Überhand gewann.

„Verrätst Du mir jetzt, was da heute Abend passiert ist?"

Harriet seufzte.

„So ganz genau kann ich Dir das auch noch nicht sagen. Ich hatte Euch ja gesagt, dass ich mit Matthew ins Theater will, weil seine Frau krank geworden ist. Wir haben uns wie vereinbart in Glossop getroffen, sind nach Manchester gefahren und je näher wir an unser Ziel kamen, ein umso komischeres Gefühl hatte ich. Schließlich bin ich an einer Ampel aus dem Wagen gesprungen und in einer Kneipe verschwunden, in der Hoffnung, dass Matthew erst was mit seinem Wagen anstellen muss und mir nicht so schnell folgen kann. Das hat auch wunderbar geklappt."

Sie berichtete von ihrem Ausflug in die Damenabteilung des Kaufhauses, dem Besuch in der Buchhandlung und schließlich, wie sie Carlotta getroffen hatte und für eine kleine Flusspartie nach Whaley Bridge gewinnen konnte.

„Was, glaubst Du, hatte dieser Matthew denn vor?", wollte Clive wissen, nachdem sie ihren Bericht beendet hatte.

„Wenn ich das wüsste. Ich vermute mal, es sollte auf die Entführung der reichen Mrs. Katchatourian hinauslaufen, um ein saftiges Lösegeld zu erpressen. Ich werde Laura und Carl morgen früh sofort mit einer umfassenden Recherche beauftragen. Ich will wissen, wer diese Leute tatsächlich sind. Ich hoffe, Matthew hat ordentlich Stress mit Ethel gekriegt, weil er es verbockt hat."

„Aber was hat er denn eigentlich verbockt? Was hat Dich misstrauisch werden lassen?"

„Mir hatte er erzählt, er sei noch nie in Manchester gewesen. Während der Fahrt fiel mir dann auf, dass er mit schlafwandlerischer Sicherheit immer genau auf die richtige Spur wechselte, noch bevor das Navi eine entsprechende Anweisung gegeben hatte. Beim ersten Mal habe ich das für einen Zufall gehalten, aber dann hat mich das doch gewundert. Und als wir an der Ampel halten mussten, wo die John Dalton Street Deansgate kreuzt, wurde mir klar, dass er nicht die Ampel im Auge hatte. Normalerweise schaust Du doch auf die Ampel, besonders, wenn Du fremd in einer Stadt bist. Der Typ schaute aber in eine völlig falsche Richtung. Und dann realisierte ich, dass das bei den letzten beiden Ampeln auch schon der Fall gewesen war. Er hatte nie die Ampeln angeschaut, sondern im einen Fall ein großes Hinweisschild, das das Licht einer anderen Ampel reflektierte und im zweiten Fall eine Schaufensterscheibe, in der sich ebenfalls eine andere Ampel spiegelte. Und jedes Mal war er ohne Zögern angefahren, wenn die Reflektion oder Spiegelung der anderen Ampel die Farbe wechselte, obwohl unsere Ampel noch rot war und erst Bruchteile von Sekunden später umsprang. Plötzlich wusste ich, dass er mich angelogen hatte. Hundertprozentig kennt er Manchester wie seine Westentasche, sonst könnte er dort nicht so Auto fahren. Und wenn das gelogen war, was war dann noch alles eine Lüge? Da ich gelernt habe, meinen Instinkten zu vertrauen, habe ich mein Täschchen geschnappt und bin abgehauen."

„Umberto Eco wäre stolz auf Dich", lobte Clive sie.

„Wieso?"

„Na, er als Semiotiker wäre begeistert darüber, wie Du die Zeichen gelesen hast und daraus die Wahrheit abgeleitet hast."

„Noch wissen wir ja nicht, ob ich mit meinem Verdacht recht habe. Vielleicht hatte er ja ganz harmlose Gründe, so zu tun, als kenne er Manchester nicht? Vielleicht geht er dort regelmäßig zu einer Prostituierten und seine Frau hat nicht die geringste Ahnung? Stell' Dir vor, er ist wirklich ganz harmlos. Was muss er gedacht haben, als ich wie von der Tarantel gestochen aus seinem Auto gesprungen bin?" Harriet lächelte amüsiert.

Clive musste ebenfalls grinsen, wenn er sich das dumme Gesicht eines vollkommen unschuldigen Matthews vorstellte. Dann wurde er wieder ernst.

„Aber Du glaubst genau so wenig wie ich daran, dass das alles eine ganz harmlose Erklärung hat, oder?"

„Ich würde mein Haus in Bath darauf verwetten, dass da irgendeine Schurkerei hinter steckt."

„Apropos. Glaubst Du, dass Du in Bath jetzt überhaupt noch sicher bist?"

„Kann ich nicht sagen. Meine Adresse kennen sie nicht. Ich habe sie nie eingeladen oder verraten, wo ich wohne. Aber vielleicht haben sie mich ja heimlich überwacht. Dann wüssten sie natürlich, wo ich lebe."

„Ich denke, Du solltest vorsichtshalber den Wohnort wechseln."

Harriet stöhnte entnervt.

„Clive, ich kann nicht mehr und ich will nicht mehr. Ich habe einfach keine Lust, ständig neu anzufangen. Immer wieder alles aufzugeben, was mir ans Herz gewachsen ist. Es reicht schon, dass ich ständig meine Garderobe oder meine Autos wechseln muss. Dieses Haus in Bath bedeutet mir sehr viel."

„Das verstehe ich, aber es ist schon ein ordentliches Risiko."

„Ja, das ist mir bewusst. Was hältst Du davon, dass ich Laura und Carl auf diese Grangers oder wie immer sie heißen mögen, ansetze. Bis wir Genaueres wissen, bin ich sehr vorsichtig. Ich werde nicht in Bath herumlaufen, schon gar nicht in der Nähe des Laura Places. Vielleicht besuche ich einfach für ein paar Tage Faizah, Alisha und Tony in London. Ich melde mich in Prior Park mit dem Hinweis auf einen Kurzurlaub ab und wenn Laura und Carl etwas rausgefunden haben, können wir entscheiden, wie es weitergeht."

♦

Mai 2021

Theresa Wincanton und ihr Vorgesetzter John Mikes saßen in einem Pub und genehmigten sich ein Bier. Man hatte Mikes vor zwei Tagen den Job des Chief Constable der Greater Manchester Police angeboten. Für ihn würde das einen rasanten Aufstieg bedeuten und Theresa zweifelte keine Sekunde, dass er die Karriereleiter hinaufklettern würde. Was mit ihr passieren würde, war fraglich.

Mikes hatte seinen Vorgesetzten gegenüber niemals einen Hehl daraus gemacht, dass die Erfolge seiner Einsatzgruppe in den letzten Jahren immer das Ergebnis einer perfekten Teamarbeit waren, an denen Theresa den gleichen Anteil hatte wie er selbst. Ihr allerdings hatte man keine Beförderung angeboten und sie konnte sich nicht vorstellen, mit einem anderen Vorgesetzten als Mikes zusammenzuarbeiten. Er war der erste gewesen, der sie nicht benachteiligt oder sogar gemobbt hatte, weil sie eine Frau mit Migrationshintergrund war, wie man das heute so schön bezeichnete. Er hatte sich nicht an ihren wilden Rastalocken gestört, sondern ihre Leistungen anerkannt.

Sie hatte ihn vor acht Jahren in Keswick kennengelernt, wohin man sie strafversetzt hatte, weil sie korrupte Kollegen in Carlisle zu Fall gebracht hatte und man das Vertrauensverhältnis gestört sah. Er war als Sonderermittler gekommen, als Theresa einen großangelegten Raub verhindert hatte. Nach anfänglichem Misstrauen hatte er sie überzeugen können, dass er sie nicht auch in die Pfanne hauen wollte und gemeinsam hatten sie den Polizeichef von Keswick überführt, der sich von einem der führenden Mafiabosse Englands bezahlen ließ. Und ganz nebenbei hatten sie dann noch eine Organisation zerschlagen, die Waffen und Frauen aus den baltischen Ländern nach Glasgow brachte.

Seitdem leitete Mikes eine Sonderermittlungseinheit, die auf polizeiinterne Ermittlungen einerseits, aber auch organisierte Kriminalität spezialisiert war und in den letzten Jahren spektakuläre Ermittlungserfolge gefeiert hatte. Theresa fungierte faktisch als seine Stellvertreterin, nominell gab es diese Position aber leider nicht.

Entsprechend gedrückt war ihre Stimmung und sie war sehr wortkarg.

„Was ist los, Theresa? So mundfaul kenne ich Sie gar nicht. Was hat Ihnen die Laune verhagelt?", fragte Mikes, als ein minutenlanges Schweigen zwischen ihnen aufgetreten war und Theresa keine Anstalten machte, es zu brechen.

„Ach, nichts. Ich bin einfach nur müde", versuchte Theresa seiner Nachfrage auszuweichen.

„Sie können mir viel erzählen, aber wenn Sie behaupten, dass Sie nachmittags um fünf müde sind, haben Sie keine Chance, für glaubwürdig gehalten zu werden." Mikes lächelte milde. Er hatte sich in den letzten Jahren manches Mal gefragt, woraus Theresa ihr Durchhaltevermögen zog. Wenn alle anderen im Team vor Erschöpfung beinahe zusammenbrachen, dann hatte seine Kollegin immer noch Kraftreserven, die ihr das Weiterarbeiten ermöglichten.

Mikes fuhr fort: „Sie machen sich Sorgen, nicht wahr?"

„Warum sollte ich mir Sorgen machen", schnappte Theresa mit pampigem Unterton und hoffte, damit das Thema abwürgen zu können.

„Was mit Ihnen wird, wenn ich nach Manchester gehe?"

„Irgendwas wird denen da oben schon einfallen. Wahrscheinlich werde ich irgendeinem Chief zusortiert und kann dann wieder normale Plattfussarbeit machen."

„Damit meinen Sie klassische Ermittlungsarbeit wie Nachbarschafts-Befragungen, erkennungsdienstliche Behandlung von Tatverdächtigen und dergleichen mehr?"

Theresa seufzte: „ Ja, genau. Lauter so spannendes Zeug."

„Meinen Sie nicht, dass Sie dafür etwas überqualifiziert sind?"

„Was ich meine, ist ja wohl vollkommen unerheblich. Sie haben meine Leistungen immer - auch anderen gegenüber - anerkannt und dafür bin ich Ihnen sehr dankbar, John."

Ein bitterer Unterton schlich sich ein, als sie fortfuhr: „Aber unsere Vorgesetzten scheinen das gepflegt zu ignorieren. Wie sonst soll ich mir erklären, dass ich bis heute nicht befördert worden bin. Nominell bin ich immer noch Sergeant, obwohl Sie zwischenzeitlich schon zwei Mal befördert worden sind und jetzt sogar zwei Stufen überspringen. Manchmal frage ich mich, ob ich nicht aus dem Polizeidienst ausscheiden und was ganz anderes machen sollte."

„Wollen Sie das denn? Ich hatte immer den Eindruck, dass Sie für Ihre Arbeit leben. Sie sind doch die geborene Polizistin. Was wäre denn eine Alternative?"

„Das ist es ja. Ich habe keine. Natürlich ist die Polizeiarbeit mein Leben und ich kann mir nichts vorstellen, was mich zufriedener machte. Die letzten Jahre waren einfach großartig und das verdanke ich in erster Linie Ihnen. Ich habe einfach keinen Bock, jetzt wieder mit Vorgesetzten zu tun zu kriegen, die zu blöd für alles sind und mich gängeln."

Mikes sah seine Kollegin besorgt an.

„Bitte versprechen Sie mir, dass Sie nichts Überstürztes tun. Geben Sie mir ein bisschen Zeit. Ich werde noch einmal alles daran setzen, dass Sie zumindest die längst fällige Beförderung kriegen."

„Ja, Sir. Danke, Sir", lautete Theresas knappe Antwort.

Mikes musste innerlich grinsen. Er wusste, dass es jetzt Zeit war, das Thema zu wechseln. Wenn Theresa sich auf die formelle Anrede ‚Sir' zurückzog, dann entweder, weil sie nach außen hin die Hierarchie wahren wollte oder aber, wie jetzt, eine Vertraulichkeit beendet wollte, die ihr zu sehr auf die Pelle rückte.

Nonchalant fragte er:

„Habe ich mit Ihnen eigentlich schon über den Anruf von Peter May gesprochen?"

„Nein. Was wollte er?" Theresa ließ sich dankbar auf den Themenwechsel ein.

„Bei ihm in der Gegend ist in letzter Zeit häufiger Falschgeld aufgetaucht und er wollte wissen, ob wir über unsere Kontakte etwas darüber in Erfahrung bringen können."

„Falschgeld in Cumbria?", fragte Theresa ungläubig. Normalerweise brachten Kriminelle Falschgeld in urbanen Regionen in Umlauf, weil da eine Rückverfolgung viel schwerer war als auf dem platten Lande.

„Ja, Falschgeld in Cumbria. Und zwar hochprofessionell gemacht. Er sagt, dass es ohne weiteres durchgeht, wenn es zum Beispiel mit einem handelsüblichen Prüfgerät getestet wird. Es fällt nur auf, wenn es durch ein Prüfgerät einer Bank kontrolliert wird. Und auch da nur von den neueren Modellen. "

„Vielleicht Leute aus dem Süden, getarnt als Touristen, die so das Falschgeld in Umlauf bringen?", dachte Theresa laut. Immerhin war der Lake District eines der touristischen Zentren Großbritanniens. „Welche Scheine sind denn gefälscht? Logisch wäre es, wenn es Fünfziger wären."

Mikes sah Theresa verblüfft an. „Wieso kommen Sie gerade auf Fünfziger?"

„Na, das ist der letzte Schein, der noch nicht mit den ganz neuen, angeblich fälschungssicheren Merkmalen hergestellt wird. Bis letztes Jahr wären Zwanziger wahrscheinlicher gewesen, weil man sie leichter unters Volk bringen kann. Aber die neuen Dinger zu fälschen wäre jetzt wirklich viel anstrengender als die alten Banknoten. Also Fünfziger. Habe ich recht?"

„Vollkommen. Bis jetzt sind nur gefälschte Fünfziger aufgetaucht. Also, was meinen Sie? Haben wir irgendwelche Informationen? Können wir jemanden darauf ansetzen? Wen können wir anzapfen?"

„Ich habe bis heute nichts von Falschgeld gehört. Ich kenne jemanden bei der Bank of England. Soll ich da mal anrufen? Vielleicht wissen die ja was."

„Das ist eine gute Idee, machen Sie das unbedingt."

Wenig später verließen John und Theresa das Lokal. Ihre Wege trennten sich an der nächsten Kreuzung, wo Mikes in sein Auto stieg.

Theresa schlenderte tief in Gedanken versunken nach Hause. Mit Falschgeld hatte sie noch nicht viel zu tun gehabt. Vielleicht konnte Vivian, eine ehemalige Schulfreundin, die jetzt bei der Bank of England in der Entwicklung neuer fälschungssicherer Banknoten tätig war, ihr helfen. Wenn jemand Informationen über Falschgeldproduktion hatte, dann war sie es.

Sie würde sich in das Thema reinhängen. Dann wäre sie

wenigstens beschäftigt und würde die nächsten Wochen nicht ständig grübeln, was aus ihr werden sollte, wenn Mikes nach Manchester ging.

◆

Harriet saß im Zug und freute sich auf London. Seit sie die Stadt vor sechs Jahren Knall auf Fall verlassen hatte, weil ihr einige Größen der britischen Unterwelt gefährlich nahe gekommen waren, war sie immer nur für wenige Stunden zu Besuch gewesen. Nun würde sie das Großstadtleben einige Wochen am Stück genießen können.

Clive und sie waren überein gekommen, dass sie erst gar nicht nach Bath zurückkehren, sondern sofort von Chinley nach London fahren würde.

Clive wollte sich um ihren Wagen kümmern, der ja immer noch in Glossop stand. Ein Abschleppwagen und eine Polizeiuniform sollten Tarnung genug sein.

Er hatte sie am Morgen nach Buxton zum Bahnhof gebracht und stoisch am Bahnsteig gewartet, bis sich der Zug in Bewegung setzte. Dabei hatte er ein Auge auf alle anderen Passagiere gehabt, aber nichts Verdächtiges entdeckt.

Harriet war in Stockport umgestiegen und auch hier war

ihr niemand aufgefallen, der sie womöglich beobachtete.

Nun informierte sie sich über das Londoner Kulturprogramm für die nächsten Tage und schaute immer wieder minutenlang einfach in die Landschaft hinaus. Es war ewig her, dass sie Zug gefahren war und es machte ihr großen Spaß.

Einigermaßen pünktlich erreichte sie gegen halb eins den Bahnhof Euston. Mit der U-Bahn fuhr sie nach Spitalfields und betrat zum ersten Mal das Büro von Laura und Carl über dem *The Ten Bells Pub* direkt gegenüber den alten Markthallen von Spitalsfield, die man nach einem Brand originalgetreu wieder aufgebaut hatte. Sie hatte ihren Besuch brav angekündigt, denn man konnte Laura nicht einfach überraschend besuchen. Das hätte die junge Autistin vollkommen aus der Bahn geworfen und für große Aufregung gesorgt.

Das Büro war menschenleer, aber irgendjemand hatte auf ihr Klingeln hin die Haustür aufgedrückt und die Wohnungstür geöffnet, es musste also jemand da sein.

Es war unschwer zu erkennen, welches der drei Zimmer Carl gehörte. An seinem Essverhalten schien sich in den letzten Jahren nichts geändert zu haben. Die Schreibtischplatte und die daran angrenzenden Regale waren übersät mit Fast-Food–Verpackungen aller kulinarischen Richtungen.

Harriet musste grinsen. Sie hätte unmöglich in diesem Chaos arbeiten können, aber wenn Carl das Durcheinander brauchte, sollte er sich seinen Arbeitsplatz ruhig gemütlich gestalten.

Sie schlenderte weiter. Der nächste Raum war eine Art Besprechungszimmer mit einem großen, ovalen Tisch, sechs Stühlen, einem in der Decke verschraubten Beamer und einem riesigen Flachbildmonitor an einer der Schmalseiten. Auf einem Sideboard stand ein hochwertiger, italienischer Kaffeeautomat, ein schicker Heißwasserkocher, ein witzig gestalteterer, tragbarer Mini-Kühlschrank und ein Sammelsurium von Bechern, Tassen und Gläsern. Die der Fensterfront gegenüberliegende Wand war beinahe durchgehend mit einem Whiteboard versehen, das übersät war mit Funktionen, Zeichnungen und Diagrammen, die Laura und Carl bestimmt verstanden. Harriet hingegen blickte mit völligem Unverständnis darauf.

Das dritte Büro konnte nur Laura gehören. Alles war streng geometrisch ausgerichtet, es hingen keine Bilder oder Kalender an den Wänden, die durchgängig strahlend weiß gestrichen waren. Es herrschte die gleiche Ordnung wie schon damals in ihrem Zimmer in der Oxo Tower Wharf. Bei genauem Hinsehen entdeckte Harriet aber doch etwas für Laura sehr ungewöhnliches. In einem Regal stand ein gerahmtes Foto. Es war auf Harriets und Roubens Hochzeit entstanden und zeigte das strahlende Brautpaar im Kreise all derer, die seit acht Jahren der organisierten Kriminalität schadeten wo immer sie konnten.

Harriet war richtiggehend gerührt, als sie das Foto sah. Normalerweise interessierte sich Laura nicht für Menschen. Dass sie dieses Foto in Sichtweite aufgestellt hatte, ließ darauf schließen, dass die Menschen, die es zeigte, für sie über die Jahre eine große Bedeutung gewonnen hatten, vielleicht sogar so etwas wie Familie geworden waren. Einen großen Anteil daran hatte sicher die Tatsache, dass Laura im Kreise dieser Menschen sein konnte, wie sie war. Niemand versuchte, sie zu Dingen zu bewegen, die ihr unmöglich waren. Laura war Laura und basta.

Harriet hörte Geräusche vom Flur und schaute aus Lauras Zimmer hinaus.

Carl kam gerade mit einem Pintglas voll Cola durch die Eingangstür. Als er Harriet sah, strahlte er und begrüßte sie überschwänglich.

„Sag mal, findest Du es nicht etwas fahrlässig, dass ich einfach hier so hinein spazieren konnte", fragte Harriet, „Es hätte ja auch jemand Wildfremdes sein können."

„Nö", antwortete Carl nonchalant. „Ich wusste, dass Du es bist und habe Dir die Tür aufgemacht. Guck mal hier, auf meinem Handy. Ich kann von überall genau sehen, wer bei uns klingelt und ich könnte die Tür öffnen, selbst wenn ich gerade auf Jamaika oder in Sri Lanka wäre. Wir haben das gebastelt, nachdem Andrew mal einen halben Tag nicht rein gekommen ist, weil er seine Code-Karte vergessen hatte. Falls so was noch mal passiert, ruft er mich einfach an und ich mache ihm auf. Total praktisch. Vor allem, weil der alte Mann ja unweigerlich immer vergesslicher werden wird." Carl grinste bei diesen Worten unverschämt. Er und Andrew zogen sich gegenseitig regelmäßig wegen des fortgeschrittenen Alters auf der einen Seite und der mangelnden Reife auf der anderen Seite auf.

Harriet lachte.

„Ist Andrew eigentlich in der Stadt? Ich habe ihn bestimmt seit einem Monat weder gesehen noch gesprochen."

„So weit ich weiß macht er ein paar Tage Urlaub. Ich meine, er wollte einen Tauchkurs für Fortgeschrittene machen. Er hatte das Gefühl, seine Tauchkünste seien ein wenig eingerostet."

„Komisch, er hat sich gar nicht bei mir abgemeldet", sagte Harriet und setzte hinzu, als sie Carls hochgezogene Augenbraue bemerkte: „Versteh' mich nicht falsch. Natürlich ist er mir keine Rechenschaft schuldig und kann in Urlaub fahren, wann er will. Es ist nur so, dass er mir bisher immer wenigstens eine kurze Nachricht geschickt hat, wenn er in Urlaub gefahren ist. Deshalb verwundert es mich einfach, dass ich diesmal so gar nichts von ihm gehört habe."

Bevor sie das Thema weiter erörtern konnten, öffnete sich die Eingangstür und Laura kam aus der Mittagspause zurück. Zwar schaute sie Harriet bei der Begrüßung nicht an, aber immerhin zeigte ihr Gesicht ein deutliches Lächeln, für Lauras Verhältnisse ein Zeichen größter Sympathie.

„Clive hat mir eine Nachricht geschickt, dass wir was für Dich prüfen sollen", kam Laura sofort zum Thema. Small Talk war einfach nicht ihre Sache.

Die drei ließen sich im Besprechungsraum nieder und Harriet berichtete ihnen von ihrem abrupt endenden Ausflug nach Manchester.

„Hast Du ein Foto von diesen Grangers?", wollte Laura wissen.

„Ja, warte mal, ich muss ein bisschen suchen, ich fürchte nur, es ist furchtbar schlecht. Das war nur so ein Schnappschuss bei einem unserer Theaterbesuche. Ah, hier ist es. Kannst Du damit überhaupt etwas anfangen?"

Harriet gab Laura ihr Smartphone.

„Ich denke schon. Schick' es mir doch auf meinen Büro-Account, dann werde ich die beiden schon im Netz auftreiben."

Ohne ein weiteres Wort verließ Laura den Besprechungsraum und ging an ihren Schreibtisch.

„Wie will sie das machen? Ich habe selbst schon ein wenig im Netz recherchiert, aber weder eine Ethel noch ein Matthew Granger sind zu finden, die auch nur im geringsten Ähnlichkeiten mit meinen Theaterbekanntschaften haben."

„Lass' das ihre Sorge sein. Laura hat in den letzten Wochen eine Gesichtserkennungssoftware gestrickt. Die gibt jetzt Dein Foto da rein und in schätzungsweise sieben Minuten hat ihre Software den Abgleich mit einer Unmenge von

Datenbanken erledigt. Ich bin gespannt, wie die beiden tatsächlich heißen."

„Mit was für Datenbanken? Geht das etwas genauer?", fragte Harriet vorsichtig und war sich nicht ganz sicher, ob sie wirklich eine Antwort auf ihre Frage haben wollte.

„Ach, nichts Wildes. Scotland Yard, Europol, FBI, Sûreté du Québec, Interpol, russische Polizija und Omon. Ich glaube, Indien, China, Brasilien, Argentinien und einige afrikanische Länder hat sie inzwischen auch mit reingenommen."

„Hat sie das? Das sind ja alles so Standardsachen, an die man jederzeit drankommt, nicht wahr?", fragte Harriet und bemühte sich, jeden Anflug von Ironie, aber auch von leicht verzweifelter Resignation zu vermeiden.

Sie hatten mehrfach darüber gesprochen, dass Laura keine unnötigen Risiken eingehen sollte, indem sie sich in staatliche Institutionen hackte. Ihr hätte klar sein müssen, dass diese Gespräche vollkommen umsonst geführt worden waren. Laura war nicht zu stoppen. Sie konnten nur hoffen, dass sie nicht eines Tages bei der Gegenseite auf jemanden treffen würde, der ihr gewachsen war.

Carl hatte keine Gelegenheit, darauf zu antworten, denn schon kam Laura zufrieden lächelnd in das Besprechungszimmer zurück.

„Matthew Granger heißt in Wirklichkeit Dennis Higson und ist nicht verheiratet. Er hat mit Mitte zwanzig wegen schweren Raubes acht Jahre im Gefängnis verbracht, über die Frau konnte ich auf Anhieb nichts finden. Da bleibe ich dran."

Nach diesen stakkatoartig vorgebrachten Informationen drehte Laura auf dem Absatz um und verschwand wieder in ihrem Zimmer.

Carl und Harriet schauten verblüfft hinter ihr her. Als Harriet Anstalten machte, aufzustehen und ihr zu folgen, hielt Carl sie zurück.

„Nein, lass' sie machen. Wenn Du sie jetzt störst, dann ist das nicht zielführend. Du musst sie jetzt einfach weiterarbeiten lassen. Sie meldet sich, wenn sie wieder was Relevantes gefunden hat."

Harriet ließ sich in ihren Bürostuhl zurücksinken.

„Schwerer Raub", sagte sie sinnend.

♦

Harriet saß in der U-Bahn und fuhr zum Bahnhof Paddington. Sie war gespannt, wie sie sich fühlen würde, wenn sie das Haus in den Bathurst Mews, das sie vor acht Jahren so plötzlich verlassen hatte, jetzt wieder betreten würde.

Sie hatte es damals nominell an eine Holding verkauft, die aber in Wirklichkeit zu hundert Prozent ihr selbst gehörte. Um das aber herauszufinden, müsste man tief graben.

Das Haus war die ganze Zeit an ein junges Paar vermietet gewesen, das aber im letzten Herbst ausgezogen war. Beide arbeiteten als Investmentbanker in der City und hatten an dem erneuten Börsen-Boom der vergangenen Jahren so gut verdient, dass sie sich jetzt ein eigenes Haus im Speckgürtel von London leisten konnten.

Harriet hatte vorgeschlagen, dass Faizah die Wohnung nutzen solle. Die hatte sich anfangs vehement zur Wehr gesetzt, bis Rouben ihr klar gemacht hatte, dass es für alle Beteiligten eine perfekte Lösung sei. Faizah hätte eine hübsche Wohnung in London, Harriet eine zuverlässige Mieterin, die Wohnung würde von einem Menschen genutzt, der Harriet nahestand und außerdem könne er, Rouben, sich etwas vergleichbares in London nicht leisten, da die Immobilienpreise und Mieten in den vergangenen Jahren noch stärker angestiegen waren.

Faizah hatte schief gegrinst, als er das letzte Argument in leidendem Tonfall vorgebracht hatte und schließlich eingewilligt. Im Januar war sie eingezogen und fühlte sich sofort sehr wohl. Sie hatte sich schnell mit den Leuten aus den Nachbarhäusern bekannt gemacht und pflegte mit einer ganzen Reihe von ihnen bereits freundschaftliche Kontakte. Besonders mit Moira und Eddie verstand sie sich sehr gut, einem Paar Ende Vierzig, das schon seit zwanzig Jahren in den Mews wohnte.

Als sie das Harriet erzählt hatte, hatte diese still in sich hinein gelächelt, denn die Wirtschaftsprüferin und der Arbeits-psychologe waren auch ihre besten Freunde gewesen, als sie noch in Paddigton gewohnt hatte. Sie musste den beiden unbedingt aus dem Weg gehen. Moira machte man so leicht nichts vor. Wenn irgend jemand nach so langer Zeit Harriets Maskerade durchschauen würde, dann wäre es sicher Moira. Sie notierte sich in ihrem Smartphone, dass sie unbedingt mit Faizah darüber sprechen musste.

Bis sie um fünf Uhr alle zusammen das Büro in Spitalfields verlassen hatten, konnte Laura noch keine weiteren Ergebnisse ihrer Recherche präsentieren, aber sie würde am nächsten Morgen punkt neun Uhr die Suche wieder aufnehmen und früher oder später herausfinden, was es mit Alice Martland auf sich hatte und was die beiden im Schilde führten.

Harriet hatte nicht vorgeschlagen, mit Laura und Carl essen zu gehen, denn Laura würde ohnehin niemals abends zum Essen ausgehen und Carl lebte sowieso nur von Junk Food und würde ein gut zubereitetes Essen gar nicht richtig zu schätzen wissen. Stattdessen hatte sich Harriet für den Abend mit Faizah verabredet. Sie würden irgendwo in der Umgebung der Bathurst Mews in ein Restaurant gehen, wenn Faizah es nicht rechtzeitig genug nach Hause schaffte, um etwas zu kochen.

Die Bahn erreichte Paddington Station und mit schlafwandlerischer Sicherheit schlug Harriet den Weg zum Ausgang

Praed Street ein. Sie ging die London Street hinunter, überquerte Sussex Gardens, bog kurz darauf durch einen Torbogen nach rechts ab und stand vor der Nummer 18. Die ganze Straße sah beinahe unverändert aus. Immer noch standen vor vielen Häusern große Kübel mit Olivenbäumen, Clematis und Glyzinien und im Knick am hinteren Ende der Straße waren immer noch die Pferdeställe, in denen man Pferde für einen Ausritt im Hyde Park mieten konnte.

Harriet klopfte und sofort öffnete ihr Faizah die Tür, zog sie ins Haus und umarmte sie.

„Wie schön, dass Du mich besuchen kommst", rief sie begeistert. „Ich habe uns einen kleinen Imbiss zubereitet. Ich dachte, das ist gemütlicher, als in einen Pub oder ein Lokal zu gehen. Tony und Alisha kommen auch gleich. Es gab noch eine kleine Krise, die schnell bereinigt werden musste. Willst Du Dich eben frisch machen? Das Bad ist oben."

Harriet grinste und sagte trocken:

„Ich weiß. Ich habe ja selbst mal kurz hier gelebt."

Als Faizah sich für ihre Gedankenlosigkeit entschuldigen wollte, wiegelte sie ab und nahm das Angebot, ins Bad zu gehen, gerne an.

Sie saßen kaum am Esstisch, als Faizah auch schon wissen wollte, was Harriet nach London verschlagen hatte. Sie war entsetzt, als diese über ihre Erlebnisse mit den Grangers in Manchester berichtete.

„Uns sagst Du immer, wir sollen vorsichtig sein, mit wem

wir uns anfreunden. Denk nur, wie Du auf Leo reagiert hast, als sich Kira Hals über Kopf in ihn verknallt hatte. Und Du selbst gehst so ein Risiko ein?!", ereiferte sich Faizah.

„Ja, Du hast ja recht." Harriet gab sich zerknirscht und reumütig. „Ich bin unvorsichtig geworden. Bath ist einfach so gutbürgerlich, da denkt man doch nicht an Verbrechen oder so was."

„Du vermutest also, die sind auf Dich angesetzt worden, um Dich zu entführen?", wollte Tony wissen.

„Ich kann mir keine andere Begründung vorstellen. Dass Mrs. Katchatourian reich ist, lässt sich sehr leicht mit jeder Suchmaschine dieser Welt feststellen, auch wenn Roubens Firma jetzt nominell einer Familienstiftung gehört. Die sind wahrscheinlich davon ausgegangen, dass die Familie schon bereit sein würde zu zahlen. Aber warten wir doch erst mal ab, was Laura noch so alles heraus findet. Ich verspreche Euch, ab sofort vorsichtig zu sein. Carl, Laura und Clive können jeden meiner Schritte lückenlos nachverfolgen. Clive hat mir gewissermaßen eine elektronische Fußfessel verordnet. Aber jetzt seid Ihr dran. Wie geht es Euch? Wie kommt Ihr klar? Wieso musstet Ihr beide gerade noch die Welt retten?"

Tony grinste, Faizah lächelte fein, nur Alisha blieb ernst.

„Tony will mit Storonoy Geschäfte machen. Keine gute Idee", sagte sie trocken.

„Wer ist Storonoy", fragte Harriet.

„Na, dieser Kolja, der Ruslan Probleme macht", klärte Tony

sie auf und fuhr fort: „Ach komm, Alisha, wir wollen Kolja nur ein bisschen aus der Reserve locken und zu einem Geschäft verleiten, das er an Ruslan vorbei mal so eben mitnimmt. Erstens finden wir so vielleicht ein bisschen mehr über seine Schwachstellen, aber auch über seine Ressourcen raus."

„Und was für ein Geschäft schwebt Euch da so vor?", fragte Harriet neugierig.

„Die Katchatourian Ltd. überprüft im Moment einige Lecks und mögliche Schwachstellen der Pipeline, die von Gorno Altayk über Krasnojarsk, Tomsk und Novosibirsk nach Omsk führt. Krasnojarsk ist wie ein kleines Drehkreuz, an dem sich diverse Pipelines kreuzen. Wir haben Storonoy über diverse Mittelsmänner dazu gekriegt, sich für eine technische Veränderung der Pipeline zu interessieren. Er hat angebissen und will nun partout diese Erweiterung zu einem angemessenen Preis kaufen und wir haben uns auf einen Leasingvertrag geeinigt."

„Wie habe ich mir die technische Erweiterung vorzustellen?", wollte Harriet wissen, die sich nicht so recht vorstellen konnte, was für Kolja an einer Pipeline interessant sein könnte.

„Na ja, so eine Pipeline ist ziemlich groß", sagte Faizah nebulös.

„Ja, ich weiß. Wir haben ja alle bei James Bond gesehen, wie zwei Menschen auf einer Art Schlitten durch so eine neu gebaute Pipeline rasen."

„Eben", schaltete sich Alisha ein, denn jetzt ging es um Technik und damit ihr Spezialgebiet. „Da ist also viel Platz drin. Zum Beispiel für eine kleine, durchsichtige Plastikleitung mit etwa fünf Zoll Durchmesser. Da können wir Kameras und Messgeräte durchschleusen, um die Pipeline jederzeit problemlos zu überwachen. Wir haben das für die neue Ostseepipeline entwickelt und sofort bei der Verlegung integriert, können das aber auch in einer bereits existierenden Pipeline nachrüsten."

„Ich verstehe das Prinzip einer Leitung in der Leitung und ihren technischen Nutzen für die Überwachung, aber ich weiß immer noch nicht, warum Kolja an so etwas interessiert sein sollte."

Alisha zögerte einen Moment und erklärte dann recht defensiv:

„Du kannst natürlich auch was anderes durch die Leitung schicken, zum Beispiel so eine Art Rohrpost."

Harriet schaute einen Moment aufmerksam von Alisha zu Tony und Faizah, dann kehrte ihr nachdenklich gewordener Blick zu Alisha zurück.

„Eine Rohrpost also. Gefüllt mit allem, was klein und wertvoll ist, schnell und sicher über weite Strecken transportiert werden soll und das ohne Kenntnis staatlicher Aufsichtsbehörden. Könnte so in etwa der Plan lauten, den Ihr Kolja untergejubelt habt?"

Die drei schauten etwas betreten drein, denn sie waren sich nicht sicher, wie Harriet reagieren würde, wenn sie bejahten. Dann nickten sie alle gleichzeitig.

Einen Moment herrschte Totenstille im Raum. Tony schaute vor sich auf den Tisch, Faizah schaute Tony an und Alisha beobachtete Harriet, die versonnen aus dem Fenster in den winzigen Garten hinter dem Wohnzimmer hinaus blickte. Nach einer gefühlten Ewigkeit kehrte ihr Blick an den Tisch und zu den drei jungen Leuten zurück.

„Eine hübsche Idee". Sie konnte nicht länger ein teuflisches Grinsen unterdrücken. „Wirklich und wahrhaftig: Eine brillante Idee. Weiß Rouben davon?"

„Er weiß, dass wir die Pipeline nachrüsten, aber von den Verhandlungen mit Kolja hat er keine Ahnung", räumte Tony ein.

„Ich glaube, das bleibt auch besser so", regte Harriet an, die wusste, dass Rouben nichts für derartige Dinge übrig hatte, auch wenn sie letztendlich dem Guten dienten. Dann fuhr sie fort:

„Ihr verkauft also Kolja per Leasingvertrag die Nachrüstung, so dass er die Kosten für etwas trägt, das für die Katchatourian Ltd. von hohem technischen Nutzen ist und verführt ihn, Drogen aus dem Grenzgebiet von Kasachstan mit der Pipeline bis nach Tomsk, Novosibirsk und Omsk zu schaffen. Das alles ohne Wissen seines Paten und auf eigene Faust. Und da Ihr vermutlich genau wisst, wann er die Rohrpost nutzt, könnt Ihr ihn jederzeit hochgehen lassen."

„Klug erkannt und fein formuliert. Wir haben uns rundherum abgesichert. Wir müssen Kolja ab sofort eine Nutzungsgebühr zahlen, wenn wir unsere technischen Geräte einsetzen. Er ist also der Besitzer der Leitung in der Leitung. Wir lassen drei, vier Lieferungen problemlos passieren und wenn es opportun ist, geht ein anonymer Hinweis an die Drogenfahndung einer der drei Städte. Die können ziemlich leicht herausfinden, wem die Leitung in der Leitung gehört und dem kleinen Kolja eine hübsche Falle stellen, wenn er eine nächste Lieferung losschickt", fasste Faizah den Plan zusammen.

„Und was war das Problem, das Euch heute beschäftigt hat?"

Tony antwortete: „Kolja wollte unbedingt und auf der Stelle einen Testlauf, aber von den eingeweihten Leuten hatte niemand Dienst. Wir wollen nicht mehr Leute mit im Boot haben, als unbedingt nötig, sprich: drei Techniker wissen Bescheid. Und alle hatten gleichzeitig frei. Wir mussten auf die Schnelle Konstantin aus Irkutsk, wo er seine alte Mutter besuchen wollte, per Flieger nach Krasnojarsk zurückschaffen. Der Arme. Er war ein wenig sauer. Aber er wird für den Einsatz gut bezahlt, hat zwei Wochen Sonderurlaub gekriegt und ist schon wieder versöhnt."

„Der Test ist gut gelaufen", fügte Alisha nüchtern hinzu.

„Und damit haben wir den Vertrag mit Kolja in der Tasche". Man merkte Faizah an, dass sie ziemlich stolz war.

„Und wir haben gelernt, dass nicht alle unsere Techniker gleichzeitig frei haben können", räumte Tony zerknirscht ein. „Auch wenn jetzt eine Reihe von Koljas Leuten eingewiesen werden, denn schließlich sollen sich unsere Leute nicht die Finger an den Drogenlieferungen schmutzig machen."

Einen Moment herrschte Ruhe, dann sagte Harriet:

„Herzlichen Glückwunsch, meine Lieben. Ein genialer Plan und clever umgesetzt. Aber seid auf der Hut, mit Kolja ist nicht zu spaßen. Er darf nicht den leisesten Verdacht schöpfen."

♦

Harriet wachte gegen acht Uhr auf und richtete sich in ihrem Bett auf. Sie dachte vergnügt an den gestrigen Abend. Sie hatte das Essen mit Faizah, Alisha und Tony sehr genossen. Nachdem sie die gegenseitigen Geständnisse abgewickelt hatten, waren sie zu unterhaltsameren Themen übergegangen. Faizah und Tony kabbelten sich ständig und Harriet hatte, wie schon einige Male vorher, den Eindruck gehabt, dass da sehr viel mehr Emotion im Spiel war, als es den beiden selbst bewusst war. Sie hatte sich ein wenig gewundert, wie zurückhaltend Alisha war. Sie hatte sie lange nicht gesehen, denn für ihren Abschluss in Maschinenbau hatte Alisha die letzten zweieinhalb Jahre hart gearbeitet. Andere hätten die doppelte Zeit für Bachelor–

und Masterabschluss gebraucht, aber die junge Afghanin wollte so schnell wie möglich in Roubens Unternehmen arbeiten und ihre praktische Ausbildung in Angriff nehmen. Seit vier Monaten arbeitete sie jetzt in der technischen Abteilung und nutzte jede freie Minute, um mit Rouben, der ja offiziell seit einem Jahr tot war, über Problemlösungen, technische Details und verrückte Ideen zu sprechen.

Harriet war beinahe ein wenig eifersüchtig, weil Alisha und Rouben sich ständig sahen und sie keine Möglichkeit hatte, die beiden häufiger zu treffen.

Als Roubens Witwe - insbesondere nach dem dramatischen Tod ihres Mannes - stand sie natürlich in gewisser Weise unter Beobachtung der Öffentlichkeit. Und da wäre es riskant gewesen, wenn sie regelmäßig in Verbindung mit einem georgischen Geschäftsmann wahrgenommen worden wäre. Irgendwann hätte doch mal jemand zu tief gegraben und herausgefunden, dass dieser Surab Merabishwili in Wirklichkeit der durchaus lebendige Rouben Katchatourian war. Das Risiko war einfach zu groß.

Also hielt sich Harriet von Rouben und damit auch von Alisha fern.

Vielleicht nahm sie deshalb den großen Unterschied zwischen der stillen, ernsthaften jetzigen Alisha zu der temperamentvollen, fröhlichen, immer gesprächigen und vor Ideen übersprudelnden Alisha, die sie vor sieben Jahren kennengelernt hatte, besonders deutlich wahr.

Sie sollte vielleicht mit ihr reden. Die junge Frau konnte

doch nicht nur arbeiten. Sie musste doch auch mal das Leben genießen, frei haben, ausspannen. Meine Güte, sie war neunzehn Jahre alt. Da feierten die meisten Altersgenossen die Nächte durch. Selbst Tony und Faizah waren - verglichen mit Alisha - geradezu vergnügungssüchtig. Sie gingen häufiger ins Kino, trafen sich über verlängerte Wochenenden mit Angus, Pete und Clara oder flogen mal eben nach Hamburg, um sich die Premiere eines Ballets anzusehen, das von ihrem Freund und früheren Mitstreiter Juuri inszeniert worden war. Und sie verbrachten gerade eine Menge Zeit mit Kira und Ruslan und deren Hochzeitsvorbereitungen. Man wusste nur, dass die Feier am 27. August in Kew Gardens stattfinden würde, aber außer den jungen Leuten war niemand in die Planungen eingeweiht und alle waren unglaublich gespannt, was im August passieren würde.

Gegen elf Uhr hatte sich die Runde aufgelöst. Die drei jungen Leute mussten am nächsten Tag arbeiten und Harriet wollte den Tag in London genießen, sich treiben lassen, Museen und Ausstellungen besuchen. Sie hatte das Gefühl, einigen Nachholbedarf an Kultur zu haben. Die letzten Jahre waren sehr turbulent gewesen und für Kultur war in ihrem Leben kein Platz gewesen. Und nun konnte sie noch nicht einmal mehr in Bath ins Theater gehen!

Wie der Teufel es wollte, waren genau in dem Augenblick,

als Tony, Alisha und sie sich in der geöffneten Tür von Faizah verabschiedeten, Moira und Eddie durch die Torein-
fahrt gekommen und hatten Faizah fröhlich begrüßt. Harriet war beinahe das Herz stehen geblieben. Sie hatte dafür
gesorgt, dass ihr Gesicht möglichst im Dunkeln blieb, sich
höflich von Faizah als Tante Arlette vorstellen lassen und
erleichtert aufgeatmet, als Moira und Eddie sich rasch verabschiedeten und nach Hause gingen.

Zum Glück hörte sie nicht, wie Moira am nächsten Morgen
beim Frühstück zu ihrem Mann sagte:

„Ich weiß auch nicht, aber Faizahs Tante kam mir auf eine
komische Art total bekannt vor, dabei kann ich sie doch gar
nicht kennen. An wen erinnert sie mich bloß?"

Zum Glück war sie eine viel beschäftigte Frau und schon
zwei Stunden später hatte sie jeden Gedanken an die Tante
in einem Krisengespräch mit dem Vorstand einer maroden
Investment-Bank vergessen.

Das spätabendliche Zufallstreffen hatte Harriet klar gemacht, dass sie sich in den Bathhurst Mews nicht mehr
blicken lassen durfte. Ein weiteres Treffen mit ihren ehemaligen Nachbarn war viel zu riskant. In Zukunft mussten
sie sich woanders verabreden.

Sie ging ins Bad, frühstückte danach in aller Ruhe und
machte sich dann auf ihre ganz private Sight-Seeing-Tour.
Sie würde mit der Saatchi-Gallery beginnen und dann den
Apothekergarten besuchen. Sie musste grinsen, als sie dar-

an dachte, wie sie Andrew damals bei dem Treffen an der Nase herumgeführt hatte. ‚Komisch', dachte sie, ‚was ist eigentlich mit Andrew? Wo steckt der? Ich muss Clive fragen, ob er was weiß.'

Dann nahm sie ihren schicken, geräumigen Rucksack, der so viel mehr Dinge enthielt, als man ihm ansah, und zog los.

◆

Theresa Wincanton lehnte sich in ihrem Bürosessel zurück und dachte nach.

Vivian, ihre Bekannte bei der Bank of England, hatte ihr eine ganze Menge über die Herstellung und Verbreitung von Falschgeld berichtet, aber auch keinen wirklich sachdienlichen Hinweis auf das aktuelle Aufkommen im Nordengland geben können. Immerhin wusste sie jetzt, wer das Papier herstellte, welche Druckereien zuständig waren und wie die Transportwege von den Druckereien verliefen, bis das Geld schließlich in den Banken von ganz Großbritannien landete.

Sie hatte Peter May gebeten, Vivian Barker einige der gefälschten Banknoten zuzuschicken, damit sie diese genauer prüfen konnte. Vivian würde sich dann mit einem Ergebnis bei Theresa melden.

Sie hatte lange mit dem Produktionschef der Papierfabrik gesprochen, der ihr die genauen Sicherheitsprotokolle per Mail zugeleitet hatte. Die Sicherheitsvorkehrungen waren hundertprozentig. Nachfragen in der Druckerei ergaben ebensolches. Und trotzdem gab es hochprofessionell produziertes Falschgeld in Nordengland.

Theresa seufzte. Den Fall würde sie heute Abend nicht mehr lösen.

Und eigentlich war es ja auch egal. In wenigen Wochen wäre Mikes weg und sie würde irgendeinen Scheiß machen.

Sie lockerte ihre Nackenmuskulatur, stand auf und nahm ihre Lederjacke von der Garderobe. Dann ging sie zu ihrem Wagen. Sie wollte ihren Autoschlüssel aus der Jacke nehmen, als sie auf einmal das Mobiltelefon in der Hand hatte, über das sie in den letzen Jahren so viele Informationen erhalten hatte, die zu spektakulären Ermittlungserfolgen geführt hatten.

Bis jetzt war die Kommunikation stets einseitig verlaufen. Sie hatte eine SMS erhalten und reagiert.

Und wenn sie jetzt …?

Sie rief die letzte SMS auf und tippte einen kurzen Text, den sie, ohne groß zu überlegen, abschickte.

Was konnte passieren? Im schlimmsten Falle wäre das Mobiltelefon ab sofort tot. Da sie bald nicht mehr mit Mikes zusammenarbeiten würde, wäre das ohnehin egal. Im besten Fall aber würde jemand antworten und ihr eine wie auch immer geartete Information schicken. Sie hatte jetzt wirklich nichts mehr zu verlieren.

♦

Zum dritten Mal in den letzten zwei Wochen hatte der UPS-Fahrer in der Wohnung im ersten Stock am Laura Place geklingelt, resigniert eine Benachrichtigung für die Grangers ausgedruckt und in den Briefschlitz der Haustür geworfen. Als er sich gerade umdrehte, um zu seinem Wagen zurückzugehen, wurde das schmiedeiserne Tor am Grundstückseingang aufgestoßen und eine junge Frau mit zwei riesigen Einkaufstüten betrat den gepflasterten Zugang zum Haus. Den Gruß des UPS-Fahrers erwiderte sie mit einem unverständlichen Geräusch, denn zwischen ihren Zähnen klemmte ihr Schlüsselbund. Sie quetschte sich an dem UPS-Mann vorbei. Als sie eine der Tüten abstellte, um die Haustür aufzuschließen, fiel diese um, einige Äpfel machte sich selbständig und rollten den Weg Richtung Straße hinunter. Beim Versuch, gleichzeitig die Äpfel einzusammeln und die zweite Tüte daran zu hindern, ebenfalls umzufallen, verlor sie den Schlüsselbund, der mit lautem

Klirren aufs Pflaster fiel.

„Mist!"

Der UPS-Fahrer fing die Äpfel wieder ein, tat sie in die Tüte zurück und stabilisierte diese, bis die junge Frau ihren Schlüsselbund aufgehoben, die Tür aufgeschlossen und das Haus betreten hatte. Sie hob die Post, die hinter der Eingangstür lag, auf und wollte nach der Einkaufstasche greifen, die er ihr zuvorkommend entgegenhielt.

„Die ist ja bleischwer. Warten Sie, ich trag Ihnen die eben rauf", bot der Fahrer entgegenkommend an und deutete auf die Einkaufstasche.

Die junge Frau musterte ihn und man konnte in ihrem Gesicht widerstreitende Gefühle erkennen. Einerseits war sie überrascht von so viel Freundlichkeit, andererseits schwang aber auch Misstrauen mit. Doch dann nickte sie und sagte:

„Leider ganz oben. Vierter Stock, aber Sie haben es ja so gewollt."

Tapfer schnappte sich der UPS-Mann die beiden Tragetaschen und stieg hinter ihr die Treppen hinauf.

Als sie an der Wohnungstür der Grangers vorbeikamen, fragte er:

„Sagen Sie mal, ich versuche jetzt seit zwei Wochen, denen hier ein Päckchen zuzustellen, aber da ist nie einer. Wissen Sie, ob die in Urlaub sind?"

„Keine Ahnung. Ich habe die bestimmt seit sechs Wochen nicht mehr gesehen. Mir haben sie nichts gesagt. Ich hätte sonst gerne ihre Blumen gegossen, aber vermutlich macht das dann wohl ihre Schwester. Die wohnt gleich um die Ecke."

Inzwischen hatten sie das oberste Stockwerk erreicht. Der UPS-Fahrer stellte die beiden Einkaufstaschen brav vor der Wohnungstür ab. Er schien sehr durchtrainiert zu sein, denn trotz der schweren Taschen und der vielen Stufen atmete er keinen Deut schneller, wohingegen die junge Frau sichtlich außer Atem war.

„Tausend Dank fürs Schleppen. Ich gehe übrigens fast jeden Dienstagmorgen einkaufen. Sie könnten nicht ab sofort dann immer zufällig gerade hier sein?", fragte sie spitzbübisch lächelnd.

„Ihr Wunsch ist mir Befehl, Madam. Also nächsten Dienstag gleiche Uhrzeit?!", rief der Fahrer fröhlich über seine Schulter, während er die Treppe hinunter sprang.

Gut gelaunt schloss Judith Ratcliffe ihre Wohnungstür auf und ertappte sich, dass sie immer noch fröhlich lächelte, als sie beide Tüten längst ausgepackt und die Inhalte in Kühlschrank und Vorratsschränken verstaut hatte.

‚Schade', dachte sie, ‚den wirst Du wohl nie wiedersehen. Das war ja mal ein netter Typ.'

Sie kochte sich eine Kanne Tee und ging froh gestimmt an ihren Schreibtisch.

♦

„Ethel Grangers richtiger Name lautet Alice Martland. Sie hatte Mitte der Siebziger Jahre zweifelhafte Erfolge als Schauspielerin in einigen Westend-Produktionen, die sich insbesondere dadurch hervortaten, dass auf der Bühne viel nackte Haut zu sehen war. Ein Rezensent des Daily Telegraph lobte Martlands Brüste und sein Kollege einer obskuren katholischen Wochenzeitung verdammte Martland als die fleischgewordene Sünde."

Carl hatte sichtlich Freude an der Zusammenfassung dessen, was Laura und er über Alice Martland herausgefunden hatten.

„In den frühen Achtzigern war sie das Gesicht einer Putzmittelwerbung und danach ist sie in der Versenkung verschwunden. Niemand wollte Werbung mit einer Frau machen, die nur mangels Beweisen von einem heimtückischen Mord freigesprochen worden war."

Carl machte eine Kunstpause.

„Und wen bitte soll sie umgebracht haben?", fragte Harriet.

„Ihren damaligen Werbefilm-Produzenten, der gleichzeitig auch ihr Geliebter war, ihr aber unter Zeugen mitgeteilt hatte, dass er um keinen Preis seine Frau verlassen würde. Noch in der selben Nacht starb er bei einem Autounfall", setzte Laura den Bericht nüchtern fort.

„Die Kriminaltechnik stellte fest, dass die Bremsleitungen seines Wagens beschädigt worden waren. Natürlich verdächtigte man seine Geliebte, aber das Gericht hielt der

Angeklagten zugute, dass sie als Frau wohl kaum über das technische Wissen verfüge, um die Manipulation am Wagen des Opfers vorgenommen haben zu können. Außerdem zauberte die Verteidigung in letzter Sekunde einen Zeugen aus dem Hut, der Alice Martland ein zwar nicht wasserdichtes, aber doch ausreichendes Alibi gab. Und wer war das?", endete Carl die Fortführung mit dramatischem Tonfall.

„Lass' mich raten: War es unter Umständen Dennis Higson?", antwortete Harriet vermeintlich zögerlich.

Laura nahm den Faden auf: „Exakt. Dennis Higson gab vor Gericht an, er habe die Nacht mit der Angeklagten verbracht. Auf die Frage, wieso er nicht früher mit dieser Information aufgetaucht sei, antwortete er, er habe ihren guten Ruf nicht schädigen wollen. Aber da es nun um eine Mordanklage gehe, habe sein Gewissen ihn dazu getrieben, doch noch zu ihren Gunsten auszusagen."

„Was die Anklage leider übersehen hatte, war, dass Higson in der Mordnacht in einem Pub in Soho völlig betrunken in eine Kneipenschlägerei verwickelt war und mehrere Stunden in der Notaufnahme des Temple Medical Centres verbracht hatte", ergänzte Carl.

„Und es hatte offensichtlich niemand Informationen über Alices familiären Hintergrund eingeholt, sonst wäre man darauf gestoßen, dass ihr Stiefvater Automechaniker war und dass die kleine Alice sich immer dann in seiner Werkstatt aufgehalten hatte, wenn ihre Mutter arbeiten musste." Man konnte Lauras Tonfall eine gewisse Empörung über derlei Nachlässigkeit anhören. Ihr wäre das bestimmt nicht passiert.

„Na", schloss Carl den Bericht, „jedenfalls wurde sie mangels Beweisen freigesprochen. Sie verlor ihren Job in der Werbeindustrie und arbeitete in den folgenden Jahren in einer ganzen Reihe von mehr oder weniger obskuren Jobs. Sie war Buchhalterin, Kindermädchen, Gesellschafterin, Touristenführerin. Ihr Name taucht noch einmal kurz in den Medien auf, als 1998 eine sehr reiche, ältere Dame entführt wird, für die ein hohes Lösegeld gezahlt wird, woraufhin sie nach vier Tagen gesund und unversehrt in den Schoß ihrer überglücklichen Familie zurückkehrt."

„Und wieso taucht Alice Martland in diesem Zusammenhang in der Berichterstattung auf?", konnte Harriet nicht umhin zu fragen.

„Na, sie hatte einige Jahre als Gesellschafterin für das Entführungsopfer gearbeitet, aber bereits zwei Jahre vor der Entführung die Stelle gewechselt und war zum Zeitpunkt der Entführung definitiv als Kindermädchen auf Barbados tätig", berichtete Carl

„Bei einer Familie Higson", fügte Laura nüchtern hinzu.

Harriet konnte sich ein Schmunzeln nicht verkneifen.

„Dennis Higson hat übrigens nicht nur acht Jahre wegen schweren Raubs gesessen. Er findet auch Erwähnung im Zusammenhang mit einem Entführungsfall im Jahr 2010. Damals arbeitete er als Verwalter auf einem kleinen Gut im

Yorkshire, als die achtjährige Tochter des schwerreichen Industriellen Roger Barnes entführt wurde, der das an das Gut angrenzende Herrenhaus Rolfing Manor bewohnte. Die Boulevard-Presse brachte Interviews mit allen Dorfbewohnern, Nachbarn, vermeintlichen Freunden von Barnes und drückte kräftig auf die Tränendrüse. Die Kleine wurde nach Zahlung eines üppigen Lösegeldes nach einer Woche unversehrt auf dem Bahnhof von Leeds gefunden", ergänzte Carl die bislang vorliegenden Informationen.

„Ein Schelm, der Böses dabei denkt", murmelte Harriet und fuhr dann fort: „Für mich hört sich das aber alles an, als wenn die beiden nur nützliche Idioten sind und im Hintergrund jemand, der über sehr viel mehr Intelligenz als die beiden verfügt, die Strippen zieht, die Opfer aussucht und die Planungen macht."

„Aber wie kommen wir an die Hintermänner dran?", fragte Carl sinnend in den Raum, ohne eine Antwort zu erwarten.

„Graben", lautete Lauras knappe Antwort.

„Graben? Du meinst, mit Spaten und Hacke?", fragte Carl.

„Im Netz." Laura klang richtiggehend unwirsch wegen seiner blödsinnigen Frage. „Wir graben nach Informationen. Wer hat den Beiden Zeugnisse geschrieben? Ihnen Empfehlungen ausgesprochen? Die Wohnung im Laura Place gemietet oder gekauft? Welche Anwälte haben sie bei den Prozessen vertreten? Mit wem hat Higson die Zelle geteilt? Bei wem haben sie Schulden? Wir müssen so viele Informationen sammeln wie möglich. Vielleicht ist etwas dabei, was uns weiter bringt."

„Hört sich nach einem möglichen Plan an", gab Carl widerwillig zu. „Scheint aber länger zu dauern."

„Wo willst Du ansetzen?", fragte Harriet.

„Wo immer ich eine Schraube finde, die ich aufschrauben kann." Mit dieser nebulösen Antwort verließ Laura den Raum.

„So genau wollte ich es ja gar nicht wissen", grummelte Harriet.

Carl grinste, als er tröstend sagte: „Damit meint sie illegale Zugänge zu Rechnern, zum Beispiel von der Haftanstalt, in der Higson gesessen hat. Ich mache mich mal auf die Suche in den legalen Archiven von Zeitungen, die über die Prozesse berichtet haben. Da finde ich bestimmt raus, wer die Anwälte waren, wie der Nachbar von diesem Industriellen hieß und so was."

„Kann ich etwas Sinnvolles tun?"

„Vielleicht Clive schon mal schonend darauf vorbereiten, dass wir eventuell seine Talente benötigen?! Ich fürchte, vieles werden wir gar nicht elektronisch finden können, weil es damals noch in echten Aktenordnern aufgehoben wurde."

„Das Ganze nimmt ja ziemliche Formen an. Ist es wirklich sinnvoll, der Sache nachzugehen? Es ist doch nichts passiert."

Carl sah sie plötzlich sehr streng an: „Einfach aufgeben und diese Leute davon kommen lassen? Das kann nicht Dein

Ernst sein. Wir wissen von mindestens zwei erfolgreichen Entführungen, bei denen harmlose Menschen in Angst und Schrecken versetzt worden sind. Eine alte Dame und ein kleines Mädchen. Wer weiß, was noch alles auf deren Konto geht. Übrigens auch ein schönes Recherchethema für mich. Das Besondere an den beiden Entführungsfällen war nämlich, dass die Familien nicht zur Polizei gegangen sind, sondern das Lösegeld still und leise gezahlt haben. Und als ihre Lieben unversehrt wieder zu Hause waren, wurde die örtliche Presse anonym informiert und erst, als die das dann sensationsgeil veröffentlicht haben, hat sich die Polizei eingeschaltet. Warum informiert jemand nach einer erfolgreichen Entführung selber die Presse? Vermutlich doch, um weiteren Opfern zu signalisieren: Seht Ihr, so läuft das. Also seid schön brav, macht, was wir Euch sagen und dann geht alles gut."

Während seiner Strafpredigt war er immer lauter geworden. Harriet schaute Carl betreten an. So hatte sie ihn noch nie erlebt.

"Du hast recht. Das können wir nicht einfach so laufen lassen. Tut mir leid, ich hatte nur gerade so das Gefühl, dass ich Euch immer in Dinge verwickele, mit denen ich Euch in Gefahr bringe. Stell' Dir vor, Clive wird bei einem Einbruch erwischt. Oder Laura."

"Ich glaube, wir alle können die Risiken, die wir eingehen, ganz gut einschätzen. Und wenn was schief geht, haben wir ja immer noch Dich. Dir fällt bestimmt was ein, um uns rauszuhauen, wenn es uns an den Kragen geht."

„Wenn Du dich da mal nicht vertust."

„Keine Chance. Wir sind doch auf Dich angewiesen", sagte Carl mit sardonischem Lächeln. „Na, ich mach' mich mal auf die Suche. Wir melden uns, wenn wir ein Stück weiter gekommen sind."

Carl war schon halb aus dem Besprechungszimmer heraus, als er den Kopf noch mal durch die Tür steckte.

„Ach, bevor ich es vergesse. Angus hat uns eine Nachricht geschickt. Er hat in Deiner Wohnung Blumen gegossen und dabei eine Nachricht auf diesem albernen, beinahe antiken Prepaid-Handy gefunden, dass Du manchmal noch nutzt. Du hast es wohl auf dem Küchentisch liegen lassen. Er dachte, es könnte wichtig sein. Vor allem, weil wohl sonst nie Nachrichten an Dich kommen, sondern Du nur welche schickst."

„Wie lautet die Botschaft?"

„Hab ich Dir hier aufgeschrieben", sagte Carl, zog einen zerknitterten Notizzettel aus seine Hosentasche, gab ihn ihr und verschwand endgültig in seinem Büro.

Harriet starrte den Zettel irritiert an. Was sollte sie mit einer alten Quittung einer Fast-Food-Bude? Sie wollte schon hinter Carl her gehen, um ihn zu fragen, als sie auf die Idee kam, die Rückseite des Zettels anzuschauen. Sie staunte nicht schlecht, als sie den folgenden Text der SMS las.

,Vermehrt Falschgeld in Nordengland, Schwerpunkt südli-

cher Lake District. Haben Sie Informationen oder eine Idee?'

♦

„Wie verzweifelt müssen die bei der Polizei eigentlich sein, dass Du so eine Nachricht erhältst?" Clive war sichtlich empört, dass die Behörden offensichtlich unfähig waren, ihre Arbeit selbst zu machen.

Harriet und er hatten sich ein Theaterstück angesehen und nun saßen sie im *Mildred*'s in der Lexington Street und genossen ein spätes Abendessen. Harriet hatte ihm von Lauras und Carls Recherchen erzählt und ihm gesagt, dass er vielleicht gebraucht würde, wenn die beiden nicht weiter kämen. Sofort funkelten Clives Augen vor Vergnügen. Er war und blieb nun mal im Grunde seines Herzens ein Einbrecher, der durch seine Zeit bei der SAS nur ein wenig gezähmt worden war. Bot sich ihm aber eine Gelegenheit, seine alte Fertigkeiten zum Einsatz zu bringen, so wie damals, als er den Rechner des schottischen Parlamentsabgeordneten aus dessen Haus in Edinburgh geklaut hatte, lebte er förmlich auf.

Sie hatten sich eine Weile über Audrey Brooks, die neue Köchin, unterhalten, die Clive für sein Restaurant engagiert hatte. Sie war seit anderthalb Monaten für ihn tätig, leistete hervorragende Arbeit und es gab nur einen Punkt, an dem es zwischen ihr und dem Restaurantbesitzer knirschte. Sie war ehrgeizig und wollte unbedingt in einem Sterne-Lokal kochen. In der letzten Woche war ein Restauranttester zu Gast gewesen und kaum, dass das Lokal geschlossen hatte, hatte Audrey losgetobt. Wieso hatte der Kellner das Vorspeisenbesteck falsch herum gelegt? Weshalb hatte auf dem Vorspeisenteller die Dekoration auf der Sushi-Rolle gefehlt? Warum war die Kräuterbutter auf dem Madegassischen Pfeffersteak schon zerlaufen, als es serviert worden war? Und warum hatte der Gast einen Kaffee serviert bekommen, obwohl er doch definitiv einen Espresso bestellt hatte? So würde das mit dem Stern nichts werden, hatte sie gebrüllt und war wutschnaubend nach Hause gegangen.

Servicekräfte und Küchenbelegschaft hatten betreten hinter ihr hergeschaut und dann vorwurfsvolle Blicke auf ihren Chef gerichtet. All diese kleinen Pannen waren von ihm angeordnet, damit sein Restaurant auf keinen Fall für eine Sterne-Vergabe in Betracht gezogen wurde. Audrey hätte bestimmt kein Verständnis dafür, dass Clive das unbedingt vermeiden wollte, weil so etwas immer unangenehme Publicity nach sich zog, die er nicht gebrauchen konnte.

„Mach' sie doch zur Geschäftsführerin. Wenn Ihr dann einen Stern verliehen bekommt, kannst Du Dich gepflegt im Hintergrund halten und sie die Lorbeeren ernten ", hatte

Harriet angeregt.

Nach einem Moment fassungslosen Schweigens hatte sich ein Lächeln in Clives Gesicht breit gemacht, als er erkannte, dass es eine Lösung für sein Dilemma gab. So konnte er seine Spitzenköchin halten und entging doch den Nachforschungen der Presse. Er hatte sich herzhaft bei Harriet für ihren Rat bedankt und sich laut die Frage gestellt, wieso er Volltrottel nicht selbst auf diese einfache Lösung gekommen war. Harriets trockener Kommentar hatte gelautet:

„Irgendwofür muss ich ja auch nützlich sein. Die einfachen Lösungen sind nun mal mein Metier. Die komplizierten Sachen müsst Ihr selber machen."

Dann hatte sie ihm von der sonderbaren SMS berichtet, die sie von Theresa Wincanton erhalten hatte.

„Ich finde es ganz lustig, dass die Kommunikation sich zum ersten Mal umdreht. Haben wir eine Idee zum Thema Falschgeld?", sagte Harriet.

„Keine Ahnung. Damit haben wir wirklich noch nicht zu tun gehabt, oder?"

„Ich habe mich mal sofort in die Unterlagen meines Vaters versenkt und nur einen Hinweis gefunden. In seiner Kartei taucht ein Drucker in Penrith auf, der, wenn man ihm das entsprechende Material beschafft, alles fälscht, was gebraucht wird. Pässe, Dokumente, Geld."

„Könnte er der Verantwortliche sein?", wollte Clive wissen.

„Na, der gute Mann ist inzwischen hoch in den Siebzigern, ob der noch aktiv ist, halte ich für fraglich."

„Aber vielleicht hat er ja einen Nachfolger eingearbeitet? Hat Dein Vater ja auf gewisse Weise auch, nur eben mit umgekehrten Vorzeichen", gab Clive zu bedenken.

„Schaden kann es ja nicht, wenn wir den mal unter die Lupe nehmen. Machst Du mit?"

Clive lachte: „Habe ich eine Wahl? Natürlich mache ich mit!"

Harriet wurde plötzlich sehr ernst.

„Clive, natürlich hast Du die Wahl. Ich möchte auf keinen Fall, dass sich einer von Euch verpflichtet fühlt, bei meinen blödsinnigen Aktionen mitzumachen. Wenn Ihr Risiken eingeht, dann bitte nicht um meinethalben und nur solche, die Ihr wirklich eingehen könnt und wollt!"

Clive schaute sie nachdenklich an und sagte dann:

„Du hast recht. Es hat sich über die Jahre etwas verselbständigt. Wann immer es etwas gab, was erledigt werden musste, haben wir es einfach gemacht, ohne groß drüber nachzudenken. Wir haben viel Spaß und Aufregung dabei gehabt und intensiver gelebt, als wir es ohne Deine ganzen - wie Du es formulierst - blödsinnigen Aktionen getan hätten. Aber wir haben es immer freiwillig gemacht und weil wir die Idee gut fanden, ein wenig Batman und Robin zu spielen."

„Sind wir das? Batman und Robin?"

„Na ja, in gewisser Weise schon, nur nicht so medienwirksam. Wir haben in den letzten Jahren wirklich viel dafür getan, der organisierten Kriminalität zu schaden. Und vielleicht, ganz vielleicht, haben wir die Welt ein wenig besser gemacht. Das ist jedes Risiko wert, wenn Du mich fragst."

„Ich persönlich finde Fledermäuse ja absolut faszinierend", versuchte Harriet, die Ernsthaftigkeit, die das Gespräch angenommen hatte, zu brechen. „Ich möchte einfach nur, dass alle sich darüber im Klaren sind, dass sie jederzeit sagen können, wenn es ihnen zu riskant wird oder zu weit geht. Wir haben nicht das Prinzip der Omertá oder des mitgegangen, mitgehangen."

„Mach' Dir keine Sorgen. Das ist, glaube ich, wirklich allen bewusst. Aber jetzt noch mal zurück zum Thema Falschgeld. Jemand druckt es, jemand bringt es in Umlauf und die Polizei ist ahnungslos. Wir haben als einzigen Ansatzpunkt einen dubiosen Drucker, von dem wir nicht wissen, ob er überhaupt noch aktiv ist. Wie gehen wir vor?"

„Ein Gas– oder Wasserableser könnte feststellen, ob an der angegebenen Adresse überhaupt noch eine Werkstatt ist. Oder strebst Du eine Karriere als Schornsteinfeger an?" Clive grinste.

„Also etwas Offizielles. Wird gemacht, Madam. Ich wollte schon lange mal wieder eine Runde Golf auf dem Platz in Appleby spielen. Ich melde mich sofort, wenn ich aus dem Norden zurück bin."

♦

Intermedium 1
22. April 2022, 01:38 Uhr

Er schreckte hoch. Sein Puls raste und er war augenblicklich hellwach. Er lauschte angestrengt in die tiefschwarze Dunkelheit. War da nicht ein leises Quietschen? So wie von einer schlecht geölten Türangel? Vielleicht war ja gerade jemand an einer der anderen Garagen.

So schnell er konnte zog er sich mit den Füßen voran auf seinem Allerwertesten über den Garageboden bis zum Tor. Er drehte sich auf die Seite und trat, so fest er konnte, mit den gefesselten Füßen gegen das Tor. Aber in diesem Moment wurde draußen ein laut knatternder Motor angelassen und ein Fahrzeug fuhr davon.

Entmutigt ließ er die Beine sinken. Es war so knapp gewesen. Wenn er nur doch etwas eher gegen das Tor getreten hätte.

Jetzt, wo die Anspannung nachließ und sich sein Adrenalinpegel normalisierte, machte sich ausgehend von seinen Rippen ein stechender Schmerz in seinem Körper breit. Er konnte nicht liegen bleiben. Mühsam und mit Tränen in den Augen richtete er sich wieder so weit auf, dass er mit dem Rücken am Garagentor lehnte. Die Anstrengung hatte ihn derartig ausgelaugt, dass er wie ohnmächtig wegsackte.

Deshalb hörte er auch nicht, dass kurze Zeit später der knatternde Motor zurück kam, das Garagentor geschlossen wurde und jemand leise pfeifend über den Garagenhof davon schlenderte.

♦

Judith war etwas verzweifelt. Weit und breit war kein Parkplatz zu finden und gerade heute hatte sie einen Sechserpack Literflaschen Wasser eingekauft. Ihre Lust, die jetzt meilenweit durch Bath zu tragen, hielt sich in Grenzen. Mit Mühe und Not quetschte sie sich in eine viel zu enge Parklücke und lud gerade die schweren Taschen aus dem Kofferraum, als hinter ihr eine freundliche Stimme sprach:

„Na, da bin ich ja gerade pünktlich. Geben Sie mir mal das Wasser und die beiden Taschen da nehme ich auch."

Überrascht blickte sich Judith um. Vor ihr stand der freundlich lächelnde UPS-Fahrer, die Hände hilfsbereit nach den Taschen ausgestreckt.

Sie lachte auf.

„Sie sind wirklich da? Ich fasse es nicht. Ich habe gedacht, Sie machen nur Blödsinn."

Er verzog enttäuscht das Gesicht.

„Hätte ich nicht kommen sollen? Mache ich Ihnen womöglich Ihr wöchentliches Hanteltraining zunichte?"

„Nein, Ihre Tragkraft ist mir äußerst willkommen", versicherte Judith eilig. „Ich habe nur wirklich nicht mit Ihnen gerechnet."

„Wie meine alte Mutter immer zu sagen pflegt: ‚Junge, merke Dir meine Worte - Zuverlässigkeit ist eine aussterbende Kulturtechnik.' Das habe ich mir zu Herzen genommen und bemühe mich stets, Verabredungen, Termine und Zusagen einzuhalten."

Bevor sie hätte protestieren können, schnappte er sich die

Taschen und das Wasser und trug alles lässig davon.

Judith starrte verblüfft hinter ihm her und musste sich anstrengen, ihn rechtzeitig an der Haustür einzuholen, um die Tür aufzuschließen.

„Haben Sie wieder ein Päckchen für die Grangers?", fragte sie ihn.

„Nein, heute nicht. Die sind alle zurück an die Absender gegangen, weil sich die Leute nicht gemeldet haben, um einen neuen Termin für die Zustellung zu vereinbaren."

„Dann sind Sie wirklich nur meinetwegen hier?", fragte Judith ungläubig.

„Wir hatten doch einen Termin vereinbart", sagte der UPS-Mann, als wäre es vollkommen selbstverständlich, während er die Einkaufstaschen und Wasserflaschen vor ihrer Wohnungstür abstellte.

Bevor Judith Gelegenheit hatte, sich zu bedanken, war er schon die halbe Treppe heruntergesprungen und rief ihr nur noch kurz vor der Haustür zu:

„Dann also bis nächsten Dienstag. Schöne Woche noch."

Ihr „Danke, gleichfalls" verhallte ungehört im Zuschlagen der Haustür.

‚Was war das denn jetzt?', dachte sie verwirrt und erheitert zugleich. Der Typ war ja wirklich äußerst unterhaltsam. Und sah gut aus. Vielleicht sollte sie sich mal abends mit ihm in einem Pub treffen. Aber sie konnte doch eine gewisse Skepsis nicht ausblenden. Solche Sachen passierten doch nicht im richtigen Leben! Was, wenn sich herausstellte, dass der Typ sie stalkte? Oder andere böse Absichten hatte? Er kannte ihre Adresse, sie dagegen wusste nichts über ihn, außer das sie seinen Beruf kannte. Sie beschloss, mit ihrer Freundin Mel darüber zu sprechen. Sie war gespannt, wie die die Sache einschätzen würde.

Ihr Misstrauen hätte schnell die Oberhand gewonnen, wenn sie gewusst hätte, dass zur gleichen Zeit der vermeintliche UPS-Fahrer in der Wohnung der Grangers stand und sich aufmerksam umschaute. Er hatte das Haus keineswegs verlassen, sondern nur die Tür ins Schloss fallen lassen und war dann sehr leise in die erste Etage zur Wohnung der Grangers zurückgegangen, wobei er sorgfältig zwei Stufen vermied, die bei Belastung laut quietschten.

Die Schlösser an der doppelt gesicherten Wohnungstür hatten beide normalen Sicherheitsstandard, waren also für jemanden, der bei Clive Oakham in die Lehre gegangen war, kein Hindernis.

Er schloss die Tür von innen wieder ab und begann die systematische Durchsuchung. Der Kühlschrank und der Tiefkühlschrank waren beide vollkommen leer und abgestellt, der Gashahn zugedreht, Blumen gab es keine, die man hätte gießen müssen. Alle Kleiderschränke waren ausgeräumt und kein persönlicher Gegenstand lag herum. Nichts deutete darauf hin, dass die Wohnung bis vor kurzem noch bewohnt gewesen war. Alles war makellos sauber und er war sicher, dass die Polizei nicht einen Fingerabdruck gefunden hätte. Hier hatte jemand gründlich Ordnung geschafft.

Vorsichtshalber drehte er jedes Bild an der Wand herum, schaute unter Betten, Sofas und Schränke und zog sogar die Schubladen aus den Schränken, Kommoden und Nachttischchen, denn manchmal verirrte sich ja etwas und fiel hinten durch, aber seine Suche war ergebnislos.

Er wollte sich gerade den antiken Sekretär vornehmen, der zwischen Wohn– und Essbereich stand, als er ein Geräusch aus dem Hausflur hörte. Eine Tür wurde ins Schloss gezogen, dann hörte man, dass jemand die Treppe herunter ging. Der UPS-Mann schaute vorsichtig auf die Straße hinunter und sah, dass die nette junge Frau aus der obersten Etage das Haus verließ und zur Bushaltestelle ging. Kurz darauf kam der Bus und sie stieg ein.

,Um so besser, dann kommt sie mir nicht aus Versehen in die Quere, wenn ich gehe', dachte er.

Er wendete sich wieder dem hübschen Sekretär zu, öffnete die Schreibklappe, die wie erwartet leer war, und nahm dann auch hier die Schubladen heraus. Hinter der untersten Schublade wurde er fündig. Ein Blatt Papier war unbemerkt hinter den Schubladen durchgerutscht und von der auf und zu gehenden untersten Schublade ziehharmonikaartig zusammengeschoben worden.

Er faltete das Blatt auseinander und warf einen Blick darauf. Er hatte keine Ahnung, ob es sie irgendwie weiterbringen würde, aber immerhin standen einige Namen, Straßennamen und verschiedene Nummern auf dem Blatt, die vielleicht interessant sein könnten. Das zu prüfen wäre jetzt

Lauras und Carls Aufgabe. Er steckte das Blatt in die Innentasche seiner Jacke, dann schaute er sich kritisch um und vergewisserte sich, dass es keinen Hinweis auf seine Anwesenheit gab. Er verließ die Wohnung, schloss sie sorgfältig wieder ab und ging ebenso leise die Treppe hinunter, wie er sie hinauf gekommen war.

Einige Zeit schaute er durch die Glasscheibe der Haustür und überzeugte sich, dass im gegenüberliegenden Haus nicht gerade zufällig jemand aus dem Fenster schaute, bevor er das Haus verließ und davon ging.

Angus lächelte vergnügt. ‚Zwei Fliegen mit einer Klappe', dachte er. Ganz sicher würde er am kommenden Dienstag wieder am Laura Place sein.

◆

Juni 2021

Vor zehn Tagen hatte sie London verlassen. So schön es dort mit dem riesigen Kulturangebot auch gewesen war, nach drei Wochen hatte sich Harriet nach ländlicher Ruhe gesehnt. Chinley war in der ungeklärten Situation mit den vermeintlich Grangers keine Option. Nach Angus Besuch in der ehemaligen Wohnung der Grangers stand zwar relativ fest, dass diese Bath verlassen hatten, aber Harriet wollte kein unnötiges Risiko eingehen und so war sie auf die Idee gekommen, kurzfristig in das kleine Cottage auf der Hazlewood Farm in Norton-sub-Hamdon zu ziehen. Sie hatte es Maisy schon vor einigen Jahren abgekauft, die sich aber weiterhin darum kümmerte und es auch als Ferienwohnung vermietete, allerdings nur, wenn zufällig jemand vorbeikam und etwas für maximal eine Woche suchte.

Auf der Hazlewood Farm war beinahe alles wie immer. Maisy redete wie ein Schnellfeuergewehr, ihre Schwester Millie huschte nur immer mal durchs Bild, lächelte scheu und verschwand wieder. Maisies Sohn Benny bewirtschaftete jetzt mit seinem Onkel die eigentliche Farm, war verheiratet und hatte eine fünfjährige Tochter. Zwei Dinge allerdings hatten sich sehr verändert. Ratatouille, der einmal ein kleiner, roter, unternehmungslustiger Kater gewesen war, war zwar immer noch rot, aber von zierlich konnte keine Rede mehr sein. Und die meiste Zeit lag er behäbig in der Sonne und ließ sich nur dazu herab, sich zu bewegen, wenn es etwas zu fressen gab.

Und wo früher ein Fasan mit drei Haushühnern im Schlepptau durch den Garten und über die Terrasse gestreift war, war es jetzt ein schwarzes Huhn mit weißen Tupfen, das mit zwei Fasanen als Verehrern durch die Gegend zog. Bisweilen gingen die beiden Herren aufeinander los, die meiste Zeit aber verhielten sie sich friedlich und liefen mit einem Sicherheitsabstand von zwei Metern voneinander entfernt hinter der Henne her. Spontan hatte Harriet die Henne Hermia und die beiden Fasane Demetrius und Lysander getauft.

Der 5. Juni war ein strahlend schöner Tag und Harriet unternahm eine Wanderung über die Wiesen und Felder, durch den riesigen Park vorbei an Montacute House und dann über Landstraßen und Feldwege nach Kingston Lacy. Sie genoss das Laufen nach der langen Zeit in London ohne ausreichende Bewegung.

Sie besichtigte das Haus und den Garten und machte sich dann nach einer langen Teepause unter Glyzinien im vorderen Hof auf den Rückweg. Vom letzten Hügel oberhalb ihres Häuschens sah sie zwei ihr unbekannte Wagen auf dem Parkplatz stehen. Harriet ging hinter der Begrenzungshecke in Deckung. Sie erwartete keinen Besuch und die Wagen sah nicht danach aus, als wenn sie Bekannten von Maisy oder Benny gehörten. In dieser Karrenweg-Schlagloch-Gegend würde niemand freiwillig einen Z4 oder einen Audi TT fahren. Sie warf einen prüfenden Blick auf ihr Handy, aber sie hatte keine Nachricht erhalten, mit der sich jemand ankündigte.

Sie mahnte sich zur Vorsicht und nahm nicht den direkten Weg hinunter zum Haus, sondern umrundete die Mulde, in der Maisies kleine Pension und das Cottage lagen, über den Hügelkamm und ging zur Farm.

Ein vielleicht fünfzehnjähriges Mädchen saß auf der Mauer und ließ ihre braungebrannten Beine baumeln. Als sie Harriet bemerkte, strahlte sie sie an.

„Zwei Autos. Schicke Sportwagen. Den grauen fährt eine junge dunkelhaarige Frau, die ständig mit ihrem gleichaltrigen Beifahrer streitet. Der blaue Wagen wird von einem Mann in Deinem Alter gefahren, der aussieht wie Clive Owen. Er hat auch eine junge Frau dabei, eine Inderin oder Pakistani oder so", verkündete sie in kurzen, knappen Worten.

„Danke, oh Du mein Frühwarnsystem. Was mache ich bloß, wenn Du eines Tages das Tal verlässt, um zu studieren oder eine Ausbildung zu machen?", sagte Harriet augenzwinkernd.

„Ach, mach' Dir keine Sorgen. Bis ich zum Studium gehe, ist Lizzie alt genug, um auf Dich aufzupassen. Ich erklär' ihr, wie das geht", antwortete Annie im Brustton der Überzeugung.

„Na, dann bin ich ja beruhigt", sagte Harriet erleichtert. Sie verbarg gekonnt ihr Amüsement über die Ernsthaftigkeit des Mädchens einerseits und andererseits über die Tatsache, dass alle Menschen in dieser Familie einen Namen trugen, der auf i endete. Wahrscheinlich hieß Annies Vater Jimmy oder Davy oder Mickey, obwohl er über sechs Fuß groß war und kräftig wie ein Panzerschrank.

„Weißt Du denn eigentlich schon, was Du studieren willst?"

„Ich will nach Glasgow und Ingenieurwissenschaft mit Schwerpunkt Schiffsbau machen", kam die Antwort wie aus der Pistole geschossen.

„Das hört sich spannend an. Na, ich geh' dann mal. Einen schönen Abend noch."

Harriet ging das kleine Stück Feldweg bis zu ihrem Cottage hinunter und sann verwundert darüber nach, wie ein Mädchen von einer Farm in Somerset auf die Idee kam, Schiffsbau studieren zu wollen. Es gab wirklich merkwürdige Dinge im Leben.

Als sie um die Ecke von Maisies Haus bog, wurde sie schwanzwedelnd, aber lautlos von deren drei Border Collies begrüßt. Sie schlugen nur bei Fremden an. Millie stand auf der kleinen Terrasse und winkte Harriet verstohlen zu

sich. Ohne sie anzuschauen flüsterte sie ihr verschwöre-
risch zu:

„Da sind vier Fremde."

„Danke Millie, ich habe die Wagen von oben gesehen und
Annie gefragt, wer gekommen ist. Ich kenne die Leute,"
raunte Harriet genauso konspirativ zurück.

„Gut." Millie nickte drei Mal bekräftigend und verschwand
in Maisies Küche.

Harriet schlich geduckt unter dem Wohnzimmerfenster
vorbei an der Eingangstür ihre Cottages und öffnete lautlos die Tür des Wintergartens. Dieses Manöver ermöglichte
es ihr, unvermittelt im an den Wintergarten angrenzenden
Wohnzimmer zu stehen und ihre vier Besucher zu überraschen.

„Beim nächsten Mal gebt Ihr mir vielleicht Bescheid, wenn
Ihr vorhabt mich zu besuchen. Das hätte mir einen Umweg
von zwanzig Minuten erspart", knurrte sie und täuschte
Übellaunigkeit vor.

Die vier sahen sie sichtlich zerknirscht an, aber bevor sie zu
einer Entschuldigung ansetzten konnten, lachte Harriet
und rief:

„Wie schön, dass Ihr da seid. Ich freue mich, Euch zu sehen. Ich hoffe, Ihr habt was zu essen dabei. Mein Kühlschrank ist nämlich nicht auf größere Besuchermengen
eingestellt."

Faizah, Alisha und Tony deuteten zeitgleich auf Clive und
sagten:

„Er hat alles dabei, um ein anständiges Dinner zu kochen, hat er gesagt."

„Ach, dafür brauchtest Du also einen zweiten Kofferraum? In einem ist ja kaum ausreichend Platz für ein ordentliches Essen", zog Harriet Clive auf. „Was sind das überhaupt für Wagen? Was ist aus Deinem schönen Range Rover geworden? Der wäre für diese Gegend nun wirklich geeigneter gewesen."

Clive verzog das Gesicht, als leide er große Schmerzen.

„Das habe ich auch gemerkt." Er massierte seinen Lendenwirbelbereich. „Aber diese junge Dame", er deutete auf Faizah, „kann sich partout nicht entscheiden, welchen der beiden Wagen sie kaufen möchte. Und deshalb hat sie den BMW her gefahren und nimmt auf dem Rückweg den Audi. Und dann weiß sie vielleicht, was sie will."

◆

Eine Stunde später konnte sich Harriet davon überzeugen, dass Clive wirklich an alles kulinarisch Notwendige gedacht hatte. Auf eine indisch gewürzte Fischsuppe folgten spanische Tapas und dann servierte Clive ein perfekt zubereitetes Roastbeef mit Yorkshire Pudding, Kartoffeln und drei Gemüsen. Als er dann noch Apple Pie mit heißer Vanillesauce auf den Tisch zauberte, stöhnten alle sowohl begeistert als auch verzweifelt auf, sanken übersatt in ihre Stühle zurück und taten einstimmig ihre Meinung kund, dass sie seit langem nicht mehr so gut gegessen hatten.

Als hätten sie es heimlich abgesprochen schnitt niemand während des Essens auf der Terrasse ernste oder schwierige Themen an. Es wurde geflachst, man sprach über Bücher, Filme, Theaterstücke. Harriet erzählte von den Berufswünschen der Bauerntochter vom Nachbarhof und ihre Verwunderung darüber und die Abendunterhaltung plätscherte munter vor sich hin.

Erst, als sie den Tisch abgeräumt hatten und sich im Wohnzimmer niederließen, wendeten sie sich ernsthaften Dingen zu.

„Der Vertrag mit Kolja ist vorgestern unterzeichnet worden", berichtete Faizah. „Ab sofort gehört ihm die Wartungsleitung. Die Reparaturen an der eigentlichen Pipeline werden nächste Woche fertig gestellt sein. Dann kann wieder Öl fließen und alles andere auch."

„Er war so begeistert von dem Test. Und unfassbar stolz darauf, dass er diese wahnsinnig gute Idee hatte, die Leitung auch anderweitig zu nutzen", ergänzte Alisha.

„Wie habt Ihr das eigentlich hingekriegt?", wollte Harriet neugierig wissen.

„Das war einfach. Oleg, einer unserer Techniker, kennt sich

ein bisschen in der Unterwelt von Krasnojarsk aus. Vermutlich hat er selber mal da mitgemischt. Jedenfalls weiß er, in welchen Kneipen die harten Jungs verkehren. Man kommt nach dem siebten Wodka ein wenig ins Gespräch mit dem Typen, der neben einem an der Bar sitzt, erzählt, was man im Moment so macht und wie viel Geld man mit dieser Technik scheffeln kann. Drei Tage später war dann Kolja selber in der Kneipe und hat mit Oleg geredet. Ihn ausgefragt und schließlich unmissverständlich aufgefordert, den Kontakt zwischen seinem Boss und Kolja herzustellen. Pro forma hat Oleg kurz den starken Mann markiert, ist aber schnell eingeknickt, als drei von Koljas Schlägern sich um ihren Boss versammelten, um dessen Argumenten Gewicht zu verleihen", fasste Alisha das Geschehen zusammen.

„Schon am nächsten Tag hat Kolja Kontakt mit uns aufgenommen und ordentlich gestaunt, als er sich beim ersten Treffen mit der Leitung der Katchatourian Ltd. zwei reizenden Frauen gegenübersah, mit denen man doch gerne Geschäfte macht. Tony hat sich erst einmal bewusst im Hintergrund gehalten. Wir fanden es einfach netter, wenn Kolja mal ohne seine Einschüchterungsnummer agiert. Hat er dann auch. Wir haben uns, typisch Frau, von ihm ein wenig über den Tisch ziehen lassen, weil wir uns ordentlich haben runterhandeln lassen und nun ist er der Meinung, einen Superdeal gelandet zu haben, der ihm in Kürze den gesamten Rauschgiftmarkt in Südsibirien in die Hände spielt. Grundsätzlich hat er ja auch recht. Mit dem genialen

Transportmittel würde er jede Konkurrenz gnadenlos abhängen. Es war übrigens nicht leicht, die etwas ahnungslosen Blondinen zu spielen. Besonders Alisha musste sich total reglementieren, wann immer es um Technik ging und solche Sätze produzieren wie ‚Also, so ganz genau weiß ich nicht, wie es funktioniert, aber meine Ingenieure sind der Meinung, dass …‘ oder ‚Wenn es Sie interessiert, werde ich mal einen der Techniker fragen, aber ich glaube, dass es da gar keine Schwierigkeiten gibt.‘ Ich selber habe mich immer hinter unserer Rechtsabteilung versteckt, die da ganz sicher einen passenden Vertrag ausarbeiten würden." Faizah kicherte leise bei der Erinnerung an die Gespräche mit Kolja und wie sie ihn an der Nase herumgeführt hatten und fuhr fort:

„Wir haben ihm dann den Vertrag zur Prüfung gegeben, bewusst zwei, drei kleinere Fehler eingearbeitet, damit seine Leute was zu mäkeln hatten, eine seiner Zusatzbedingungen, die er plötzlich aus dem Hut zauberte, mit viel Diskussion und offensichtlichen Magenschmerzen akzeptiert, dafür aber die beiden weiteren abgeschmettert und, Tahtaaaah, Kolja hat unterschrieben, vermutlich in dem Gefühl, dass es *sein* Vertrag ist."

„Ein bisschen schräg wurde es, als er das Geschäft mit Wodka feiern wollte, den er extra mitgebracht hatte. Wir haben uns darauf verlegt, dass Faizah nur Whisky mag und ich aus religiösen Gründen leider gar keinen Alkohol trinke. Das hat er sogar geschluckt, ohne beleidigt zu sein. Bei einem Mann wäre er wahrscheinlich ausgetickt. Und während er dann munter eine halbe Flasche Wodka in sich hineinschüttete, schwadronierte er, dass es ja wirklich total lustig wäre, dass er jetzt mit der Firma gute Geschäfte machte, die sein bester Kumpel Igor - ja, er hat wirklich ‚bester Kumpel' gesagt - am liebsten wie eine Laus zerquetscht hätte. Aber es wäre doch immer viel schöner, sich mit einem Feind zu vertragen und in Freundschaft miteinander Geld zu verdienen, als sich weiter zu streiten und dabei viel Geld zu verlieren. Darauf wolle er trinken. Als er damit fertig war, war die Flasche beinahe leer und Kolja verließ uns, nicht ohne uns zum Abschied noch sein Bedauern über den tragischen Tod unseres Firmengründers auszudrücken." Alisha schüttelte sich vor Abneigung bei der Erinnerung.

„Ab morgen werden nun Koljas Leute geschult, damit sie die Technik ohne unsere Mithilfe bedienen können und dann wird es wohl schon bald losgehen. Aber das kriegen wir ja mit", sagte Tony.

„Mit anderen Worten: ab sofort heißt es aufpassen. Denn wenn Kolja jetzt auf eigene Rechnung groß ins Drogengeschäft einsteigt, wird er schnell über genug Geld verfügen, um sich die nötige Anhängerschaft sowohl unter den anderen Regionalbossen als auch bei den Fußtruppen zu kaufen. Es wäre nicht schlecht, wenn ihm in den folgenden Monaten ein paar Sachen um die Ohren flögen, damit Ruslan ihn mit Aufräumen beschäftigen kann und ihm gleichzeitig klar macht, dass er ihn scharf kontrolliert", regte Harriet an.

Clive schaltete sich ein.

„Wir haben genug Leute in seiner unmittelbaren Umgebung, die uns Hinweise auf Aktionen geben können. Da lässt sich sicher was einrichten. Ich weiß zum Beispiel jetzt schon, dass Ende Juni eine große Waffenlieferung für den Sudan ansteht, die über den Hafen von Magadan rausgehen soll. Das wird also schon mal ganz bestimmt schief gehen. Mit den Aufräumarbeiten dürfte Kolja eine Weile zu tun haben."

„Aber riskieren wir nicht, dass er Leute von uns bei seinen Aufräumarbeiten liquidiert, weil er sie verdächtigt?", gab Harriet zu bedenken.

Clive beruhigte sie:

„In Magadan haben wir keine eigenen Leute. Der Ort war bis jetzt bedeutungslos, aber nach dem Desaster in Wladiwostok hat Ruslan Magadan zum neuen Exporthafen für seine Organisation bestimmt und einen kleinen Trupp ganz übler Gesellen dorthin abkommandiert, deren Weggang aus anderen Niederlassungen den Weg für seine eigenen Leute frei gemacht hat. Wenn Kolja also Leute in Magadan liquidiert, dann nur treue Vasallen von Igor, was ihm zusätzlich schaden wird. Und er wird bestimmt nicht auf die Idee kommen, dass die Verräter tatsächlich ganz woanders sitzen."

„Gut."

„Wäre es nicht nett, wenn diesmal nicht die Polizei son- dern eine gegnerische Organisation dazwischenfunkt? Ein kleiner Bandenkrieg in Magadan hält Kolja bestimmt mehr in Atem als eine bloße Beschlagnahmung durch Zoll oder Polizei", schlug Faizah vor.

„Charmanter Plan!" Harriet war sichtlich beeindruckt. „Lässt sich das machen?", wollte sie von Clive wissen.

Er dachte eine Weile nach und sagte dann wie zu sich selbst: „Wenn wir Rajonowitsch ... der hat ja sowieso noch ein Hühnchen mit Igor zu rupfen ... und im Moment ist er auch ein bisschen knapp bei Kasse ... ja, doch, ... das müss- te gehen."

„Prima, dann machen wir das so", Faizahs Augen funkelten vor Vergnügen.

„Hast Du eigentlich neue Informationen über diese angeb- lichen Grangers?", wechselte Tony das Thema.

„Laura hat herausgefunden, mit wem dieser Dennis Higson die Zelle geteilt hat und Carl hat die Namen der Anwälte ermittelt. Das sind neue Ansatzpunkte, die uns in drei ver- schiedene Richtungen führen. Der Zellenkumpan ist mal ein Handlanger des Mafiabosses Charles Ingraham gewe- sen, scheint jetzt aber die Kurve gekriegt zu haben und führt ein ganz anständiges Leben als LKW-Fahrer in Nor- wich mit Frau und zwei Kindern. Ingraham selbst dürfte kaum noch über die Ressourcen verfügen, aus dem Knast heraus einen hochkomplexen Entführungsring zu leiten."

„Aber er hätte natürlich einen sehr guten Grund, mit Harriet Day abzurechnen", gab Tony zu bedenken.

„Die für ihn aber tot ist. Er müsste also die Verbindung zwischen Harriet Day und Arlette Katchatourian herausgefunden haben und das halte ich für unmöglich", wandte Harriet ein.

„Stimmt, daran habe ich gar nicht gedacht. Ingraham können wir also vermutlich ausschließen.

„Wer waren die Anwälte?", wollte Clive wissen.

„Da wird es jetzt ziemlich interessant. Alice Martland, Deine Mrs. Granger, wurde von einem gewissen Richard Hadley vertreten, der in einer Anwaltskanzlei zusammen mit Peter Burton arbeitete. Der wiederum ist mir nur allzu bekannt, war er doch der Anwalt meines lieben Vaters, bis die beiden aufgrund schicksalhafter Geschehnisse gezwungen wurden, ihre Aktivitäten einzustellen. Burton dürfte immer noch im Knast sitzen und mein Vater? Tja, wo ist eigentlich mein lieber, alter Vater? Ach ja, der versucht ja gerade, in Guyana Fuß zu fassen. Wir sind gespannt, ob es ihm gelingt." Harriets sardonischer Ton hatte eine derartig böse Unternote, dass die drei jungen Leute sie erstaunt ansahen. Sie kannten zwar in groben Zügen die Geschichte, wie Harriet ihren Vater ausgeschaltet hatte, hatten aber keine Ahnung, warum sie ihn seither so unerbittlich durch die Welt jagte und ihm dabei nach und nach sein gesamtes Vermögen abnahm. Niemand außer ihr selbst wusste, dass James seine Frau in den Selbstmord getrieben hatte und Harriets ältere Schwester Doris hatte umbringen lassen, als die ihm auf die Schliche gekommen war.

Harriets Tonfall normalisierte sich, als sie fortfuhr:

„Hadley hat genau wie Burton für meinen Vater gearbeitet. Das habe ich in den Unterlagen meines Vaters geprüft. Also könnte das saubere Trio hinter den Entführungen stecken, die vor Jahren stattgefunden haben. Im aktuellen Fall können wir Burton und meinen Vater vermutlich außen vor lassen, aber Hadley könnte das erfolgreiche Geschäftsmodell natürlich weiterverfolgen oder er hat sich einen neuen Paten gesucht, der das macht."

„Das finden Laura und Carl doch sicher raus, oder?", fragte Alisha hoffnungsfroh und voller Zuversicht.

„Ja, die beiden sind schon dran und arbeiten sich durch Hadleys Akten."

„Und Higson? Von wem wurde der vor Gericht vertreten?", fragte Tony.

„Darüber wissen wir noch nichts. Wir müssen da noch ein bisschen weitersuchen. Leute, seid mir nicht böse, aber ich muss jetzt ins Bett. Apropos, wo schlaft Ihr eigentlich? Oder wollt Ihr jetzt noch zurück nach London?"

„Wir haben uns in der alten Mühle vorne am Ortseingang einquartiert. Die alte Mrs. Baxter vermietet dort zwei wunderbare, ganz in plüschigem Pink gehaltene und nach getrockneten Rosen duftende Zimmer", sagte Clive und rollte mit den Augen. „Wir haben nach unserer Ankunft erst mal die Fenster weit aufgerissen, damit wir heute Nacht überhaupt schlafen können. Wir fahren übrigens morgen früh direkt nach dem Frühstück nach London zurück, kommen also nicht noch mal bei Dir vorbei. Alisha hat am Nachmittag einen Termin und ich muss dringend mit Audrey sprechen. Mein Personal hat sich beschwert, dass sie immer noch sauer ist wegen dem Restauranttester und derartig in der Küche herumwütet, dass die Zusammenarbeit mit ihr fast unerträglich ist."

„Dann schlaft schön, träumt von Rosenranken, erstickt nicht und morgen gute Fahrt. Ich würde übrigens den Z4 nehmen, wenn es denn unbedingt ein deutscher Sportwagen sein muss. Der hat so viel mehr Stil als der Audi. Alles in allem wäre mir allerdings ein anständiger Geländewagen lieber", konnte sich Harriet einen letzten Kommentar nicht verkneifen und schob beiläufig hinterher: „Ach, was sagt denn eigentlich der Gasmann oder Schornsteinfeger?"

Clive schaute schuldbewusst.

„Oh je, das hätte ich ja beinahe vergessen. Also, es gibt da immer noch eine Druckerei und die Leute waren nicht so recht froh, als ich unangekündigt aufkreuzte. Ich kann mir gut vorstellen, mir den Laden noch mal genauer anzuschauen, aber das würde ich ungern allein machen. Sobald Andrew wieder da ist, werden wir das machen."

„Ja genau, wo steckt er eigentlich?"

„Erst war er bei einem Tauchkurs auf den Malediven und hat dann noch einen Wanderurlaub in den Dolomiten angehängt. Er meinte, er müsse mal raus und sich den Kopf durchpusten lassen. Eigentlich müsste er nächste Woche zurück kommen, wenn ich richtig informiert bin."

„Na, dann hoffen wir mal, dass beim Durchpusten nicht der Verstand davongeflogen ist."

♦

,Melden uns, wenn Infos vorliegen.'

Theresa starrte versonnen auf das alte Prepaid-Handy. Die letzten Tage waren turbulent gewesen, denn Mikes und sie wollten unbedingt noch eine Sache zu Ende bringen, bevor er sich in Richtung Manchester verabschiedete. Gestern Abend hatten sie ihren aktuellen Fall abgeschlossen, mit dem Ergebnis, dass ein Beamter der Polizeiverwaltung Northampton in Untersuchungshaft saß und sich wegen Vorteilsnahme und Bestechlichkeit würde verantworten müssen.

„Warum machen sie es immer wieder? In neunzig Prozent der Fälle kommt es letztlich doch irgendwie raus", hatte Mikes etwas verzweifelt geseufzt, als erste Verdachtsmomente gegen den Kollegen in den Midlands auftauchten.

„Weil die individuelle finanzielle Notlage groß, die Versuchung noch größer und die Bezahlung ganz grundsätzlich Scheiße ist, vielleicht? Versuchen Sie doch mal, von einem durchschnittlichen Bullengehalt eine Familie mit zwei Kindern zu ernähren. Selbst wenn beide Eltern arbeiten gehen, kann es da schnell knapp werden. Auto kaputt, Dach muss repariert werden, die Frau verliert ihre Teilzeitstelle und schon steht dir das Wasser bis Oberkante Unterlippe", hatte Theresas etwas ruppiger Erklärungsansatz gelautet. „Und natürlich, weil alle, vor allem die Älteren, immer noch davon ausgehen, dass die Kollegen solidarisch sind und einfach wegschauen, wenn sie es mitkriegen. Viele haben noch nicht kapiert, dass falsch verstandene Loyalität langsam aus der Mode kommt."

Ihr Vorgesetzter hatte den Anstand gehabt, leise zu erröten und etwas betreten zu schauen. Er war alleinstehend und verdiente in seiner Position sehr gut. Er kannte die Probleme der meisten Kollegen und Kolleginnen nicht aus eigener Anschauung.

„Ich verhafte auch lieber die Gegenseite als die eigenen Leute, aber wir sind uns doch einig, dass wir nicht einfach weggucken können, oder?", hatte er etwas unsicher gesagt.

„Keine Angst, das war keine Kritik an unserer Arbeit. Man könnte das Problem nur sehr viel einfacher aus der Welt schaffen, wenn das Fußvolk anständig bezahlt würde. Und wenn es vielleicht so was wie einen Notfonds gäbe, den man bei einer plötzlichen Krise anzapfen könnte."

Mikes hatte Theresa überrascht angesehen. Die anständige Bezahlung war leider Sache der Politik, da hatte er keinen

Einfluss drauf. Aber die Idee mit dem Notfonds ließe sich vielleicht umsetzen, wenn er in Manchester das Sagen hätte. Man müsste es einfach mal ausprobieren. Das hatte er allerdings erst einmal für sich behalten. Es wäre vermutlich nicht gerade geschickt gewesen, wenn er in diesem Moment, wo Theresa ohnehin all ihr Felle schwimmen gehen sah, auch noch ankündigte, ihre Idee zu klauen.

Erst wollte er ihre weitere berufliche Zukunft geklärt wissen. Nächsten Montag hatte er einen Termin mit seinem Vorgesetzten, da wollte er das Thema noch einmal ansprechen.

Es war plötzlich alles sehr schnell gegangen und sie fanden den entscheidenden Hinweis, welcher der Kollegen in Northampton regelmäßig die Hand bei illegalen Prostituierten und ihren Zuhältern aufhielt, um sie im Gegenzug über geplante Razzien zu informieren.

Dadurch war die Angelegenheit mit dem Falschgeld vollkommen in den Hintergrund getreten und erst heute morgen, als Theresa ihren Abschlussbericht fertig gestellt und weitergeleitet hatte, hatte sie sich erinnert, dass sie ja eine Anfrage an wen auch immer losgeschickt hatte und das alte Handy kontrolliert. Und dabei hatte sie die knappe Botschaft vorgefunden, die bereits vor drei Tagen eingetroffen war.

‚Noch zwei Wochen', dachte sie. ‚Vielleicht kann ich in der Zeit wenigstens einen vagen Ermittlungsansatz finden.'

Immerhin hatte sie inzwischen einiges mehr über die Qualität der falschen Banknoten von Vivian erfahren. Das Papier war beinahe perfekt und wies nur an einer bestimmten Stelle einen minimalen Fehler auf. Alle Sicherheitsmerkmale stimmten, einzig bei den fluoriszierenden Wertziffern konnte Vivian einen Fehler nachweisen. Der Farbton wich ganz leicht vom Original ab. Das aber konnte man mit einem handelsüblichen Kontrollgerät, wie man es in Geschäften oder Restaurants meistens verwendete, gar nicht feststellen. Die Druckfarben gerade für die fluoriszierenden Ziffern konnte man nicht mal so eben im Farbenhandel kaufen. Sie wurden in einem Unternehmen in Colchester exklusiv für die Bank of England und deren beauftragte Druckereien hergestellt.

Theresa beschloss, alles auf eine Karte zu setzen und schickte diese Informationen per SMS an das anonyme Handy. Jetzt hieß es wieder warten, was für einen unruhigen Geist wie Theresa eine echte Herausforderung war. Sie hatte die SMS gerade abgeschickt, als ihr Telefon auf ihrem Schreibtisch klingelte. Sie meldete sich und am anderen Ende der Leitung war John Mikes, der sie zum Abendessen in ihren Lieblingspub einlud. Sie sagte zu und war gespannt, was er von ihr wollte.

◆

Seit einer Woche beobachteten Clive und Andrew die Druckerei im Castletown Drive in Penrith. Sie hatten schräg gegenüber eine leerstehende alte Tankstelle gemietet, ein paar Schilder aufgehängt, die das Gelände als neueröffnete Autowerkstatt - auch für Selbstschrauber - auswiesen. Zur Tarnung hatten sie zwei alte, eigentlich schrottreife Wagen gekauft, an denen sie immer mal wieder herum bastelten und währenddessen über Andrews Urlaube auf den Malediven und in den Dolomiten sprachen.

Am vierten Tag kamen zwei junge Männer, die einen Motorroller hochtunen wollten. Clive und Andrew ließen sie gewähren, gaben ihnen sogar ein paar heiße Tipps, wie sie das Ding noch schneller machen könnten und nutzen die Gelegenheit, die Druckerei im Auge zu behalten.

Außer drei Leuten betrat niemand das Firmengelände. Es kamen keine Kunden, keine Lieferanten. Morgens früh gegen acht Uhr schloss ein alter Mann in einem farbverschmierten Overall das Gebäude auf, kurz darauf kam ein blonder, junger Schlaks mit einem Mountainbike und noch etwas später dann ein etwa vierzigjähriger, dunkelhaariger Mann, der beinahe quadratisch wirkte. Sie verschwanden im Gebäude und wurden für den Rest des Tages nicht gesehen. Erst gegen vier Uhr nachmittags gingen der Schlaks und das Quadrat nach Hause, der alte Mann folgte manchmal gegen fünf Uhr, manchmal aber auch nicht.

Da die Beobachtung bei Tag völlig ergebnislos war, kam Andrew auf die Idee, die Nacht im Dachboden der vermeintlichen Werkstatt zu verbringen, denn von dort hatte man einen ungehinderten Blick auf die Druckerei, ohne selbst gesehen zu werden. Vielleicht würden sie ja nächtliche Aktivitäten beobachten können.

In den ersten beiden Nächten passierte nichts, aber in der dritten Nacht fuhr gegen 23 Uhr ein alter, unauffälliger, unbeschrifteter Ford Transit auf das Gelände. Im Gebäude ging ein funzeliges Licht an, das eine vernünftige Beobachtung beinahe unmöglich machte, aber Andrew konnte erahnen, dass einige Kartons oder andere rechteckige Packstücke in den Lieferwagen geladen wurde. Einige Minuten, nachdem der Ford Transit weggefahren war, hatte der alte Mann das Gebäude verschlossen und war davongefahren.

Die Gelegenheit fand Andrew günstig. Er schickte eine kurze Mail mit dem Kennzeichen des Lieferwagens an Laura mit der Bitte, festzustellen, wem er gehörte. Dann weckte er Clive, der unten in der Werkstatt auf einem Feldbett schlief.

Sie waren ohnehin schwarz gekleidet, zogen nun aber noch dünne Sturmhauben über, so dass nur noch ihre Augen unbedeckt waren, Clive griff sein Spezialwerkzeug und sie verließen geräuschlos die Werkstatt. Das Schloss der Druckerei war keine Herausforderung für einen Profi wie Clive. Innerhalb einer Minute hatte er es geöffnet und sie betraten das Gebäude. Sie schlossen die Tür von innen ab. Licht konnten sie nicht machen, denn im Dach der Drucke-

rei waren eine ganze Reihe Glasfenster und eine Illuminati-
on des Nachthimmels à la *Grasgeflüster* war das letzte, was
sie beabsichtigten. Nachtsichtgeräte mit Restlichtverstär-
kung waren in solchen Fällen ein probates Mittel.

Sie durchsuchten die Räume systematisch und in aller Ruhe. Die nächsten fünf Stunden hatten sie die Druckerei
ganz für sich. Andrew nahm sich die Aktenordner im Büro
vor, die er unter einem beinahe antiken Schreibtisch im
Schein einer Taschenlampe durchsah, Clive durchsuchte
die Räume. Alles sah vollkommen harmlos aus. Pakete mit
Prospekten für indische und chinesische Takeaways standen herum, an einer anderen Stelle lagen fertig gedruckte
Briefbögen für eine Rechtsanwaltskanzlei und warteten
darauf, verpackt und geliefert zu werden. Alles war ordentlich, aufgeräumt und übersichtlich. Clive wollte schon aufgeben, als er hinter einer besonders altmodischen Druckmaschine einen Bretterverschlag entdeckte. Vorsichtig
schob er sich hinter die Maschine und untersuchte den
Verschlag genauer. Gerade, als er erkannt hatte, dass es
sich um eine Schiebetür handelte, die sich nach links ver-
schieben ließ, hörte er, dass ein Wagen vor dem Gebäude
vorfuhr und hielt. Ohne zu zögern schob Clive sich in den
Verschlag und zog die Schiebetür hinter sich wieder zu.

Andrew hatte kaum das Geräusch des vorfahrenden Wagens gehört, als er sofort seine Taschenlampe ausknipste.
Das Büro bot keine Möglichkeit sich zu verstecken, deshalb

blieb er einfach unter dem Schreibtisch sitzen. Den Ordner, den er gerade durchsucht hatte, klappte er zusammen und legte ihn auf den Schreibtisch.

Die Tür der Druckerei wurde geöffnet und jemand machte das funzelige Licht an, das er beobachtet hatte, als der Lieferwagen vorhin vorgefahren war.

Andrew hörte Schritte, die genau auf das Büro zukamen. Die Tür wurde aufgezogen, jemand, der mindestens Schuhgröße 50 hatte, machte Licht und ging auf den Schreibtisch zu. Andrew zwang sich, ganz ruhig und leise zu atmen.

„Wo hat er es bloß hingelegt?", murmelte der nächtliche Besucher. Er raschelte mit Papieren auf dem Schreibtisch herum.

„Ah, da ist der Kram ja. Na, das wär' was geworden, wenn ich morgen ohne die Lieferscheine zu denen gefahren wäre."

Man hörte der mit sich selbst redenden Stimme die Erleichterung an. Der Mann drehte sich um, löschte das Licht, zog die Tür ran und kurz darauf hörte man, wie er das Eingangstor aufzog. Das Funzellicht erlosch, das Tor wurde abgeschlossen und kurz darauf fuhr ein Wagen davon.

Andrew atmete auf. Wenn sie nur etwas weniger vorsichtig gewesen wären, hätte der Mann sie entdeckt.

Er nahm den Ordner vom Schreibtisch, öffnete ihn und machte seine Taschenlampe wieder an. Nach wenigen Seiten pfiff er durch die Zähne. Volltreffer. Er zog sein Smartphone aus der Jackentasche und fotografierte einige

Seiten. Dann klappte er den Ordner zu und legte ihn ordentlich in die Aktenablage zurück.

Die Bürotür wurde vorsichtig aufgedrückt und ein kurzer Schreck durchfuhr ihn. Aber es war nur Clive, der ihm zuraunte:

„Komm' mal mit. Ich hab was Interessantes."

Andrew setzte sein Nachsichtgerät auf und folgte Clive in den Verschlag hinter der alten Druckmaschine. Im Schein von Clives Taschenlampe, die er mit der Hand nach oben abschirmte, sah er eine große Papierrolle, die senkrecht in einer Ecke stand. Als er näher an die Rolle heranging, erkannte er, dass es ein ganz besonderes Papier war.

„Wir müssen etwas davon abschneiden", raunte er Clive zu.

Der nickte, schaute sich suchend um und fand ein Stück Pappe und eine Metallleiste. Er schob die Pappe unter den Papieranfang der Rolle, hielt das Metall senkrecht über das Papier und bedeutete Andrew, dass er mit einem scharfen Messer an der Leiste entlangfahren solle. Andrew kam seiner Aufforderung nach und schnitt einen etwa zehn Inch breiten Streifen senkrecht von der Rolle herunter.

„Ich glaube, wir haben, was wir brauchen. Lass uns gehen", raunte er Clive zu, als er den schmalen Papierstreifen zusammenrollte. Sie verließen den Verschlag, Clive zog die Schiebetür wieder zu und nachdem sie das Gebäude verlassen hatten, schloss er die Tür sorgfältig wieder ab.

Geräuschlos schlichen sie zurück in ihre vermeintliche Autowerkstatt.

Ohne Licht zu machen ließen sie sich in zwei halb verrottete Sessel fallen.

„Das ist ja wohl der Knaller", sagte Andrew.

„In der Tat. Warum sollte eine anständige Druckerei eine Rolle Papier bevorraten, auf der achtmal nebeneinander ein Wasserzeichen mit dem Porträt der Queen, ein metallisch glänzender Sicherheitsfaden und ein Hologramm, das wechselnd eine 50 oder eine Rose zeigt, und ein Medaillon zu sehen sind?"

„Wenn nicht, um es für den Druck von Falschgeld zu verwenden", beantwortete Andrew Clives rhetorische Frage.

„Was hast Du gefunden?", wollte Clive wissen.

Andrew zeigte ihm die Fotos, die er mit seinem Handy gemacht hatte.

„Hier sind einige Lieferscheine, die auf eine Kundenummer ohne Adresse ausgestellt sind. Es ist zwar nicht näher bezeichnet, was gedruckt wurde, aber interessant ist, dass jeweils angegeben ist, dass von einer Nummer bis zu einer Nummer gedruckt wurde. Und diese Nummern, da wette ich mit Dir, stimmen mit Nummern überein, wie sie auf Banknoten zu finden sind. Ich konnte leider keinen Hinweis finden, wer sich hinter dieser auf dem Lieferschein angegebenen Kundennummer verbirgt."

„Trotzdem gar nicht schlecht für einen kleinen nächtlichen Ausflug, nicht wahr?", meinte Clive zufrieden. „Morgen geben wir die Infos schon mal an Harriet, dann kann sie sehen, was sie damit anfängt."

„Wir werden unsere Werkstatt wohl noch eine Weile weiterführen müssen, um keinen Verdacht zu erregen, oder?" sagte Andrew etwas resigniert.

„Och, ich könnte mir vorstellen, dass Ende der Woche einige uniformierte Polizisten auftauchen und uns die Werkstatt auseinandernehmen. Und danach ist sie dann einfach zu", schlug Clive vor.

„An wen denkst Du?"

„Ich bin sicher, dass sich Angus, Pete und Clara total langweilen und sich über ein wenig Abwechslung freuen. Denk doch mal, Angus gießt Harriets Blumen und Clara und Pete versorgen ständig nur irgendwelche Löwen und Giraffen. Das ist doch total öde."

„Und was machen wir als nächstes?"

„Wir warten ab, ob Harriet durch ihre Kontakte etwas über das Papier herausfindet und dann sehen wir weiter."

◆

Tiefe Dämmerung senkte sich über Magadan. Es war alles bereit. In wenigen Minuten würden die Männer mit dem Verladen der drei Container auf das Schiff beginnen, das vor drei Stunden im Hafen angelegt hatte. Die Leute vom Zoll waren gerade sehr damit beschäftigt, die illegale Fracht zweier LKWs, die aus Tabak, Zigaretten und Alkohol bestand, zu sichten und zu sichern, und hatten keine Zeit, sich um die Container der Andrejewitsch Im– und Export OOO zu kümmern. Über die Auftraggeber des LKW-Transportes gab es keine Informationen, Frachtpapiere lagen nicht vor und so würde es kein Strafverfahren, keine Anklage geben. Die Fahrer würden das Hafengelände am kommenden Vormittag mit leeren LKWs verlassen, die beschlagnahmte Fracht würde den Zollbeamten in den kommenden Monaten das Leben erleichtern und versüßen. So funktionierten die Dinge im Hafen von Magadan.

Arkadij blickte noch einmal kritisch über das ganze Hafengelände. Er stand im Führerstand eines Krans und hatte so einen guten Überblick. Er schaute auf die Uhr. Es war kurz vor Mitternacht. Er zog seine Taschenlampe aus der Jackentasche und wollte gerade das vereinbarte Lichtsignal geben, damit die Verladung beginnen konnte, als er das Splittern von Glas vernahm und dann leblos zusammensackte, getroffen von einem Scharfschützengewehr.

So bekam er nicht mehr mit, dass innerhalb kürzester Zeit seine Leute von einer Gruppe paramilitärisch gekleideter Schwerstbewaffneter überwältigt wurden. Einer seiner Männer versuchte zu fliehen. Die Angreifer richteten ihn mit mehreren Schüssen in den Rücken geradezu hin. Das alles geschah ohne viel Lärm, denn alle Waffen hatten Schalldämpfer.

Die Container wurden in Windeseile auf LKWs verladen und bevor die Leute vom Zoll auch nur bemerkt hatten, dass an Pier 8 etwas nicht in Ordnung war, fuhren die Laster davon und hatten nach wenigen Minuten das Hafengelände verlassen.

♦

„Was zum Teufel ist da los bei Euch?", brüllte Kolja in den Telefonhörer. Er traute seinen Ohren nicht. Wladislaw, der stellvertretende Chef der Gruppe in Magadan, hatte ihm gerade mitgeteilt, dass sie während des Verladens der Waffen mitten in der Nacht im Hafen angegriffen worden waren. Es gab zwei Tote und drei Schwerverletzte und die Container mit den Waffen, die für den Sudan bestimmt waren, waren verschwunden.

Kolja brüllte noch ein bisschen weiter. Er wollte wissen, wer hinter dem Angriff steckte, wer ihre Exportpläne verpfiffen hatte, denn das musste ja wohl passiert sein. Wladislaw kam nicht zu Wort, aber er hätte ohnehin keine Antworten gehabt.

Der Schock saß tief. Andrejewitschs Organisation hatte bis zur vergangenen Nacht das Leben in Magadan uneingeschränkt beherrscht. Zollbeamte, Polizisten, Richter und Staatsanwälte, die kommunale Verwaltung, alle hatte man fest im Griff. In der Hafenstadt passierte nichts, ohne dass Arkadij und seine Leute darüber informiert waren. Nun war ihr Chef und ein weiterer Mann tot. Jemand hatte es gewagt, sich mit Igor Andrejewitschs Leuten anzulegen.

Das bedeutete Krieg. Aber noch vor dem Krieg würden Köpfe rollen. Und zwar die seiner eigenen Leute. Kolja würde aus ihnen herausprügeln, wer ihre Pläne an einen Konkurrenten verraten hatte und an welchen. Denn fände er das nicht heraus, könnte das bedeuten, dass er selbst dran glauben musste.

Das Gespräch wurde abrupt beendet. Fünf Männer, alles harte Brocken, die sich so schnell vor nichts fürchteten, schauten Wladislaw angstvoll an.

„Er kommt mit dem nächsten Flugzeug hierher und untersucht die Sache selbst", fasste der stellvertretende Chef das Telefonat zusammen.

„Wir sind so gut wie tot, nicht wahr?", fragte der Jüngste aus der Runde.

Wladislaw nickte mit düsterem Gesicht.

„Aber können wir die Schuld nicht auf die beiden Toten schieben? Die können sich nicht mehr wehren", schlug ein anderer vor.

„Meinst Du, damit gibt sich Kolja zufrieden? Der gibt nicht eher Ruhe, bis er uns und die Angreifer zermalmt hat. Der Typ ist wahnsinnig, dem kannst Du nicht mit Vernunft kommen", verwarf Wladislaw den Vorschlag.

„Wann ist er hier?"

„Rechne mal mit 16 Stunden", sagte Wladislaw resigniert.

„Und wenn wir uns absetzen?", wagte der Jüngste vorzu-schlagen, der Angst um sein Leben hatte. Da er als letzter zu der Organisation gekommen war, würde er vermutlich auf der Liste von Koljas Verdächtigen ganz weit oben ste-hen.

„Er wird uns jagen, bis er uns hat."

„Und wenn wir uns unter den Schutz eines anderen Paten stellen?"

„Welcher andere Pate sollte schon an uns Versagern inte-ressiert sein?"

„Wir haben Waffen, Drogen, kennen einige Betriebsge-heimnisse von Andrejewitschs Organisation. Damit können wir uns vielleicht einkaufen", regte Michail an und fuhr fort: „Immer noch besser, als darauf warten, dass er uns grillt und vierteilt."

Wladislaw sah, wie in den Augen seiner Männer Hoffnung aufkeimte.

„Also gut", sagte er zögernd, nachdem er die Alternativen abgewogen hatte, „wir hauen ab."

Schnell verteilte er die Aufgaben und bestimmte, wer sich um Fahrzeuge kümmern sollte. Die anderen würden dafür sorgen, dass Waffen, Drogen, Geld, Pässe und die Familien von zwei von ihnen zu einer kleinen Hütte weit außerhalb der Stadt geschafft würden. Dort würde man sich auf die

Wagen verteilen und versuchen, sich auf getrennten Wegen nach Anadyr, Jakutsk und Chabarowsk durchzuschlagen, um sich dann in Moskau zu treffen.

„Wenn wir es schaffen, versuchen wir, zu Petrowitschs Organisation einen Kontakt herzustellen. Das ist Andrejewitschs mächtigster Konkurrent. Wenn wir da landen können, sind wir einigermaßen sicher", schlug Wladislaw vor und alle nickten zustimmend.

„Also dann. Macht voran", befahl er und setzte halblaut hinzu: „Vielleicht glaubt Kolja ja, unsere Flucht sei ein Schuldeingeständnis und lässt unsere Fußsoldaten am Leben. Dann hätte die Sache wenigstens ein Gutes."

Binnen drei Stunden - Kolja und sechs seiner besten Leute checkten gerade am Flughafen von Krasnojarsk ein - trafen sich die fünf Männer und ihr Anhang wie vereinbart an der alten Hütte. Wladislaw verteilte falsche Pässe, Bargeld, Waffen und Drogen, sie stiegen in die Wagen, riefen sich ein gedämpftes „Viel Glück" zu und fuhren los.

Zur gleichen Zeit erhielt Ruslan eine kurze Nachricht von jemanden, der ihn auf die misslungene Waffenverladung aufmerksam machte.

♦

Völlig übermüdet stolperten Kolja und seine Schläger aus dem Flugzeug. Seit er gestern Morgen die unselige Nachricht aus Magadan erhalten hatte, hatte er kein Auge zugetan. Entsprechend gereizt war er. Er legte sich mit dem Flughafenpersonal an, als er sich eine Zigarette anzündete, obwohl der Flughafen rauchfreie Zone war. Dann knurrte er einen seiner Leute an, weil der einen Koffer nicht schnell genug vom Band nahm und fluchte, weil er keinen Erfolg hatte, als er sein Smartphone anstellte und versuchte, Wladislaw zu erreichen.

Er war natürlich davon ausgegangen, dass die Leute in Magadan für ihre Abholung sorgen würden, aber niemand wartete auf sie. Oleg winkte gerade zwei Taxis heran, die sie die knapp sechzig Kilometer vom Flughafen in die Stadt bringen würden, als sein Telefon klingelte. Mit Wut und zugleich Entsetzen sah er, dass es sich bei dem Anrufer um Ruslan handelte. Er meldete sich.

„Ich gehe davon aus, dass Sie über die Katastrophe informiert sind?", fragte Ruslan in vollkommen neutralem Ton. Wenn er gebrüllt hätte, hätte Kolja das einzuordnen gewusst, aber so war er verunsichert.

„Sie meinen, den Hafen von Magadan? Ich bin gerade dort eingetroffen und nehme mir jetzt die Leute hier vor. Ich werde herausfinden, wer der Verräter ist und für wen er arbeitet. Das schwöre ich", sagte er eifrig.

„Das können Sie sich sparen. Uns liegen Informationen vor, dass der Informant bei der Aktion ums Leben gekommen ist und dass Rajonowitschs Gruppe hinter der Sache steckt. Einer von dessen Leuten hat in einer Disko in Jakutsk im betrunkenen Kopf schwadroniert und auf freundliches Zureden ausgepackt. Rajonowitsch ist wohl immer noch gekränkt, weil wir ihm den Drogenmarkt in Jekaterinenburg mit unserem Krock aufgemischt haben."

„Trotzdem werde ich …", hob Kolja - wie er hoffte - energisch an.

„Sie werden jetzt mit dem nächsten Flugzeug nach Moskau kommen. Es scheint, dass ein wenig Klärungsbedarf besteht, was Ihre Führungsrolle angeht. Wir werden dann das weitere Vorgehen abstimmen."

„Aber …", wollte Kolja einwenden, als er realisierte, dass Ruslan das Gespräch beendet hatte.

Mit hochrotem Kopf befahl er seinen Leuten, die Taxis wegzuschicken und umgehend Flüge nach Moskau zu buchen.

♦

Juli 2021

Als sie sich in dem großen Spiegel im Flur sah, war sie sich sehr fremd. Sie hatte sich über die Jahre daran gewöhnt, eine blonde Kurzhaarfrisur zu tragen. Jetzt hatten ihre Haare wieder ihren natürlichen dunkelbraunen Farbton. Angus, der das Haus am Laura Place regelmäßig überwachte, hatte ihr versichert, dass die Grangers dort nicht mehr auftauchen würden. Laura hatte die Notizen auf dem Zettel analysiert, den er in dem Schreibsekretär gefunden hatte.

Dabei hatten sich vier Adressen ergeben, zwei in Liverpool, eine in East Thirston, einem winzigen Ort in Northumberland, und eine in Basingstoke. Harriet hatte die Detektei von Robertson, die unter dem unauffälligen Namen *Miller Ltd.* in der Brick Lane betrieben wurde, mit Nachforschungen beauftragt und erfahren, dass ein Paar, das genau zu der Beschreibung der Grangers passte, vor etwa sechs Wochen in ein kleines Cottage in East Thirston eingezogen waren. Er war angeblich Schriftsteller, der sich hierher zurückgezogen hatte, um in Ruhe zu schreiben.

Alle waren der Meinung, Harriet könne ungefährdet in ihre Wohnung in Bath zurückkehren. Trotzdem hatte sie vorsichtshalber ihre Haarfarbe und Frisur gewechselt. Sie hatte den Wagen in einer der Garagen auf der Rückseite des Hauses abgestellt und es von der Rückseite betreten.

Sie stellte ihren Koffer ab, zog ihre Jacke aus und ließ sich in ihr Sofa fallen. Es war einfach nur schön, wieder zu Hause zu sein. Einige Minuten saß sie dort und starrte Löcher in die Luft, dann raffte sie sich auf. Sie ging in die Küche und fand einen gut gefüllten Kühlschrank vor. Angus hatte alles eingekauft, was Clive ihm aufgetragen hatte.

Sie schlenderte durch ihre Wohnung und die darüberliegende Etage. Dort waren alle Gästebetten frisch bezogen Morgen Mittag würde ihr ganzes Team kommen und Clive wollte kochen.

Und dann würden sie alle Informationen austauschen und ihr weiteres Vorgehen abstimmen. Harriet beschloss, zuerst ihren Koffer auszupacken und sich dann in Ruhe auf den morgigen Tag vorzubereiten. Es gab so viele Baustellen, so viel musste koordiniert und geplant werden. Sie hatte Angst, den Überblick zu verlieren, wenn sie nicht alles schriftlich strukturierte.

◆

Obwohl ihre Küche sehr geräumig war, mussten sie sich zusammendrängen, um alle Platz zu finden.

Ruslan, Kira und Andrew würden in etwa einer Stunde eintreffen. Ihr Flugzeug aus Moskau hatte erhebliche Verspätung gehabt. Alle anderen waren innerhalb der letzten Stunde eingetroffen. Carl und Laura waren mit der Bahn aus London gekommen, Faizah und Tony hatten Clive in seinem Hotel in Romsey abgeholt, um Faizahs brandneuen Mercedes Geländewagen auszutesten und Clara war eigens aus Shrewsbury angereist, obwohl sie und Pete ja nicht viel mit allem zu tun hatten. Sie gehörten einfach mit zum Team und sollten über alles Bescheid wissen. Deshalb war sie gekommen, auch wenn Pete im Zoo Bereitschaftsdienst hatte und nicht weg konnte. Nur Angus fehlte, denn er hatte seine Schicht im Krankenhaus nicht tauschen können. Und Alisha hatte sich wegen zu vieler dringlicher Aufgaben in der Firma entschuldigt.

Rouben war schon am Vorabend aus Aberdeen eingetroffen und Harriet hatte ihn schonend über den Vertragsabschluss mit Kolja und die Pläne, ihn unschädlich zu machen, informiert.

Zuerst war er gekränkt gewesen.

„Warum habt Ihr mich nicht sofort eingeweiht?", hatte er gefragt. Als Harriet meinte, die jungen Leute hätten sich vor seiner Ablehnung ihres Planes gefürchtet und auch sie sei der Meinung gewesen, er werde das alles nicht gutheißen, hatte er ihr widerstrebend beigepflichtet.

„Trotzdem, beim nächsten Mal würde ich wohl gerne von

Anfang an wissen, was gespielt wird. Ihr solltet mich gut genug kennen, um zu wissen, dass ich all Eure Verrücktheiten mittrage, auch wenn sie vielleicht nicht ganz nach meinem Geschmack sind. Immerhin habe ich einer dieser Possen mein Leben zu verdanken."

Harriet hatte den Anstand gehabt, mit leicht gerötetem Gesicht betreten zu nicken.

Rouben hatte gesagt:

„Ich habe tatsächlich wegen dieser Sache einen kleinen Streit mit Alisha gehabt, weil ich die Einrichtung einer Wartungsleitung in der maroden Pipeline für völlig überzogen hielt. Letztlich ist es ihre Entscheidung, aber ich fand ihre Argumentation nicht hundertprozentig überzeugend und ich habe gemerkt, dass sie ein wenig herumgeeiert ist, wenn ich das mal so flapsig ausdrücken darf. Jetzt ist mir das alles natürlich vollkommen klar."

„Das muss für die Kleine eine ganz blöde Situation gewesen sein. So etwas würde ich in Zukunft gerne vermeiden," hatte Harriet gesagt.

„Nenn' sie bitte nicht Kleine", hatte Rouben sie ermahnt. „Sie ist ganz schön erwachsen geworden in den letzten zwei Jahren. Ich wollte sowieso wegen ihr mit Dir sprechen. Sie ist so ernsthaft in der letzten Zeit, gar nicht mehr so unbeschwert und munter wie früher. Ich habe das Gefühl, sie arbeitet zu viel und vergisst dabei, wie wichtig es ist, auch einmal frei zu haben und sich zu amüsieren. Was mich aber viel mehr beunruhigt, ist, dass sie mitunter sehr unzufrieden klingt, wenn sie über Tony oder Faizah spricht, so, als wenn es zwischen den dreien einen unausgesprochenen Konflikt gäbe. Ich wollte das längst ansprechen, aber wir hatten in den letzten Monaten derartig viel zu tun, dass wir nicht zu privaten Dingen gekommen sind."

„Würde es Dich entlasten, wenn ich mit ihr spräche?", hatte Harriet angeboten und Rouben hatte sie dankbar angeschaut.

„Damit würdest Du mir einen großen Gefallen tun."

Dann hatte sich sein Gesichtsausdruck ganz plötzlich verändert und mit einem schlitzohrigen Funkeln in den Augen hatte er gesagt:

„Unter diesen Umständen könnte ich mir vielleicht sogar überlegen, dass ich Euch verzeihe, dass Ihr mich bei Euren Tricksereien außen vor gelassen habt."

Es passierte nicht oft, aber Harriet war tatsächlich sprachlos gewesen.

◆

„Womit fangen wir an?", wollte Andrew wissen, als alle einen Platz am Küchentisch gefunden hatten.

Alle blickten erwartungsvoll zu Harriet. Sie ergriff das Wort:

„Wir haben drei große Themenkomplexe. Die Grangers und ihre Hinterleute, Kolja und wie wir ihn und gleichzeitig einen großen Teil des Andrejewitsch-Syndikats unschädlich machen und die Abteilung Falschgeld in Nordengland. Lasst uns das Punkt für Punkt abarbeiten, sonst kommen wir, glaube ich, unnötig durcheinander. Mein Vorschlag: wir tauschen erst einmal alle Informationen aus, die es zu den Grangers gibt. Ich glaube, Carl und Laura sind die, die die meisten Fakten kennen."

Sie nickte den beiden zu und Carl ergriff das Wort:

„Ganz kurz für alle zur Info, damit wir auf dem gleichen Stand sind: Ethel Granger heißt Alice Martland, erfolglose Schauspielerin in den 70ern, Werbefilme in den 80ern, Mordprozess, Freispruch mangels Beweisen, Gesellschafterin von Myrtle Jenkins, eines späteren Entführungsopfers, war als Kindergärtnerin in dem Kindergarten tätig, den die entführte Tochter der Filmproduzentin Rosetta Arkins 2005 besuchte."

An dieser Stelle zogen Harriet, Faiza, Tony und Clive überrascht die Augenbrauen hoch, denn das war auch für sie neu. Carl fuhr fort.

„Kommen wir zu ihrem lieben Gatten Matthew Granger. Sein richtiger Name ist Dennis Higson, acht Jahre wegen schweren Raubes, Nachbar des kleinen Mädchens, das entführt wurde und 2003 wohnte er in dem Ort, in dem der Sohn des Medienheinis entführt wurde. Insgesamt sind das, glaube ich, der Zufälle zu viele."

Zum Erstaunen aller ergriff Laura das Wort. Sie richtete ihren Blick auf die Küchenuhr und sagte:

„Es gibt Verbindungen zu Charles Ingraham, für den die beiden zu Beginn der Achtziger tätig gewesen sind. Für James Day haben sie auch mal gearbeitet, allerdings nicht lange. Regelmäßiger Kontakt besteht zu einem Anwaltsbüro, über das wir aber nichts Genaues herausgefunden haben."

„Noch nicht", konstatierte Laura und ihr Ton machte klar, dass das nicht mehr lange so bleiben würde.

„Nun zu den Opfern", nahm Carl den Faden wieder auf.

„Wir wissen, dass der Vater des kleinen Mädchens, das 2010 entführt wurde, politisch aktiv war, sich aber zeitgleich mit der Entführung aus der Politik zurückgezogen hat. Die entführte ältere Dame, Myrtle Jenkins, war die Schwiegermutter eines ambitionierten Staatsanwalts. Laura hat übrigens noch zwei Entführungsfälle gefunden, die nach dem gleichen Muster wie die beiden bereits bekannten Fälle abgelaufen sind. Eine Entführung fand 2003 in Somerset statt, eine weitere zwei Jahre später in Norfolk. Im ersten Fall wurde der achtzehnjährige Sohn des Medienmoguls Tim Huston entführt und pikanterweise waren es seine eigenen Zeitungen, die den Fall dann veröffentlichten, was ihn sehr erboste, die Auflagen aber in ungeahnte Höhen schießen ließen. 2005 war es die dreijährige Tochter einer einflussreichen Filmproduzentin. Das ist alles, was wir bislang herausgefunden haben."

„Wir geben Euch Bescheid, wenn wir was Neues wissen",
sagte Laura.

„Ich glaube, damit wäre zu diesem Thema alles gesagt.
Sobald wir Antworten auf die noch offenen Fragen haben,
werden wir überlegen, wie wir weiter vorgehen. Damit
zum nächsten Thema: Was ist mit Kolja?", wandte sich Harriet an Ruslan.

Er fasste kurz das Pipeline-Geschäft der Katchatourian Ltd.
mit Storonoy zusammen und sagte dann:

„Kolja ist im Augenblick ziemlich beschäftigt. Ich habe ihn
ordentlich zusammengefaltet wegen der Pleite in Magadan. Ach so, das können ja einige von Euch nicht wissen.
Die Fußtruppen eines Konkurrenzpaten haben uns drei
Container mit Waffen für den Sudan geklaut, zwei Leute
erschossen und jetzt sind fünf unserer Führungsoffiziere
aus Magadan spurlos verschwunden, weil sie wohl Angst
vor Kolja hatten. Ich habe ihn jetzt damit beauftragt, wo
immer er kann, in seinem Zuständigkeitsbereich Rajonowitschs Organisation zu schaden, die wir im Verdacht haben, die Waffen geklaut zu haben. Also, ich meine, wir wissen natürlich, dass Rajonowitsch dahinter steckt, wir haben ihm die Informationen über den geplanten Transport
ja schließlich zugespielt, aber das weiß unser Sektionschef
für Sibirien natürlich nicht. Kolja muss jetzt also erst einmal
grundlegende Aufklärungsarbeit leisten und dann tätig
werden. Zusammen mit seinen Drogengeschäften in Südsibirien dürfte er erst einmal ausgelastet sein und nicht dazu

kommen, weiter an meinem Stuhl zu sägen. Ich habe ihn verpflichtet, wöchentlich Bericht zu erstatten und zwar persönlich und in Moskau. Die Flugzeiten gehen auch noch von seinem Zeitkontingent ab, in dem er Schaden anrichten kann."

„Hat er die Leitung in der Pipeline schon genutzt?", wollte Andrew wissen.

„Hat er. Am letzten Mittwoch ist eine Lieferung Opium im Wert von hunderttausend Dollar nach Tomsk geschickt worden. Alles funktionierte einwandfrei und das wäre eine wahre Goldgrube, wenn wir es nicht in Kürze unterbinden würden."

„Das heißt aber auch, er mischt den Drogenmarkt von Tomsk auf, was einigen der anderen Paten am Ort auch nicht gefallen dürfte. Vielleicht bringt das ja zusätzliche Beschäftigung für Kolja mit sich?", gab Clara zu bedenken.

„Gute Idee", bestätigte Kira. „Wenn die nicht selber drauf kommen, können wir sie ja ein wenig in die richtige Richtung schubsen."

„Aber wie geht es langfristig weiter? Haben wir eine Idee, wie wir ihn endgültig kaltstellen? Und wie weit seid Ihr mit der Abwicklung des Andrejewitsch-Imperiums?", wollte Harriet wissen.

Eine Stunde später waren sie umfassend informiert. Es gab noch einiges zu tun, aber viele Dinge würden sich auch von selbst erledigen, wenn man ihnen nur ihren Lauf ließ. Sobald Ruslan Andrejewitsch sich aus der Organisation seines Vaters zurückziehen würde, würde Hauen und Stechen losgehen und eine ganze Reihe von Möchtegern-Paten würden sich gegenseitig ausschalten. Die dann Übrigbleibenden könnte man mit Hilfe der Polizei sicher schnell unschädlich machen. Es blieb nur weiterhin das Problem, wem man bei der Polizeibehörde vertrauen konnte.

„Vielleicht muss man einfach mit Geld nachhelfen?", schlug Clara vor. „Die Leute bei der Polizei sind doch vermutlich genauso hoffnungslos unterbezahlt wie überall sonst auf der Welt auch. Kauft Euch doch eine zuverlässige Truppe."

„Wir müssen aber jemanden auf höchster Ebene finden. Schließlich muss die Einheit auf dem gesamten russischen Staatsgebiet tätig werden können", brachte Tony zögernd vor.

„Also am besten gleich den Polizeiminister", rief Carl mit ironischem Unterton.

„Antip Kolbin, seit anderthalb Jahren im Amt, hat öffentlich der Korruption den Kampf angesagt. Einige führende Polizeioffiziere in zentralen Positionen mussten gehen, an ihre Stelle hat er Leute aus seiner eigenen Gefolgschaft gesetzt, die vermutlich genauso korrupt sind wie ihre Vorgänger. Kolbin steht im Ruf, ein dynamischer Typ zu sein. Es kursieren Gerüchte, von seinem Ministergehalt könne er sich seinen Lebensstil nicht leisten. Artur hat die wesentlichen Informationen für mich zusammengestellt", ratterte Laura zum Erstaunen aller am Tisch die Fakten herunter.

„Du hast schon in die Richtung gedacht?" fragte Harriet und fuhr fort: „Jemand zu kaufen, der schon geschmiert wird, ist immer schwierig. Die anderen müssen nur mehr bieten und schon hast Du ihn verloren. Wenn wir uns für ihn entscheiden, und da spricht einiges für, brauchen wir also ein zusätzliches Druckmittel, mit dem wir seine Loyalität erzwingen."

„Antip Kolbin?" Kira schaute bei dieser Frage verträumt aus dem Fenster.

Harriet betrachtete sie sinnend. „Ja. Was ist mit ihm?"

„Kolbin macht auf Weiberheld, ist aber in Wirklichkeit schwul. Das darf nur sein Herr und Meister nicht wissen, denn der hasst Schwule. Kolbins Karriere wäre flott beendet, wenn das heraus käme. Und seine Frau wäre vermutlich auch nicht begeistert."

„Woher weißt Du das?"

„Der Bruder einer - na, ja, sagen wir mal - früheren Kollegin hat als Edelstricher in Moskau gearbeitet und Kolbin regelmäßig bedient. Irgendwann ist es ihm dann zu gefährlich erschienen und er hat sich während einer Ferienreise nach Kasachstan irgendwie in den Westen abgesetzt. Er fürchtete, dass Kolbin ihn abservieren würde, aus Angst, erpressbar zu sein."

„Was für eine berechtigte Einschätzung der Lage", grinste Andrew. „Kommen wir an den Bruder 'ran?"

„So weit ich weiß, lebt Jewdokim in Hamburg und arbeitet beim Ballett."

„Ach was, so ein Zufall", sagte Andrew gedehnt.

Kira schaute ihn verständnislos an.

„Wir haben einen guten Freund, der in Hamburg als Choreograph arbeitet. Vielleicht kann er uns helfen, ihn zu finden", erklärte ihr Harriet schnell die Sachlage. „Das ist doch mal ein hübscher Ansatz. Wenn wir Glück haben, hat dieser Jewdokim handfeste Beweise, die uns in den Stand versetzen, Kolbin kooperativ zu stimmen."

„Bleibt nur die Frage, wie wir zu dem Typen Kontakt aufnehmen. Wir können ja schlecht in sein Ministerium fahren, um einen Termin bitten und ihn dann erpressen."

„Klug erkannt, Tony, das hätte kaum Aussicht auf Erfolg", stimmte Clara ihm süffisant zu.

„Kolbin nimmt übernächste Woche an einem internationalen Polizeikongress in Brighton teil", sagte Laura nüchtern.

„Du *hast* in diese Richtung gedacht, jetzt besteht kein Zweifel mehr." Harriet lächelte zufrieden. „Das heißt also, wie müssen den russischen Ex-Stricher finden und den Kontakt zu Kolbin herstellen, wenn er in Brighton ist."

„Willst Du ihn sofort mit seiner Homosexualität erpressen?", fragte Clara.

„Natürlich wird sie das! Das ist doch die Gelegenheit!", rief Andrew.

Alle schauten Harriet erwartungsvoll an. Einen Moment herrschte Stille. Dann sagte sie nachdenklich:

„Ich glaube eigentlich nicht, dass ich das tun werde."

Sofort wurden Andrew, Carl und Tony laut und auf Harriet

prasselten Sätze ein mit dem Tenor:

„Klar musst Du das!"

„Du musst ihn sofort in die Zange nehmen!"

„Du musst ihn festnageln, ihm klarmachen, dass er keine Alternative hat als mit uns zusammenzuarbeiten."

Die Frauen am Tisch schauten skeptisch. Schließlich verstummten die drei Männer. Sie schauten Harriet verunsichert an.

„Ich glaube, ich versuche es erst mit Geld. Und nur, wenn er abtrünnig wird, gehe ich zu Stufe zwei über und konfrontiere ihn mit unserem Wissen."

„Aber wieso?", fragte Carl vollkommen verständnislos.

„Versetz' Dich doch mal in seine Lage. Wie würdest Du dich fühlen, wenn dich jemand mit etwas bedroht, was Deine ganze Existenz vernichten kann?", forderte Harriet ihn auf.

Carl schaute sie an und man sah deutlich, dass er nicht wusste, was sie von ihm wollte.

„Ich wäre stinksauer, wenn man mich erpressen würde und würde nur noch darüber nachdenken, wie ich mir die Erpresser vom Hals schaffen kann", sagte Clara an seiner Stelle.

„Genau. So ginge es mir auch", pflichtete Kira ihr bei.

„Niemand lässt sich gern erpressen. Ich würde das auch nur im äußersten Notfall gegen ihn einsetzen."

„Na, wenn Ihr meint", brummelte Andrew leise.

„Aber wer spricht ihn an? Ich kann kein Russisch. Und wir können nicht voraussetzen, dass Kolbin die Sprache des

Erzfeindes beherrscht. Es kommen also nur Kira, Ruslan oder Clive in Frage."

„Kolbin ist ein russischer Mann wie er im Buche steht. Mit mir als Frau wird er nicht sprechen, weil er Frauen grundsätzlich verachtet. Ruslan ist dafür, dass er nicht schwul ist, zu jung, ihn wird er auch nicht ernst nehmen. Außerdem könnte er in ihm den Sohn eines bedeutenden Mafia-Paten erkennen. Es kommt also nur Clive in Frage", meinte Kira.

Harriet sah Clive fragend an.

„In Ordnung, Eure Argumentation leuchtet mir ein. Ich hätte nur gerne im Vorfeld mehr Informationen. Gibt es zum Beispiel eine Mafiaorganisation, die er partout nicht leiden kann? Es wäre so viel einfacher, ihn zur Kooperation zu überreden, wenn es zuerst gegen eine Organisation geht, für die er nichts übrig hat."

„Eine gute Idee. Ich kümmere mich drum. Artur kann uns da bestimmt helfen,", sagte Laura und verließ den Raum.

Carl musste lachen, als er die verwirrten Blicke der anderen am Tisch bei diesem abrupten Abgang sah.

„Wenn Laura und Artur an ein und derselben Sache arbeiten, dann seid gewiss, dass Ihr spätestens ab morgen in Material erstickt", sagte er und fuhr fort: „Ich besorg dann mal weitere Fakten. Wo wird der Kerl wohnen? Wie sieht das Kongress-Programm aus? Machen die Jungs irgendwelche Ausflüge, wo man ihn ansprechen kann. Und all so ein Zeug."

„Bleibt noch das Thema Falschgeld", sagte Harriet.

Clive und Andrew berichteten von ihrem Fund in der kleinen Druckerei in Penrith.

„Harriet hat den Papierstreifen, den wir mitgenommen haben, auf verschlungenen Wegen zu einer Spezialistin bei der Bank of England geschickt und die Information erhalten, dass es tatsächlich Originalpapier für Fünfzig-Pfund-Noten ist. Allerdings weist es einen Fehler auf und die gesamte Rolle hätte eigentlich vernichtet werden müssen. Längs in der Rollenmitte waren nämlich verschmutzte Fasern verarbeitet worden", berichtete Clive und Andrew fuhr fort:

„Wenn die Banknoten gedruckt sind, würde der Fehler vermutlich mit bloßem Auge nicht mehr sichtbar sein, aber derartige Fehlproduktionen werden sofort aus dem Prozess genommen, um Irritation zu vermeiden. Fehlerhafte Rollen werden in Gänze vernichtet und nicht etwa die brauchbaren Teile verwendet. "

„Als wir das wussten, sind wir als nächstes in die Papierfabrik gegangen und haben uns dort umgeschaut."

„Und die haben Euch da einfach so hereingelassen, Euch herumgeführt und Euch alles gezeigt?", fragte Clara ungläubig.

„Na, sagen wir mal, wir hatten ein wenig technische Unterstützung", sagte Clive ausweichend. Er verschwieg, dass sie nach allen Regeln der Kunst in die Fabrik eingebrochen waren, sich in Ruhe umgeschaut hatten, dann aber kurz vor dem Verlassen durch eigene Unvorsichtigkeit eine

Alarmanlage ausgelöst hatten und dem Sicherheitsdienst, der sofort zur Stelle war, nur mit etwas Glück entwischt waren. Alles mussten die jungen Leute ja nun auch nicht wissen.

Andrew nahm den Faden auf.

„Jedenfalls sind wir auf die Dokumentation zu den Produktionsprozessen gestoßen. Es wird genau verzeichnet, wann wie viel Papier produziert wird, wann es an die Druckerei der Bank of England weitergeleitet wird, ob es Ausschuss beim Druck gegeben hat und weshalb Rollen nicht zur Weiterverarbeitung gelangen. Und es ist genau dokumentiert, was mit den mangelhaften Rollen passiert und wann sie wie vernichtet worden sind."

„Alles lückenlos nachvollziehbar also", fuhr Clive fort. „Wir haben das alles fotografiert, um es in Ruhe auszuwerten und haben dann noch der Personalabteilung einen Besuch abgestattet, um uns einen Überblick über die Angestellten zu verschaffen." Er grinste etwas schief, denn das war der Moment gewesen, wo sie übersehen hatten, dass der Metallschrank mit den Personalakten mit einem zusätzlichen Alarmsystem ausgestattet war. Der Kopierer hatte gerade die letzten Seiten der aktuellen Gehaltsabrechnung ausgespuckt, als sie realisiert hatten, dass der Wachdienst anrückte. Dann war es etwas sportiv geworden und letztlich konnten sie froh sein, dass Andrew gerade in den Dolomiten seine bergsteigerischen Kenntnisse aufgefrischt hatte, sonst hätte man sie geschnappt. Er fuhr fort:

„Es folgte eine Woche des langweiligsten Aktenstudiums, bis wir in den Protokollen auf eine fehlerhafte Papierrolle stießen, die an die hauseigene Schredderanlage gegeben werden sollte. Wenn man aber in den beiden Folgewochen nach dem Ausgang einer adäquaten Menge von geschreddertem Material suchte, dann war nichts zu finden. So eine Papierrolle wiegt locker 50 Kilo, und egal, ob sie nun gerollt ist oder ob man das geschredderte Papier hat, das Gewicht ist ja das gleiche. Das müsste also in den Aufzeichnungen irgendwie nachzuvollziehen sein. Die protokollieren da nämlich jeden Pups."

„Der Verdacht liegt also nur zu nahe, dass die unbrauchbare Rolle nie vernichtet worden ist, sondern auf obskuren Wegen in die Druckerei in Penrith gelangt ist. Die Fehlerbeschreibung im Produktionsprotokoll lautete nämlich: ,Durchlaufende Verunreinigung in Längsrichtung'. Und zeitlich passt das auch perfekt, die Anweisung zum Schreddern der Rolle stammt vom 2. Juni", fasste Andrew ihre Schlussfolgerungen zusammen.

Clive setzte hinzu:

„Und am 14. Juni finden wir in der Druckerei eine Rolle mit genau diesem Fehler. Das kann doch wohl kein Zufall sein. Wir haben dann die ganzen Daten erfasst und zur systematischen Auswertung an Carl gegeben."

„Und eben dieser Carl hat ein kleines, aber geniales Programm geschrieben, das innerhalb kürzester Zeit vier weitere fehlerhafte Rollen ermittelt hat, die die Fabrik über einen Zeitraum von zwei Jahren nicht als zerkleinertes Material verlassen haben", sagte Carl mit bescheiden gesenktem Haupt.

„Fünf Rollen, was bedeutet das an Geldwert?"

„Jede Rolle entspricht bei Fünfzig-Pfund-Scheinen eineinviertel Millionen. Wenn die letzte Rolle in der Druckerei gedruckt ist, sind das also 5,6 Millionen."

Hochachtungsvolles Pfeifen und staunende Ausrufe waren die Reaktionen auf diese Information.

„Und wir wissen nicht, ob nicht vor den zwei Jahren, die wir untersucht haben, noch mehr Falschgeld produziert worden ist", sagte Carl.

„Verratet mir doch mal, wie man eine solche Menge unters Volk kriegt?", fragte Clara. „Bisher wissen wir nur, dass im Lake District eine Häufung falscher Scheine aufgetreten ist. Aber so eine Menge kannst Du doch nicht nur an einer Stelle in Umlauf bringen. Das sind, wenn ich das über den Daumen rechne, über hunderttausend einzelne Scheine!"

„Das sehe ich genauso wie Du", stimmte ihr Harriet zu. „Ich werde also mal eine SMS auf den Weg bringen und fragen, ob es noch weitere Schwerpunkte in England gibt, an denen massiv Falschgeld auftaucht."

„Wenn Du eine Antwort hast, sag uns Bescheid. Andrew und ich überprüfen jetzt als nächstes die Firma, die die Druckfarben produziert. Denn das sind ja ganz spezielle Farben, die benötigt werden", kündigte Clive an und setzte hinzu: „Laura hat übrigens das Kennzeichen des Lieferwagens überprüft, der in der Nacht in der Druckerei Kartons abgeholt hat. Der Wagen gehört zur Flotte eines Kurierdienstes und wird als Notfahrzeug genutzt, wenn einer der offiziellen Wagen ausfällt. Jeder der Angestellten der Firma hat Zugang zu diesem Fahrzeug und es gibt keinerlei Aufzeichnungen, die einen Rückschluss zuließen, wer in der Nacht mit dem Wagen unterwegs war."

„Tja, wenn ich das richtig sehe, sind wir jetzt alle mit Arbeit gut versorgt. Wäre es da nicht an der Zeit, dass mal was zu essen auf den Tisch kommt?", sagte Carl mit einem provozierenden Blick hin zu Clive.

„Gerne", antwortete dieser gelassen. „Wenn Du es Dir angelegen sein lässt, die Möhren zu schrappen."

Carl schaute Clive fassungslos an. Er wusste offensichtlich mit dem Begriff *Möhren schrappen* nichts anzufangen. Kein Wunder, er hatte vermutlich noch nie in seinem Leben selber ein Essen zubereitet.

Tony grinste herausfordernd und sagte in aufmunterndem Ton:

„Keine Angst, Carl! Laura könnte das auch."

♦

Intermedium 2

22. April 2022, 03:14 Uhr

Er erwachte von einem stechenden Schmerz, der seine Benommenheit durchdrang. Er war während seiner Ohnmacht in sich zusammengesackt und dabei hatte sich offensichtlich die gebrochene Rippe verschoben.

Keuchend vor Schmerz gelang es ihm, sich wieder ein wenig aufzurichten.

Ihm fehlte jede Orientierung, wie spät es war, da er nicht auf seine Uhr schauen konnte, denn seine Hände waren ja auf dem Rücken gefesselt. Aber da er keinerlei Licht sah, ging er davon aus, dass es mitten in der Nacht sein musste. Viel Zeit bliebe ihm bestimmt nicht mehr, bis Lamonts Leute ihn wegschafften. Erneut begann er nach einem Ausweg zu suchen. Es musste doch eine Möglichkeit geben, diese blöden Kabelbinder an Händen und Füßen zu durchtrennen.

Er lehnte sich so weit nach vorne, dass er mit den Händen das Garagentor erreichen konnte. Er tastete es ab. Das

Metall war rau. Wahrscheinlich war es über weite Strecken verrostet. Aber die kräftigen Plastikriemen würde er damit nicht durchscheuern können. Der Versuch, etwas nach links zu rücken, wo er den Torrahmen vermutete, ließ ihn vor Schmerzen beinahe wieder das Bewusstsein verlieren. Aber schließlich fühlte er einen vorspringenden Metallträger, der eine scharfe Kante hatte. Hoffnung keimte in ihm auf. Er rückte weit genug an die Kante heran, so dass er seine Hände etwa zehn Zentimeter auf und abwärts bewegen konnte. Vielleicht war das ja ausreichend, um die Fessel nach und nach zu durchtrennen. Nachdem er die Auf– und Abwärtsbewegung vielleicht fünfzehn Mal geschafft hatte, musste er eine Pause machen.

Als er den Kabelbinder erneut gegen die scharfe Kante setzte und ein wenig seitlich hin und her bewegte, konnte er spüren, dass er mit seiner bisherigen Anstrengung immerhin eine Kerbe in das Plastik gescheuert hatte.

‚Weitermachen. Einfach weitermachen', dachte er.

Selbst wenn ihm das alles nicht nützen würde, weil ihm Lamonts Männer zuvorkämen, wäre es immer noch besser, bis zum Schluss die Hoffnung nicht aufzugeben, als sich einfach nur hängen zu lassen.

◆

Sie hatten zusammen gegessen, dann waren die jungen Leute in alle Himmelsrichtungen aufgebrochen zurück zu ihren Arbeitsplätzen.

Nun saßen nur noch Harriet, Andrew, Clive und Rouben in Harriets Küche, die durch die Kocherei und die große Gruppe am Tisch völlig verwüstet war.

„Ihr erwartet jetzt aber wohl nicht, dass ich das Chaos wieder aufräume", stöhnte Clive.

„Na, streng nach dem Verursacherprinzip müsstest Du das aber eigentlich tun", sagte Andrew spitzfindig.

Bevor Clive reagieren konnte, waren Rouben und Harriet schon aufgestanden und begannen, schmutziges Geschirr und Besteck in die Spülmaschine zu räumen, übrig gebliebene Speisen in Plastiktöpfe umzufüllen, um sie einzufrieren oder in den Kühlschrank zu stellen.

Widerwillig begann auch Andrew zu helfen und nach einer halben Stunde sah die Küche wieder menschenwürdig aus.

Während der Aufräumarbeiten hatten alle still vor sich hin gewerkelt, jeder in seine eigenen Gedanken versunken.

„Jetzt könnte ich gut noch einen Absacker gebrauchen", seufzte Rouben.

„Ich auch", schloss sich Clive an.

Die vier gingen in Harriets Wohnzimmer, wo sie kurz darauf mit gut gefüllten Digestif-Gläsern in die Sofas und Sessel sanken.

„Sagt mal, habt Ihr auch nur die geringste Ahnung, wie es um die Hochzeitsvorbereitungen von Ruslan und Kira steht?", wollte Harriet wissen.

„Nö. Keinen Schimmer. Das Vorbereitungskomitee hält absolut dicht. Die rücken nicht die kleinste Information 'raus", sagte Clive. „Ich weiß noch nicht mal, was es zu essen geben soll."

„Skandal! Das kann doch wohl nicht wahr sein! Wollen die uns wirklich außen vor lassen?" Andrew war sichtlich empört.

„Ach, eigentlich finde ich das ziemlich nett, dass sie das alles allein machen. Ist doch schön, sich auch mal überraschen zu lassen und nicht arbeiten zu müssen", sagte Rouben nachsichtig.

„Grundsätzlich stimme ich Dir zu. Ich habe volles Vertrauen, dass es eine wunderbare Hochzeit wird. Mein Problem mit der Sache ist nur, dass wir bei der Gelegenheit eigentlich Kolja entsorgen wollten. Und ich weiß nicht, ob das Komitee das weiterhin in seine Planung einbezieht oder ob das in Vergessenheit geraten ist." Harriet konnte eine gewisse Beunruhigung nicht verbergen.

„Da hilft nur eins: nachfragen. Das ist zu wichtig, als dass man es dem Zufall überlassen sollte. Ich denke, dass unsere jungen Leute durchaus Verständnis haben, wenn Du dich danach erkundigst und das nicht als Einmischung werten", meinte Rouben.

„Ich werde mich mit Tony in Verbindung setzen."

„Und ich poliere mal mein Russisch ein wenig auf. Schließlich will ich ja einen guten Eindruck bei Kolbin hinterlassen", sagte Clive leicht betrübt.

„Heul doch! Tut Dir ganz gut mal Deinen Kopf ein bisschen zu betätigen. Hauptsache, Du hast bei aller Lernerei auch noch Zeit, mit mir zusammen *Hawkins & Curfew* einen Besuch abzustatten", zog Andrew ihn auf.

„Bei wem?", wollte Rouben wissen.

„Na, bei der Fabrik in Colchester, die die Druckfarben für Banknoten herstellt."

◆

„Keine Alarmanlage, sagst Du? Das kann ich gar nicht glauben. Immerhin produzieren die etwas von volkswirtschaftlicher Bedeutung." Andrew war wirklich irritiert über das, was Clive ihm berichtete.

Der hatte die vergangenen zwei Tage und Nächte genutzt, das Firmengelände der Farbenfabrik zu überwachen und sich einen Eindruck von den Sicherheitsmaßnahmen und Betriebsabläufen zu verschaffen.

„Da habe ich mich jetzt wohl etwas unpräzise ausgedrückt. Natürlich haben die eine Alarmanlage und auch Überwachungskameras am Zaun, aber die können wir im Handumdrehen ausschalten. Das ist wirklicher Kinderkram, was die da installiert haben. Der schwierige Teil dürfte sein, die

Hunde loszuwerden."

„Hunde? Du meinst, die schützen ihren Betrieb tatsächlich mit Hunden?"

„Ja, ganz altmodisch. Es gibt vier Teams, bestehend aus jeweils zwei Wachleuten und einem Hund, die die Nacht über auf dem Firmengelände patrouillieren. Über die Männer kann ich nichts sagen, aber die Hunde sind eindeutig unsympathisch."

„Und die laufen nicht allein auf dem Gelände herum, so dass wir sie mit Betäubungsmittel in Futter ausschalten könnten?", wollte Andrew wissen.

„Leider nein, an jedem Hund hängen immer die beiden Typen hinten dran. Futter ist keine Option."

„In dem Fall sollten wir uns Hilfe holen."

„Bei wem?"

„Ich denke, Alisha und Rana drängen sich da geradezu auf, nicht wahr?"

♦

Es war Mittwochnacht. Die Hundestaffeln hatten vor einer Stunde ihren Dienst angetreten. Nun war es dunkel. Nur einige Lampen erhellten in unregelmäßigen Abständen das Betriebsgelände von *Hawkins & Curfew*.

Clive und Andrew lagen beinahe bewegungslos auf dem Flachdach eines Schuppens, in dem Chemikalien gelagert wurden und der relativ dicht an dem Sicherheitszaun stand, der das gesamte Gelände umgab.

Sie hatten das Gelände kurz vor Betriebsende als Auslieferungsfahrer getarnt betreten und nicht wieder verlassen. Stattdessen hatten sich Angus und Tony in den gleichen Fahreruniformen, wie sie Clive und Andrew getragen hatten, direkt vor dem Tor in den Strom der Arbeiter gemischt, die in den Feierabend strömten. Nach einigen Metern hatte Tony gestoppt und sich mit Angus durch den Strom der Menschen, die das Gelände verließen, zurück zur Pforte gekämpft.

„Jetzt hätten wir fast vergessen, uns wieder auszutragen", hatte er keuchend gesagt, als sie den Pförtner erreicht hatten.

„Strömen die Leute hier jeden Abend so 'raus? Das ist ja wie eine Flutwelle. Ist es hier so gar nicht auszuhalten, dass die alle auf der Flucht sind?", hatte Angus unverschämt grinsend hinzu gesetzt und dann ganz unschuldig geschaut, als ihn der Pförtner empört angesehen hatte.

„Nehmen Sie ihn nicht ernst", hatte Tony den aufgebrachten Mann beruhigt. „Sie tragen uns dann aus, nicht wahr?"

Der Pförtner hatte seine Zustimmung gebrummt und Tony und Angus waren zu dem Lieferwagen gegangen, der auf der gegenüberliegenden Seite des Firmeneingangs geparkt war und davon gefahren.

Clive und Andrew waren derweil in einem Lagerschuppen verschwunden und nach Sonnenuntergang auf dessen Flachdach gestiegen.

„So sparen wir uns wenigstens einmal das Über-den-Zaun-Klettern", hatte Andrew gesagt, als er Clive den Vorschlag gemacht hatte.

Kurz bevor die Hundestaffeln ihre Schicht begannen, hatten Clive und Andrew aus den Paketen, die sie vermeintlich zugestellt hatten, ihre Ausrüstung gepackt und bereit gelegt. Nun war alles vorbereitet.

„Sag mal, ist Rufus auch so unruhig?", wollte einer der Männer wissen, als er einem anderen Team von Sicherheitsleuten begegnete. „Ich kriege Ryder kaum unter Kontrolle."

„Ja, immer dahinten, bei dem Chemikalienschuppen. Ich hab' schon gedacht, da ist vielleicht was ausgelaufen und mein Köter riecht das."

„Vielleicht sollten wir das mal überprüfen."

„Kann nicht schaden. Kommt doch mit, dann sind wir schneller fertig."

Die vier Männer gingen mit den beiden Hunden zu der Türe des Chemikalienschuppen, auf dessen Dach Clive und Andrew lagen. Je näher die Wachleute dem Schuppen kamen, um so unruhiger wurden die Hunde.

Einer der Männer öffnete die Tür und er und sein Kollege mitsamt dem ersten Hund verschwanden in dem Gebäude.

Die beiden anderen Männer wollten es ihnen gleich tun, aber bevor sie sich noch der Tür weiter genähert hatten, brachen sie bewusstlos zusammen. Auch ihr Schäferhund sackte mit einem leisen Winseln zu Boden.

Die Schuppentür öffnete sich.

„Ey, Ihr wolltet doch helfen, damit es schneller geht", nörgelte der Wachmann und trat mit seinem Hund vor das Gebäude. Bruchteile von Sekunden später lagen er und sein Hund ebenfalls betäubt am Boden und als der vierte Mann den Schuppen verließ, ereilte ihn das gleich Schicksal.

Wenig später ertönte der Ruf eines Käuzchens und man konnte jenseits des Zauns erahnen, dass zwei Menschen eilends und lautlos Richtung Eingangstor des Betriebsgeländes unterwegs waren.

„Dann mal los. Wir haben etwa eine Stunde, bis die Wirkung nachlässt", raunte Andrew. Er kletterte, gefolgt von Clive, auf das Dach des angrenzenden Gebäudes und sie näherten sich rasch dem Verwaltungsgebäude, das ihr eigentliches Ziel war. Wieder rief ein Kauz.

„Das nächste Team ist ausgeschaltet", kommentierte Andrew und als wenig später ein drittes Mal ein Kauz zu vernehmen war, sagte er:

„Wir haben freie Bahn, jetzt schlafen alle."

Die beiden ließen sich von dem Dach herunter, stiegen an einem Fallrohr bis zur dritten Etage des Verwaltungsgebäudes hinauf, wo Clive ein Fenster öffnete und dann verschwanden sie in dem dahinter liegenden Raum.

„Schon blöd, wenn man die Klofenster nicht sichert", sagte Clive trocken, als sie die Toilette verließen und auf den Flur traten.

Er ging zu einer Art Sicherungskasten, knipste einige Drähte durch und schwenkte seine beiden Hände mit einer ausholenden Geste wie ein Zauberkünstler, der eine gelungene Nummer präsentiert.

„Ich Personalabteilung, Du Auftragsbücher?", schlug er vor.

Andrew nickte und gab ihm eine Warnung mit auf den Weg:

„Denk dran, maximal eine Stunde, dann müssen wir hier verschwinden."

◆

Diesmal waren sie vorsichtiger als in der Papierfabrik und so konnten sie nach einer Stunde das Firmengelände ohne unliebsame Überraschungen verlassen. Sie fanden an der vereinbarten Stelle den Lieferwagen vor, der dicht am Zaun stand und von dessen Dach Tony und Angus eine Leiter auf die andere Seite des Zauns heruntergelassen, so dass Andrew und Clive einfach auf das Wagendach steigen konnten.

Als ihr Transporter zehn Minuten später auf die A 46 Richtung Süden fuhr, kam der erste der betäubten Wachmänner langsam zu Bewusstsein und fragte sich angesichts seiner um ihn herum liegenden Kollegen und Hunde, was wohl passiert war.

♦

„Was habt Ihr bei Eurem nächtlichen Besuch in Colchester herausgefunden", fragte Harriet, als sie sich zwei Tage später mit Clive und Andrew in London zu einem Spaziergang im Hyde Park traf.

Andrew antwortete auf ihre Frage.

„Carl und Laura werten gerade die Personalverzeichnisse der Papier– und der Farbenfabrik aus. Vielleicht stoßen wir auf eine Verbindung, die einen Hinweis auf einen Auftraggeber gibt. Ansonsten läuft es in der Farbenfabrik ähnlich wie beim Papier. Farben, die nicht zu hundert Prozent die Vorgaben erfüllen, werden ausgemustert und vernichtet. Und auch hier können wir über einen Zeitraum von zwei Jahren immer wieder Fehlmengen feststellen, unerklärliche Diskrepanzen zwischen Mengen, die hätten vernichtet werden müssen und denen, die tatsächlich fachgerecht entsorgt worden sind."

„Also schafft auch hier jemand systematisch Material beiseite", konstatierte Harriet.

„Hat sich eigentlich Deine Polizeiquelle zum Thema geäußert, ob es weitere Regionen in England gibt, wo es zu einem verstärkten Auftreten von Falschgeld kommt?", wollte Clive wissen.

„Bislang tatsächlich nur in Cumbria und den angrenzenden Grafschaften. Das legt den Schluss nahe, dass das Geld genau dort in Umlauf gebracht wird. Es wird ja nur als gefälscht erkennbar, wenn es in die Prüfroutinen der Bank of England oder ein hochmodernes Prüfgerät gelangt, aber das wird kaum eine Provinzbank haben. Es kann also prima über Wochen und Monate von Bank zu Privat zu Geschäft zu Großhandel zu Bank unterwegs sein, ohne dass jemand was bemerkt. Und selbst wenn dabei tatsächlich jemandem etwas auffallen sollte. Jetzt mal ehrlich: Wenn Ihr einen kleinen Laden hättet, würdet Ihr jemanden darauf aufmerksam machen, wenn Ihr über einen falschen Fünfziger in eurer Kasse stolpert? Ihr würdet doch hundertprozentig den Schein so schnell wie möglich wieder in Umlauf bringen. Denn sonst seid Ihr nicht nur den Fünfziger los, sondern habt auch noch den Ärger mit einer polizeilichen Untersuchung."

„Das leuchtet mir ein", sagte Andrew. „Ich komme jetzt aber doch noch mal auf Claras Frage zurück, die sie bei unserem letzten Treffen aufgeworfen hat. Wie bringt man eine derartige Menge Falschgeld unters Volk? Und noch dazu in so konzentrierter Form? Denn es ist ja wirklich ein sehr eng begrenzter räumlicher Bereich."

„Wo gibt es Geld?", fragte Harriet mit verträumtem Blick.

Andrew und Clive schwiegen, weil sie nicht verstanden, worauf sie hinaus wollte. Harriet kehrte aus ihrem Tagtraum zurück und sagte:

„Könnt Ihr mir übrigens die Unterlagen zur Verfügung stellen, die Ihr in der Druckerei in Penrith, in der Papierfabrik und jetzt in Colchester erbeutet habt?"

„Wofür brauchst Du die denn? Ach, Du sagst es uns ja sowieso nicht. Ich schicke sie Dir gleich zu", sagte Andrew etwas resigniert.

„Und ich Glückspilz bereite mich jetzt mal auf mein Treffen mit Antip Kolbin vor. Mir graut jetzt schon vor all dem Wodka." Clive klang auch nicht gerade glücklich.

„Wie wirst Du an ihn heran kommen?", wollte Harriet wissen.

„Ganz einfach. Laura hat mir eine Akkreditierung für den Kongress organisiert. Frag nicht, wie sie es gemacht hat, aber ich nehme ganz offiziell als kanadischer Berater teil, der für die Polizeibehörde des Kosovo tätig ist. Gestatten, Antoine Bergeur. Es ist mir eine Ehre, Sie kennenzulernen."

Harriet musste lachen, als er sich bei den letzten beiden Sätzen in einen öligen Charmeur mit französischem Akzent verwandelte.

„Viel Glück. Ich will nicht hoffen, dass wir Dich an den Beraterstab des russischen Polizeiminister verlieren."

„Keine Angst. Die russische Küche ist so gar nicht meins."

„Apropos Küche. Hat Audrey inzwischen eigentlich ihren Stern?"

„Mein gesamtes Personal ist sich sicher, dass vor einiger Zeit ein Michelin-Tester im Hause war. Alle haben sich große Mühe gegeben, es ist nicht der kleinste Fehler passiert, wenn ich Roger und Audrey Glauben schenken darf. Nun steht die Entscheidung der Kommission an und Audrey wartet minütlich auf den Anruf. Im Augenblick ist sie mal wieder ungenießbar. Ich hoffe, dass wir bald eine positive Nachricht erhalten, sonst rennt mir das Personal noch in Scharen weg."

◆

Der letzte Vortrag des Tages ging gegen sechs Uhr nachmittags zu Ende. *Internationale Zusammenarbeit im Bereich der Cyberkriminalität* hatte das Thema gelautet. Laura hätte wahrscheinlich jedes Wort verstanden und sich über die lächerlichen Abwehrmaßnahmen amüsiert, die der Redner aus der Schweiz vorgestellt hatte.

Clive hingegen hatte nach dem Vortrag nur eine vage Vorstellung, was das alles bedeutete. In der letzten halben Stunde hatte er sich sehr zusammenreißen müssen, um nicht einzuschlafen. Nun saß er an der Hotelbar und wartete auf seinen Aperitif. In einer halben Stunde würde es ein gemeinsames Dinner für alle Kongressteilnehmer geben, aber vermutlich würde das Essen nicht mit einem alkoholischen Getränk eingeleitet.

Schräg hinter ihm räusperte sich jemand. Clive drehte sich auf seinem Barhocker um und sah sich einem mittelgroßen, stämmigen Mann mit einem eckigen Kopf gegenüber, der volles, leicht gelocktes, dunkles Haar hatte, glatt rasiert war und einen sehr elegant wirkenden Anzug trug. Damit stach er aus der Menge der Kongressteilnehmer hervor, von denen viele beinahe schlampig gekleidet waren.

„Gestatten Sie, dass ich mich zu Ihnen setze. Hatten Sie auch Mühe, während des letzten Vortrages wach zu bleiben?", sagte er in sehr gutem Englisch, das allerdings einen deutlichen osteuropäischen Akzent auswies.

„Oh. Hat man das so deutlich gesehen?" Clive hatte den Anstand, betreten zu schauen. Dann lächelte er. „Na ja, ich muss zugeben, viel von dem, was da gesagt wurde, habe ich nicht verstanden. Und außerdem glaube ich, dass uns gerade in dem Bereich die Kriminellen immer voraus sind und nicht nur um eine Nasenlänge. Gestatten, Antoine Bergeur von der Sûreté Quebec. Im Moment bin ich allerdings im Kosovo als Berater tätig."

„Antip Kolbin. Ich leite eine russische Polizeibehörde. Ich teile Ihre Einschätzung vollkommen. Wir alle hecheln doch nur hinterher. Das war immer schon so und wird mit den neuen Technologien nur noch schlimmer. Und besonders beunruhigend ist die Vorstellung, dass die altmodischen organisierten Kriminellen sich mit den neuen Cyberleuten zusammentun."

„In der Tat. Meinen Kollegen in Vancouver ist es vor einiger Zeit gelungen, einen kanadischen Ableger der Triaden unschädlich zu machen. Was dabei an internationalen Verbindungen gerade im Datenbereich ans Tageslicht gekommen ist, war äußerst beklemmend. Und bevor sie irgendetwas mit den Erkenntnissen hätten anfangen können, hatten sich Organisationen und Kommunikationskanäle aufgelöst, so dass alle weiteren Untersuchungen ins Leere liefen."

„Wir machen die gleichen Erfahrungen. Der letzte große Schlag gegen eine mafiöse Organisation liegt mittlerweile acht Jahre zurück. Acht Jahre! Ich wage mir gar nicht auszumalen, wie sich diese Syndikate seitdem weiterentwickelt haben. Ich habe ehrlich gesagt keine Ahnung, wo wir den Hebel ansetzen können. Natürlich kenne ich wohl die meisten Organisationen und ihre Paten, aber kann ich sie dingfest machen? Nein."

„Aber wenn Sie sie doch kennen, wieso können Sie nichts gegen sie ausrichten?"

„Weil die Syndikate viel zu viele Informanten innerhalb der Polizeieinheiten haben. Wissen Sie, wie viel ein durchschnittlicher russischer Polizist im Monat verdient? Das reicht gerade mal, um halbwegs über die Runden zu kommen. Und dann kriegt man das Angebot, für eine kleine Information das Dreifache des normalen Gehaltes zu bekommen und soll nicht schwach werden?"

„Und wenn Sie für eine bessere Bezahlung ihrer Leute sorgten und sie damit weniger angreifbar für Bestechung machten?"

„Wie soll ich das machen? Russland ist ein reiches Land, aber wir haben kein Geld, um unsere Polizisten zu bezahlen."

„Stellen Sie sich vor, sie hätten das Geld. Glauben Sie, dass Sie eine Eingreiftruppe einrichten könnten, die das organisierte Verbrechen vernünftig bekämpfen könnte?"

„Sie meinen, einfach mal träumen? Warum nicht? Ich habe tatsächlich schon einmal mit dem Gedanken gespielt, das Vermögen meiner Frau darauf zu verwenden, einige Polizisten vor der Bestechlichkeit zu schützen, aber selbst ihr nicht unbeträchtliches Erbe wäre ein Tropfen auf den heißen Stein. Wir können uns davon einen Lebensstil leisten, der den Neid vieler Leute hervorruft und mich in den Ruch bringt, selber bestechlich zu sein, aber ich kann davon keinesfalls eine ausreichend große Gruppe von loyalen Polizisten bezahlen."

„Kommen Sie, Mr. Kolbin, träumen wir beim Abendessen einfach weiter", forderte Clive den russischen Polizeiminister auf, der sich so bescheiden als Leiter einer Behörde beschrieben hatte.

‚Das lässt sich ja wunderbar an', dachte Clive. Sie schienen genau den richtigen Mann für ihren Plan gefunden zu haben.

Es wurde ein sehr interessanter Abend, auch wenn das Essen eher mäßig war.

„Aber", so fragte der Russe seinen neuen Freund, „was will man von einem englischen Hotel schon groß erwarten?"

Clive hatte gegrinst und Antip Kolbin zur Entschädigung zu einem Absacker ins Kings Arms eingeladen. Er gab sich große Mühe, Kolbins Aufregung nicht zu bemerken, als der realisierte, dass das gegenüberliegende Queen's Arms ganz offensichtlich eine Schwulenbar war.

Clive zog sich nach einigen Drinks gegen elf Uhr unübersehbar angetrunken ins Hotel zurück. Kolbin verabschiedete sich aufs freundlichste von ihm. Er wolle noch ein wenig bleiben. Man würde sich am nächsten Morgen beim Thema *Neueste Entwicklungen beim internationalen DNA-Abgleich* wiedertreffen.

Clive ging mit den konzentrierten Schritten eines Betrunkenen die George Street Richtung St. James Street und bog nach links in diese ein. Er blieb direkt hinter der Ecke stehen und konnte kurz darauf beobachten, wie der Russe die Straße überquerte und ins *Queens Arms* wechselte, ganz wie Clive vorhergesehen hatte.

Er hoffte, dass der Russe einen schönen Abend haben würde.

◆

Sie trafen sich am nächsten Morgen zufällig beim Frühstück. Kolbin wirkte ein wenig angeschlagen, so, als habe er etwas zuviel Alkohol und etwas zu wenig Schlaf gehabt. Aber er war durchaus gut gelaunt.

„Diese Engländer haben sehr schöne Kneipen mit sehr netten Menschen", sagte er leutselig, als er sich zu dem angeblichen kanadischen Polizisten an den Tisch setzte, nicht ohne vorher höflich mit einer fragenden Geste dessen Einverständnis eingeholt zu haben.

„Ja, Kneipen können sie, die Engländer. Und ich hoffe, Ihre Bemerkung zu den netten Menschen ist nicht ironisch gemeint?"

„Keineswegs. Ich fand den Abend wirklich sehr angenehm. Bei uns trinkt in einer Kneipe jeder für sich so viel wie möglich in der kürzestmöglichen Zeit. Hier dagegen nehmen sich die Leute Zeit für den Pub, sprechen miteinander, lachen, haben Spaß. Das finde ich wirklich bemerkenswert."

„Und ich dachte immer, Russen sind gesellige Menschen", sagte Clive verblüfft.

„Mein lieber Freund, die Zeiten sind lange vorbei. In der UDSSR, als alle nichts hatten, da teilten die Menschen das Wenige, was sie hatten. Heutzutage, wo es wenige gibt, die viel und viele, die weniger als nichts haben, verteidigt jeder das, was er hat, mit Zähnen und Klauen und aus ist es mit der Geselligkeit."

„Das sollte uns kapitalistischen Ländern vielleicht eine Warnung sein."

„Als wenn eine westliche Gesellschaft bereit wäre, von uns Russen zu lernen!", lachte Kolbin auf und fuhr fort:

„Ich danke Ihnen jedenfalls für den interessanten Abend. Gestatten Sie, dass ich Sie heute Mittag zum Lunch einlade? Besser ein gutes Sandwich am Pier als das grässliche Essen in diesem Hotel."

Clive grinste.

„Herzlich gern."

„Haben Sie eine Idee, wo wir essen könnten?"

„Das kommt darauf an, ob Sie bereit sind, den Vortrag am frühen Nachmittag zu schwänzen."

„Was bedeutet das? Ich kenne das Wort nicht." Kolbin blickte Clive fragend an.

„Sich drücken. Einfach auslassen."

Kolbin schien ihn immer noch nicht zu verstehen.

„Nun, wir gehen einfach nicht zu dem Vortrag, weil unser Essen zu lange dauert."

Kolbin verstand und ein Leuchten trat in seine Augen.

„Sie meinen, wir essen lange, ausgiebig und gut?"

„Genau das und genau in der Reihenfolge", sagte Clive und lächelte verschmitzt.

„Ich organisiere ein Taxi und reserviere einen Tisch. Ich schlage vor, wir treffen uns nach der Arbeitsgruppenphase um halb eins am Ausgang."

„Sehr gern", stimmte der Russe Clive zu. „Ich freue mich. Vielleicht können wir ja unsere Unterhaltung von gestern Abend fortsetzen. Ich fand Ihre Ansichten sehr erfrischend.

Ich treffe in Russland ganz selten Leute, die einfach mal träumen, ungewöhnliche Ideen entwickeln oder alles ganz anders machen, als es immer schon gemacht wurde. Wir sind ein sehr schwerfälliges Land. In Anlehnung an Tucholsky könnte man sagen: *Laß' dir von keinem Russen imponieren, der dir erzählt: ,Lieber Freund, das machen wir schon hundert Jahre so!" Man kann eine Sache auch hundert Jahre lang falsch machen.'"*

Clive lachte herzhaft über Kolbins Selbstironie und dachte bei sich: ,Ein russischer Polizeiminister, der Tucholsky zitiert. Wo gibt's denn so was?"

◆

„Ich danke Ihnen für diesen wundervollen Lunch und das interessante Gespräch", sagte Antip Kolbin, als er und sein kanadischer Gastgeber vor dem *Schooner Inn* auf ihr Taxi warteten, das sie zum Kongresssaal zurückbringen sollte.

Er fuhr fort:

„Das war allemal wichtiger als dieses dumme Geschwätz da im Kongressprogramm. Ich habe zwar meine Probleme nicht gelöst, aber unser Gespräch hat mir einen neuen Ansatz gezeigt, wie ich die allgegenwärtige Korruption vielleicht doch in den Griff bekommen kann."

„Keine Ursache, es war mir ein Vergnügen. Jetzt werden wir wie zwei brave Schuljungen den nächsten Vortrag über uns ergehen lassen. Was ist noch mal das Thema?"

Kolbin schaute in sein Kongressprogramm und seufzte:

„*Internationale Haftbefehle bei Verdacht auf Geldwäsche - neue rechtliche Grundlagen und Verfahrensweisen.* Das wird bestimmt unendlich spannend."

„Ach, Augen zu und durch."

Kolbin blickte den Kanadier fragend an.

Clive sagte schmunzelnd: „Das heißt so viel wie ‚Da kann man nichts machen, man muss einfach stark sein und es hinter sich bringen.'"

„Augen zu und durch", wiederholte Kolbin die Phrase nachdenklich. „Das muss ich mir merken. So ein kurzer Satz, um so viel zu sagen. Darin ist das Englische den meisten anderen Sprachen überlegen."

Das Taxi kam und nach zehn Minuten stiegen sie vor dem Kongresszentrum aus.

„Würden Sie mir das Vergnügen machen und heute Abend nach dem Dinner noch einmal mit mir in ein Pub gehen?", fragte Clive.

„Herzlich gern."

◆

Harriet war in London geblieben. Niemand, noch nicht einmal Rouben, wusste, dass sie schon vor einiger Zeit ein georgianisches Stadthaus in Maida Vale gekauft hatte. Sie wollte gerne wieder eine Basis in London haben und diese Gegend hatte sie immer schon gemocht. Die unteren beiden Etagen standen leer, denn hier waren besonders grundlegende Sanierungsmaßnahmen notwendig. Die Wohnung in der dritten Etage hatte Harriet mit dem Notwendigsten einrichten lassen, so dass sie die Wohnung für die Zeit der Renovierung nutzen konnte. Eigentlich hatte sie ihren London-Besuch nutzen wollen, um sich einen Überblick über die zu erledigenden Arbeiten zu verschaffen. Doch jetzt war alles anders gekommen.

Zwei Tage lang hatte Harriet nur am Schreibtisch gesessen und das Material gesichtet, das Andrew und Clive ihr gegeben hatten. Sie hatte im Netz recherchiert und Fakten zusammengestellt. Nun saß sie mit einem Stapel Papier, das eine Unzahl von Informationen enthielt, an ihrem Küchentisch und sortierte die Unterlagen.

Alles, was Kolja, Andrejewitsch und die gesamte Russlandfrage betraf, legte sie erst einmal beiseite. Clive hatte ihr begeistert von seinem Polizeikongress und der Kontaktaufnahme zu Kolbin berichtet. Es war so glatt gelaufen, dass Harriet misstrauisch war, aber erst einmal mussten jetzt die Dinge in Bewegung kommen. Bis zu Kira und Ruslans Hochzeit würden sie nichts weiter unternehmen. Kolja hatte mit den großen und kleinen Krisen in seinem Zuständigkeitsbereich alle Hände voll zu tun und würde innerhalb der nächsten sechs Wochen keine Gefahr bedeuten. Blieben also für den Moment die beiden Themen Falschgeld und Entführung.

Harriet hatte aufmerksam die Personalunterlagen aus der Papier– und der Farbenfabrik studiert und war über zwei Namen gestolpert.

Im Papierwerk gab es einen leitenden Angestellten mit Namen Brian Ravenglass, der für Materialbeschaffung und –entsorgung zuständig war. In der Farbenfabrik war ein Hugh Stonethwaite als stellvertretender Leiter des Controllings tätig. Einerseits waren das beides Namen von einflussreichen Familien im Lake District. Andererseits kannte sie aber beide Namen auch aus der Kartei ihres Vaters.

Ein Mitglied eines minderen Ravenglass-Seitenzweigs war für James Day tätig gewesen, bevor er mit einer Überdosis Heroin auf der Bahnhofstoilette in Kendal tot aufgefunden worden war. Day hatte seinen Werdegang und seine Aufgaben minutiös verzeichnet.

Joanna Stonethwaite war die Ehefrau von Superintendent Carl Greene gewesen, der vor acht Jahren die Dienststelle in Keswick geleitet hatte. In den Turbulenzen, die Harriet durch ihren vermeintlichen Überfall auf einen Geldtransporter verursacht hatte, war bekannt geworden, dass Greene von Grund auf korrupt und für James Days Mafiaorganisation tätig gewesen war. Joanna hatte sich umgehend nach Bekanntwerden dieser Tatsache voller Entrüstung über die Verderbtheit ihres Mannes von diesem getrennt. Aus James Aufzeichnungen ging allerdings hervor, dass sie genauestens über ihren Mann und seine Verbindungen zum organisierten Verbrechen informiert war, die Einladungen von James Day stets gerne wahrgenommen hatte und nichts gegen die zusätzlichen Einkünfte einzuwenden gehabt hatte, die ihr einen aufwändigen Lebensstil ermöglicht hatte, der vom Gehalt eines Superintendents nicht zu bestreiten gewesen wäre.

Harriet grinste über die Chuzpe der Dame, als sie die Notizen ihres Vaters studierte. Sie begann mit Nachforschungen über die beiden Familien und es dauerte nicht lange, bis sie über eine sehr interessante Verbindung stolperte.

Joanna Stonethwaite saß seit vierzehn Jahren im Aufsichtrat einer Privatbank mit Sitz in Kendal, ein Henry Ravenglass war seit mehr als zwanzig Jahren deren Vorstandsvorsitzender. Die Miners' Bank existierte seit hundertachtzig Jahren und war gegründet worden, als der Bergbau in der Region durch erneute Grafitfunde einen ungeahnten Aufschwung erfuhr. Mit dem Niedergang der Bergbaugesellschaften ab Ende des 19. Jahrhunderts hatte die Bank ihre Geschäftsfelder verändert, den Namen aber immer beibehalten.

Harriet legte den Kopf schief und blickte verträumt aus dem Küchenfenster hinunter auf das Gelände der Gärtnerei, das den gesamten Innenhof ihres Häuserkarrees einnahm.

„Es scheint an der Zeit, einige Konten zu eröffnen", murmelte sie. Dann schickte sie eine Nachricht an Theresa.

„Was wissen Sie über die Miners' Bank in Kendal?"

So weit war Harriet ganz zufrieden mit sich. Sie wusste zwar nicht, ob dieser Ansatz sie weiterbringen würde, aber die Namensübereinstimmungen erschienen ihr doch zuviel des Zufalls. Sie war gespannt, welche Informationen sie von Theresa erhalten würde. So lange hieß es jetzt erst einmal abwarten.

Sie sah auf die Uhr. Gleich zwölf. Sie stand auf und streckte sich. Bevor sie sich mit den Entführern befasste, würde sie eine Runde um den Block drehen und im Quince Café, das in einem der Gewächshäuser der Gärtnerei betrieben wurde, eine Kleinigkeit essen.

Anderthalb Stunden später saß sie wieder an ihrem Küchentisch. Ihre Teilnahme an dem Kongress zur Internationalen Mädchenbildung in zwei Wochen in Newcastle war nicht ungefährlich. Alle hatten verlangt, dass sie weiter in Deckung blieb, aber sie hatte sich ganz bewusst auf den Präsentierteller gesetzt, als sie ein Interview mit dem Newcastle Herald initiiert hatte. Wer immer nach ihr suchte, würde darüber stolpern. Bis zum Kongress blieben zwei Wochen Vorbereitungszeit und noch immer hatte sie keine Idee, wer der Auftraggeber der Entführer sein konnte.

Dank ihrer elektronischen Fußfessel würde Laura immer wissen, wo sie steckte und sie im Zweifel aus der Gewalt der Entführer befreien. Aber das war ja nicht ihre Absicht.

Sie wollte denjenigen aus der Reserve locken, der all diese Entführungen plante und organisierte. Sie musste unbedingt einen Ansatzpunkt finden und das schnell.

Harriet seufzte. Sie räumte alles Material, das mit dem Thema Falschgeld zu tun hatte, vom Tisch.

Dann nahm sie die verbliebenen Unterlagen, die mit den Entführungen zu tun hatten, und sortierte sie.

Es entstand ein Stapel mit Informationen über Dennis Higson, einer zu Alice Martland, aber auch jedes bekannte Entführungsopfer bekam einen eigenen Platz.

Anschließend nahm sie sich jeden einzelnen Papierstapel vor und sortierte ihn in zeitlicher Reihenfolge.

Auf einem Blatt Papier notierte sie die Daten und Ereignisse, auf einem weiteren Blatt vermerkte sie die Bezüge zwischen allen Namen und Personen der Täterseite, auf einem anderen ordnete sie in einem Oval die Namen der Opfer an und ergänzte nach und nach die Informationen, die ihr zu ihnen vorlagen.

Und dann starrte sie eine geschlagene Viertelstunde auf die drei Blätter und versuchte, einen Zusammenhang zwischen den vielen Notizen zu erkennen.

Sie schaute auf die Uhr und erschrak. Wenn sie um halb fünf in Swanley sein wollte, sollte sie jetzt flott aufbrechen. Und vor allem beten, dass sie nicht in einem Stau landete.

♦

Zur gleichen Zeit saßen John Mikes und Theresa Wincanton zweihundert Meilen weiter nördlich in York in einem Pub. Mikes hatte Neuigkeiten, die er Theresa aber nicht in der Dienststelle verkünden wollte. Es war nicht unüblich, dass sie auch an einem eigentlich arbeitsfreien Samstag zusammen in einer Kneipe aßen, wenn es darum ging, laufende Ermittlungsergebnisse auszutauschen. Deshalb wunderte sich Theresa nicht über seine Einladung ins *Old White Swan Pub*. Sie hatten sich ihre Getränke geholt, ihre Essen bestellt und sich einen Tisch im hinteren Bereich des Gastraumes gesucht, wo es vergleichsweise leer war.

„Wie sieht es beim Falschgeld aus?", fragte Mikes.

Theresa brachte ihn mit wenigen Sätzen auf den aktuellen Stand, berichtete vom Fund des Papiers in der Druckerei in Penrith, den fehlenden Farben in der Fabrik in Colchester und den geplanten Recherchen ihres anonymen Kontaktes.

„Mich würde ja doch mal interessieren, wer da am anderen Ende Ihrer Mobilleitung sitzt", meinte Mikes, als Theresa ihren Bericht beendet hatte.

„John, Sie können mir glauben, ich weiß es selber nicht. Anfangs hatte ich einen Verdacht, aber die Person, von der ich glaubte, sie gäbe uns die Tipps, ist vor einigen Jahren gestorben. Sie kann es also nicht sein."

„Eigentlich ist es ja auch egal, Hauptsache, wir erhalten weiterhin Hinweise, die uns Fahndungserfolge bringen. Wir warten jetzt also ab, was da weiter an Informationen kommt. Ich überlasse es Ihrer Entscheidung, wann Sie sich einschalten und Verhaftungen durchführen."

Theresa schaute ihn verblüfft an.

„Und wenn wir die Infos erst kriegen, wenn Sie schon in Manchester sind? Dann habe ich gar keine Befugnisse mehr, weil ich vermutlich wieder in irgendeinem Kaff als Streifenhörnchen Dienst tue."

„Dazu wollte ich gerade kommen. Die Jungs in der oberen Etage haben endlich eine Entscheidung gefällt. Nominell liegt die Zuständigkeit für die *SOKO OK und IE* weiter bei mir, aber Sie sind ab sofort meine offizielle Stellvertreterin im Rang eines DI und somit befugt, eigenständig zu arbeiten. Das Team wird Ihnen unterstellt und Sie sind mir berichtspflichtig. Es ist gewünscht, dass Einsätze und Ermittlungsanweisungen mit mir abgestimmt werden, aber wenn etwas schnell entschieden werden muss, kann eine Rücksprache unterbleiben. Sie erhalten morgen früh Ihre offizielle Beförderungsurkunde."

Bestimmt eine halbe Minute sah Theresa ihn schweigend an. Ihr Gesicht zeigte keine Regung. Mikes zog fragend die Augenbrauen zusammen.

„Theresa? Haben Sie verstanden, was ich Ihnen gerade mitgeteilt habe? War das nicht genau das, was Sie wollten?"

Erst jetzt machte sich ein Lächeln auf ihrem Gesicht breit.

Sie ließ sich in ihrem Stuhl nach hinten sacken und atmete laut hörbar aus.

„Wow", brachte sie leise hervor. „Sie haben es tatsächlich

getan?! Sie haben sich tatsächlich für mich eingesetzt?!"

„Ja, natürlich. Das hatte ich Ihnen doch zugesagt." Mikes war beinahe ein wenig ungehalten, als ihm durch Theresas Reaktion klar wurde, dass sie Zweifel daran gehabt hatte, dass er sich zu ihrem Fürsprecher gemacht hatte.

„Das haut mich echt um. Danke, Chef, tausend Dank. Ich hätte es wissen müssen, denn Sie haben immer Ihr Wort gehalten. Ich bin einfach nicht so dran gewöhnt, dass jemand sich für mich einsetzt. Dass Sie das durchgedrückt haben, ist so groß! Ich kann das gar nicht glauben!"

„Unsere Leistungen haben die da oben einfach überzeugt. Die Bilanz der letzten fünf Jahre kann sich ja auch wirklich sehen lassen. Ich habe ganz klar gesagt, dass diese Arbeit nur von Ihnen erfolgreich weitergeführt werden kann, Punkt."

Theresa grinste immer noch glückselig vor sich hin. Sie konnte also in Zukunft genau die Arbeit weiter machen, die ihr sehr viel bedeutete. Sie wurde nicht nur befördert, sondern leitete ab sofort sogar die Sonderkommission. Und sie konnte sich weiterhin auf Mikes als Vorgesetzten verlassen. Das hätte sie sich niemals träumen lassen.

„Gehe ich mit Ihnen nach Manchester, Sir?"

„Nein, Sie bleiben hier in York. Sie dürfen in Zukunft in meinem Büro wohnen. Wir werden eine verschlüsselte Kommunikationsleitung eingerichtet bekommen, damit wir auf direktem Wege Kontakt aufnehmen können, ohne dass andere Stellen sich einklinken können."

„Mann, Mann, Mann. Wer hätte das gedacht!?"

„Es wäre doch einfach grandios, wenn Sie als erste Amtshandlung in Ihrer neuen Position diese Falschgeldangelegenheit aufklären könnten. Dann wird niemand mehr an Ihrem Stuhl sägen. Nicht einmal Robson, die alte Ratte."

„Robson? Sollte ich mich vor dem vorsehen?"

„Oh, ja, allerdings. Dazu würde ich Ihnen dringend raten. Robson hasst Frauen, vor allem solche in gehobenen Positionen mit Entscheidungskompetenz. Seiner Meinung nach taugen Frauen höchstens als Sekretärinnen oder Verkehrspolizistinnen. Er wird Ihnen Steine in den Weg legen oder es zumindest versuchen. Seien Sie also vorsichtig. Und vor allem, nehmen Sie sich vor Ryman und Dickinson in acht. Das sind seine Handlanger und Spitzel. Zum Glück weiß er nicht, dass es alle anderen längst begriffen haben, sondern glaubt immer noch, er hätte zwei 1a-Maulwürfe. Den beiden können Sie nicht über den Weg trauen."

„Danke für die Info. Das könnte lebensrettend sein."

Beide hoben wortlos ihre Gläser und prosteten sich zu.

Dann wurde Theresas Gesicht nachdenklich.

„Sir, was ist denn an den Gerüchten dran, dass Robson sich um den Chefposten hier in York bemüht? Wenn er unser nächster CC wird, dann kann ich natürlich einpacken, oder?"

„Beworben hat er sich. Aber, und das muss jetzt wirklich unter uns bleiben, er wird auf keinen Fall Ihr nächster Chief Constabler. Selbst unsere Vorgesetzten sind nicht so hartleibig, dass sie nicht sehen, wie unmöglich dieser Mann in einer Führungsposition ist. Man hat sich tatsächlich für eine Frau entschieden. Vielleicht können Sie ihr am Anfang ein wenig zur Seite stehen. Robson wird schäumen vor Wut und alles tun, um ihrem Ansehen zu schaden. Da bin ich sicher."

„Mit dem größten Vergnügen", sagte Theresa und deutete spöttisch eine kleine Verbeugung an.

♦

Alisha starrte auf ihren Monitor. Außer ihr war niemand mehr im Firmengebäude der Katchatourian Ltd., denn es war Samstagnachmittag und es ging auf achtzehn Uhr zu.

Sie hatte gerade lange mit Rouben telefoniert und mit ihm die Optionen für die Reparatur einer defekten Ölförderpumpe in der Nähe von Ahwas im Iran besprochen. Sie waren zu dem Schluss gekommen, dass ihre Techniker so viele Ersatzteile wie möglich mit an den Einsatzort nehmen würden, um dann vor Ort rasch handeln zu können, ohne lange auf fehlende Teile zu warten. Das austretende Öl würde über kurz oder lang nämlich das Naturschutzgebiet Shadegan gefährden, es kam also auf jede Minute an.

Jetzt stellte Alisha zusammen, welche Bauteile wo gelagert

waren und forderte sie per Mail nach Baku an, wo sie am Sonntagabend in die Maschine verladen würden, mit der die Techniker am Montag in aller Frühe in den Iran flögen.

Parallel schickte sie eine entsprechende Materialliste an das iranische Konsulat, um kurzfristig eine Importgenehmigung zu erwirken. Es würde ja alles nichts nützen, wenn sie keine Erlaubnis hätten, die notwendigen Teile zu der defekten Ölpumpe zu bringen.

Sie hatte die Mail an das Konsulat gerade abgeschickt und wartete nun darauf, dass nach und nach die Bestätigungen eintrudelten, dass die notwendigen Teile unterwegs waren und dass die Iraner reagierten.

Sie schloss für einen Moment die Augen, die vor Müdigkeit und Anstrengung brannten. Alisha saß seit dem frühen Morgen in ihrem Büro, als die Schadensmeldung eingegangen und sie von der Telefonbereitschaft alarmiert worden war.

Jetzt, wo der größte Stress vorbei war, merkte sie, dass sie sehr traurig war. Tony und Faizah hatten am Vortag gegen Mittag die Firma verlassen. Sie würden sich am Wochenende mit Clara, Pete und Angus treffen, um letzte Absprachen für die bevorstehende Hochzeit zu treffen. Laut kichernd waren die beiden an ihrem Büro vorbei gegangen und hatten ihr vom Flur aus ein schönes Wochenende gewünscht.

Alisha fühlte sich ausgegrenzt. Sie war in die Hochzeitsvorbereitungen nicht eingebunden, sie saß hier im Büro, während die anderen Spaß hatten. Und es war nur eine Frage der Zeit, dass Tony und Faizah endlich bekannt gaben, dass sie seit einigen Wochen eine Beziehung hatten. Alisha verstand nicht, warum sie ein Geheimnis daraus machten.

Von der veränderten Konstellation fühlte sie sich bedroht. Waren sie vorher drei gleichberechtigte GeschäftsführerInnen gewesen, würde sie in Zukunft als eine Stimme gegen zwei antreten müssen. Sie hatte Tony und Faizah schon seit drei Monaten beobachtet und war nicht umhin gekommen, die verstohlenen Blicke zu bemerken, die sich die beiden zuwarfen, wenn sie sich unbeobachtet fühlten.

Wie zufällig kam es zu Berührungen, die beiden lachten zusammen über Bemerkungen, die für alle anderen im Raum unverständlich waren. Spätestens seit vor sechs Wochen erst Tony zu spät zu einer wichtigen Besprechung gekommen war und sich mit einer fadenscheinigen Erklärung entschuldigt hatte und dann mit noch größerer Verspätung Faizah eingetroffen war, die ihre Verspätung mit Autoproblemen begründet hatte, war es unübersehbar gewesen. Faizah fuhr schließlich einen nagelneuen Wagen und technische Probleme waren vollkommen absurd. Sie hatten einfach die Nacht miteinander verbracht und beide verschlafen.

Alisha hatte gar nichts dagegen, dass die beiden eine Beziehung hatten, aber es verletzte sie, dass ihr die Wahrheit vorenthalten wurde. Dadurch bekam das Ganze einen faden Beigeschmack und es deutete sich an, dass auch ihre

Zusammenarbeit in Zukunft von Unaufrichtigkeit geprägt sein würde.

Alisha hatte sich mehr und mehr in sich zurückgezogen und wusste nicht, wie sie sich verhalten sollte. Auf jeden Fall hatte sie das Gefühl, den beiden nicht mehr trauen zu können und das löste große Traurigkeit in ihr aus. Wie sollte sie denn weiter mit den beiden zusammen die Firma führen, wenn sie nie sicher sein konnte, nicht hintergangen zu werden?

Die ersten Takte eines afghanischen Volksliedes ertönten und zeigten an, dass Alisha eine SMS erhalten hatte.

„Bist Du noch im Büro? Damit ist jetzt Schluss. Ich möchte mit Dir essen gehen. Wo überlasse ich Dir. Harriet"

Essen gehen? Eigentlich hatte sie keinen Hunger und auch gar keine Lust auszugehen. Lieber hätte sie sich in ihrer Wohnung verkrochen. Andererseits hatte sie Harriet schon seit einer ganzen Weile nicht mehr gesehen. Sie antwortete:

„Brauche noch eine Stunde. Können wir uns im The Wharf *treffen? Oder ist das ein großer Umweg für Dich?"*

Sie baute darauf, dass Harriet bestimmt keine Lust hatte, bis nach Dartford hinaus zu fahren, aber zu ihrer Überraschung erhielt sie innerhalb kürzester Zeit die Antwort:

„Perfekt. Bin sowieso gerade in Swanley. Ich fahr jetzt los und wir treffen uns um 7 im The Wharf. *Lass Dir Zeit. Es ist ja schönes Wetter. Bis gleich."*

Sie seufzte und bestätigte Harriets Vorschlag. Vor lauter Überraschung vergaß sie völlig, sich zu wundern, was Harriet in Swanley tat, wo sie doch eigentlich in Bath sein sollte.

♦

Kolja hatte ein Problem. Genauer gesagt waren es sogar eine ganze Reihe Probleme. Er war sich immer noch nicht sicher, wer seine Waffenexport-Pläne an die Konkurrenz verraten hatte. Ruslan hatte zwar gesagt, einer der beiden Toten sei verantwortlich gewesen, aber er war nicht hundertprozentig überzeugt. Er hatte die abtrünnigen Leute immer noch nicht aufgespürt und konnte sich nicht gegen das Unbehagen wehren, weil sie sich bei Nacht und Nebel abgesetzt hatten.

Bei einer Schießerei mit Rajonowitschs Leuten hatte er vor vierzehn Tagen einen wichtigen Mann verloren und Ruslan machte ungeheuren Druck, weil Kolja seinen Laden wohl nicht im Griff habe. Er, Ruslan, verbitte sich wilde Schießereien mit wem auch immer. Die Situation in Krasnojarsk sei ohnehin schwierig genug, zumal gerade ein neuer Polizeipräsident sein Amt angetreten hatte, den sie noch gar nicht einschätzen konnten. Da wäre es keine besonders gute Idee, unnötig auf sich aufmerksam zu machen.

Er musste also einen fehlenden Mann ersetzen und Ruslan unbedingt davon überzeugen, dass er wusste, was er tat.

Sonst wäre er bald weg vom Fenster, wie so viele andere Sektionsleiter auch, denn Ruslan räumte weiter innerhalb seiner Organisation auf und kehrte mit dem eisernen Besen durch. Bis auf die Chefs in Jekaterinenburg und Chabarowsk hatte er das gesamte Führungspersonal ausgetauscht.

Kolja hatte aber auch noch ein ganz anderes, sehr akutes Problem, das nur indirekt mit Ruslan zu tun hatte. Einer seiner Drogenkuriere war in Novosibirsk von der Polizei geschnappt worden. Zwar war er nicht in unmittelbarer Nähe des Pipelinezugangs gestellt worden und Kolja hatte den Mann umgehend liquidieren lassen, aber vielleicht hatte der doch noch Gelegenheit gehabt, über Koljas neues Drogentransportsystem zu quatschen. Abgesehen von dieser beunruhigenden Aussicht tat natürlich auch der Verlust von Kokain im Gegenwert von hunderttausend Dollar weh.

Kolja raffte sich auf und rang sich zu einem Entschluss durch. Er würde in Kürze eine kleine Menge Drogen in Novosibirsk auf den Weg bringen lassen und dann sähe er ja, ob sein Pipelineplan aufgeflogen war. Das finanzielle Risiko wäre gering, aber so fände er heraus, ob er die Pipeline weiterhin nutzen könnte.

◆

Intermedium 3
22. April 2022, 03:51 Uhr

Seit gefühlten acht Stunden scheuerte er nun schon mit regelmäßigen Pausen den Kabelbinder an seinen Handgelenken über die scharfe Eisenkante. Zwar hatte er den Eindruck, dass die Kerbe im Plastik immer tiefer wurde, aber er fühlte sich so ausgelaugt, dass er versucht war, aufzugeben. Er sackte ein wenig zusammen und ließ den Kopf nach vorne hängen, um seine völlig überanstrengte Nackenmuskulatur zu entspannen.

‚Was wird sie sagen, wenn sie erfährt, dass ich mich kampflos in mein Schicksal ergeben habe?', dachte er und raffte sich auf. Nicht weitermachen mit dem Versuch, sich zu befreien, war ganz einfach keine Option. *Sie* hätte niemals aufgegeben.

Erneut setzte er die Handfessel an und als er die Arme nach oben zog, passierte das Wunder. Es gab einen kleinen Knack und der Kabelbinder ging auf.

Das war geschafft. Er nahm die Arme nach vorne und rieb seine Handgelenke. Dabei überlegte er fieberhaft, wie es jetzt weitergehen sollte. Gab es eine Möglichkeit, seine Fußfessel ebenfalls zu durchtrennen? Lamonts Leute hatten ihn systematisch durchsucht, ihm seine Waffe, sein Portemonnaie, seinen Schlüsselbund und sein Mobiltelefon abgenommen.

Er wurde sich eines kratzenden Gefühl am rechten Handgelenk bewusst und musste trotz seiner ausweglosen Situation grinsen. Sie hatten ihm seinen Ring gelassen. Wertvoll war er nicht und sie hatten wohl gedacht, dass man damit keinen Schaden anrichten konnte.

Es war ein einfacher Stahlring, der rundherum eine Einkerbung hatte. Sie hatten nicht gewusst, dass man die beiden Hälften auseinander drehen konnte, was dann zwei Ringe ergab, die mit einem Draht verbunden waren, der als Feile oder Säge diente.

Mit Mitte zwanzig war er auf die Modesty-Blaise-Geschichten von Peter O'Donnell gestoßen und dieses kleine, unauffällige Werkzeug, das Willie Garvin trug und bei mehr als einer Gelegenheit lebensrettend einsetzen konnte, hatte ihn fasziniert. Von seinem ersten Gehalt beim SAS hatte er sich den Ring anfertigen lassen und trug ihn seitdem ständig. Benutzt hatte er ihn noch nie.

◆

Rouben hatte vollkommen recht gehabt. Alisha verhielt sich wirklich sonderbar. Sie war insgesamt sehr ernst und verhalten. Nichts erinnerte mehr an die unbeschwerte, immer fröhliche, unternehmungslustige junge Frau, die Harriet in der afghanischen Mädchenschule im Wankhan-Tal kennengelernt hatte. Sie schien nur noch ihre Arbeit zu kennen und hatte sich sogar von den anderen jungen Leuten aus Harriets Team zurückgezogen. Harriet wusste, dass die sich an diesem Wochenende alle trafen und verstand nicht, warum Alisha nicht mitgefahren war. Rouben hätte sie bestimmt in der Firma vertreten, wenn sie ihn gefragt hätte.

Während des Hauptgangs hatte Alisha ausführlich über ihre Arbeit gesprochen, über Probleme mit einem Techniker im Iran, der aufgefallen war, weil er gegen die westlichen Teufel gehetzt hatte und Kollegen zu Sabotageakten überreden wollte. Über sich privat sprach sie gar nicht.

Nun warteten sie auf das Dessert und beide schwiegen.

„Und wie geht es Dir?", fragte Harriet schließlich.

„Hast Du mir nicht zugehört?! Ich hab's doch gerade ausführlich erzählt!", war Alishas kurz angebundene, beinahe unhöfliche Antwort.

„Nein, Liebes. Du hast mir nur von Deiner Arbeit und den Schwierigkeiten in der Firma erzählt. Von Dir persönlich hast Du nicht gesprochen."

Harriet wäre nicht überrascht gewesen, wenn Alisha ihrem sanften Tadel eingeschnappt und beleidigt begegnet wäre und im ersten Moment ließ ihr Blick auch genau das erahnen. Aber dann riss sich Alisha zusammen.

„Du hast recht", lenkte sie ein. „Entschuldige bitte. Ich fühle mich einfach oft müde und angestrengt. Und ich frage mich, ob ich die Richtige für Roubens Unternehmen bin. Ich meine, er hat das alles allein geschafft, was wir zu dritt machen und sich vermutlich nicht eine Sekunde seines Lebens ausgelaugt gefühlt."

„Hast Du ihn denn jemals gefragt?"

Alisha schüttelte stumm den Kopf.

„Vielleicht hat er ja den ein oder anderen Tipp für Dich, wie man damit umgeht, wenn man sich überfordert fühlt. Ich kann Dir nur sagen, dass Rouben große Stücke auf Dich hält. Er hat jetzt neulich gesagt, wenn er in Deinem Alter schon so viel technisches Wissen gehabt hätte, dann wäre ihm manch kostspieliger Fehler nicht passiert."

„Ja, er lobt mein Können. Aber bin ich auch geeignet, eine Firma zu leiten, wenn mich schon kleinste Auseinandersetzungen mit störrischen Mitarbeitern zermürben?"

„Wie gesagt: Sprich mit Rouben. Er ist bestimmt auch nicht als Führungspersönlichkeit auf die Welt gekommen. Sei nicht zu stolz oder stur, Hilfe zu suchen oder anzunehmen, wenn sie Dir angeboten wird. Und Du kannst doch in jedem Fall immer Faizah und Tony zu Rate ziehen, wenn Du allein nicht zurecht kommst. Das ist doch der große Vorteil, dass Ihr zu dritt seid."

Die Art, wie Alisha „Ja, ja, das stimmt natürlich" sagte, erzeugte leises Unbehagen bei Harriet. Aber sie kannte die junge Frau gut genug, um zu wissen, dass sie das Thema jetzt besser ruhen ließ. Und sie verkniff sich auch die Frage, warum Alisha an diesem Wochenende in London geblieben war, anstatt mit den anderen nach Shrewsbury zu fahren.

Sie wechselte das Thema, erzählte ein wenig von dem aktuellen Stand der drei großen Baustellen, mit denen sie im Moment befasst war, merkte aber rasch, dass die junge Frau ihr nicht wirklich zuhörte. Und kaum hatten sie ihren Kaffee getrunken, verabschiedete sich Alisha mit dem Hinweis, dass sie am nächsten Morgen früh raus musste.

Harriet blieb nachdenklich zurück. Irgendetwas lag da im Argen. Und es wäre wohl gut, wenn Rouben oder sie bald herausfanden, was es war.

◆

„Sie ist wieder aufgetaucht."

„Wer?"

„Na, wer wohl? Die Katchatourian natürlich. Liest Du keine Zeitung?"

„Nö. Wieso?"

„Sonst wüsstest auch Du, dass sie in zwei Wochen in Newcastle eine Tagung eröffnet, wo es um irgendwelche Mäd-

chensachen geht. Da suchen wir die wie eine Nadel im Heu-
haufen und haben schon das Gefühl, dass die Frau sich in
Luft aufgelöst hat und dann steht die einfach so in der Zeitung. Manchmal hat man eben auch Glück.“

„Hat der Boss gesagt, ob wir was machen sollen?“

„Noch nicht. Aber vielleicht wäre es ganz clever, wenn wir
ihm von uns aus einen Vorschlag machen würden. Dann
vergisst er vielleicht, dass Du so blöde warst, sie misstrauisch zu machen und dann aus den Augen zu verlieren.“

„Also, ich weiß immer noch nicht, warum die plötzlich wie
angestochen aus meinem Auto rausgesprungen ist. Ich
hab‘ wirklich nichts Falsches gesagt. Wir haben nur über
unsere Töchter und übers Theater geredet.“

„Ist ja auch egal. Auf jeden Fall sollten wir jetzt mal scharf
nachdenken, wie wir noch mal an die Katchatourian ran-
kommen und ihm die Idee präsentieren.“

♦

„Wohin gehen wir heute Abend?“, wollte Kolbin wissen,
als er Clive gegen halb neun im Hotelfoyer traf.

„Ich habe mir sagen lassen, dass es in der Manchester
Street eine ganz nette Kneipe mit dem schönen Namen
Mucky Duck gibt. Ich denke, wir können da zu Fuß hinge-

hen."

Kolbin war einverstanden und sie gingen los, aber irgendwie verheddterte sich Clive im Straßengewirr und plötzlich standen sie in der Steine Street vor dem Eingang der *Bar Broadway*. Das geschah natürlich mit Absicht, denn Clive wusste ja, dass Kolbin über eine weitere Schwulenbar begeistert sein würde. Der machte auch große Augen, als sie an dem Lokal vorbeigingen, in das gerade ein schrill kichernder Haufen von bunt gekleideten Transvestiten hineinströmte.

Während ihres weiteren Weges zu ihrem eigentlichen Ziel wirkte Kolbin etwas abgelenkt. Clive vermutete, dass er sich den Weg zurück zur Bar für später einprägen wollte.

Der Abend verlief, wie der vorherige auch, sehr angenehm. Kolbin war ein kenntnisreicher Ballettfan und konnte einige muntere Episoden aus dem Umfeld des Bolschoi-Theaters erzählen, die zeigten, was für eine Schlangengrube so eine Ballettformation sein konnte. Sie verstanden sich so gut, dass sie sich im Lauf des Abends darauf verständigten, sich mit Vornamen anzusprechen.

Gegen elf Uhr gab Clive erneut vor, reichlich betrunken zu sein und wollte aufbrechen.

„Morgen noch und dann müssen wir wieder zurück in unsere Hamsterrädchen", sagte er mit etwas schwerer Zunge.

„Das verstehe ich nicht?"

„Ich meine, zurück an die Arbeit. So wie ein Hamster in

seinem Käfig immerzu in dem Rädchen herumläuft, so müssen auch wir wieder unsere Pflicht tun."

Kolbin lachte amüsiert. Er schien große Freude an idiomatischen Ausdrücken zu haben und schrieb sie tatsächlich in ein kleines Notizbuch, dass er in der Innentasche seines Jacketts trug.

„Mein lieber Antoine, Sie sind mir nicht böse, wenn ich noch ein wenig bleibe? Sehen wir uns morgen beim Frühstück?", fragte er Clive, der eine schwankende Verbeugung andeutet.

„Aber sicher, Antip. Ich rechne morgen früh um halb neun im Frühstücksraum mit Ihnen."

Kaum war Clive um die nächste Ecke gebogen, da machte sich der russische Polizeiminister auf die Suche nach der *Bar Broadway*. Er fand sie und war äußerst vergnügt.

♦

Nach Alishas frühem und abruptem Aufbruch war Harriet nicht mehr lange im Lokal geblieben, sondern nach Maida Vale zurückgefahren. Gegen zehn Uhr abends kam sie in ihre Wohnung zurück. Die ganze Fahrt lang hatte sie über Alisha nachgedacht. Was war bloß los? Warum wirkte die junge Frau plötzlich so unsicher und mutlos? Rouben sagte doch immer, dass sie in der Firma hervorragende Arbeit leistete. Harriet glaubte einfach nicht, dass es Überarbeitung war, denn Alisha hatte schon als Zwölfjährige unter immensem Druck Großartiges geleistet und ihr Studium auch bei größtem Stress ohne Probleme bewältigt. Wieso sollte sie jetzt plötzlich die Nerven verlieren? Und wieso kam von ihr diese lauwarme Reaktion, als Harriet Faizah und Tony ins Spiel gebracht hatte?

Als Harriet in ihre Küche kam, verspürte sie nicht die geringste Lust, sich wieder mit den Unterlagen auf ihrem Küchentisch zu beschäftigen. Sie fühlte sich müde, ausgelaugt und wollte sich eigentlich nur in ihr Sofa fallen lassen und am liebsten einen lustigen Film sehen, der sie ein wenig von ihren aktuellen Problemen ablenkte. Sie stellte eine Flasche Rotwein und ein Glas auf den Couchtisch und begann, einen Korkenzieher zu suchen. In keiner der Küchenschubladen fand sie einen. Bestimmt hätte sie in ihrer Handtasche ein Taschenmesser, an dem ein Korkenzieher war, aber sie scheute die Anstrengung, die Flasche damit zu öffnen. Irgendwo in dieser Wohnung musste doch ein vernünftiger Korkenzieher sein. Natürlich war die Wohnung noch sehr spärlich eingerichtet, denn das ganze Haus sollte ja noch aufwändig renoviert werden. Aber die Einrichtungsagentur, die Harriet mit einer Grundausstattung beauftragt hatte, hatte doch bestimmt einen Korkenzieher angeschafft.

Sie ließ ihre Blicke schweifen und entdeckte im Küchentisch eine Schublade. Und darin fand sie auch den gesuchten Gegenstand. Während sie die Schublade wieder zudrückte, fiel ihr Blick auf eines der Papiere, die auf dem Tisch lagen. Sie stutzte. Wieso hatte sie diese Information nicht schon viel früher wahrgenommen?

Vergessen waren Korkenzieher und Rotwein. Sie ließ sich auf den Küchenstuhl fallen, stellte den Laptop an und begann zu recherchieren. Nach einer halben Stunde ließ sie sich im Stuhl zurücksinken und ein kleines Lächeln zeigte sich um ihren Mund.

Sie war sicher, dass sie endlich den entscheidenden Hinweis gefunden hatte.

♦

Am Sonntagmorgen war Antip Kobin nicht mehr so vergnügt wie am Vorabend. Er war müde, hatte Kopfschmerzen und war nicht erfreut über die Aussicht, in Kürze nach Moskau zurückzukehren. Die beiden Schwulenbars, die er zufällig entdeckt hatte, hatten ihm gut gefallen. In Moskau stand es für ihn völlig außer Frage, solche Bars zu besuchen, auch wenn Kolbin nur zu gut alle Treffpunkte der Schwulenszene kannte. Er bemühte sich, seine Hand unauffällig schützend über die Etablissements zu halten. Hin und wieder blieb ihm aber nichts anderes übrig, als doch mal eine Razzia anzuordnen, wollte er selbst keine Probleme kriegen. Sein Herr und Meister erwartete Ermittlungserfolge.

Gut gefiel ihm auch dieser Antoine Bergeur. Er hatte pfiffige Ideen, traute sich, gegen den Strich zu denken und war ein unterhaltsamer Gesprächspartner. Solche Leute suchte man in Russland vergebens. Niemand wagte es, originelle Gedanken zu äußern, alle trampelten in ihren Überlegungen auf den immer selben ausgetretenen Pfaden.

Während er mit dem Aufzug in den Frühstücksraum hinunterfuhr, ertappte sich Kolbin dabei, dass er darüber nachdachte, wie man genug Geld auftreiben könnte, um eine schlagkräftige, unbestechliche Polizeieinheit zu finanzieren. Was würde man brauchen? Mindestens hundert Polizisten, vielleicht ein Flugzeug und andere Transportmittel, Kommunikationstechnik und viel Sicherheitssoftware. Da kämen bestimmt zwei Milliarden Rubel zusammen. Er zuckte resigniert mit den Schultern und tat den Gedanken als vollkommen illusorisch ab.

Im Frühstücksraum traf er einen gut gelaunten Antoine an, der ihn mit den Worten empfing:

„Wann geht Ihr Flugzeug?"

Kolbin antwortete:

„Ich muss erst heute Abend in Heathrow sein, so gegen halb acht. Ich nehme den Nachtflug nach Moskau."

„Dann schlage ich vor, wir gehen heute Mittag noch einmal zusammen essen. Wir könnten doch noch vor dem offiziel-

len Ende des Kongresses nach London fahren, denn außer ein paar Grußworten und Lobhudeleien für Erfolge, die keine sind, passiert doch da sowieso nichts mehr. Mittags können wir dann zusammen essen und anschließend haben Sie alle Zeit der Welt, um zum Flughafen aufbrechen."
Antip strahlte ihn an und nahm den Vorschlag dankend an.

♦

Sie saßen in der Orangerie von Kensington Garden. Clive hatte die Geistesgegenwart besessen und schon vor zwei Tagen prophylaktisch einen Tisch für zwei reservieren lassen. Ihnen wurde ein Tisch in einer Ecke direkt am Fenster zugewiesen. Sie bestellten Speisen und Getränke.
Etwas wie Wehmut war zu spüren.
Kolbin räusperte sich.
„Mein lieber Antoine, Ihre Bekanntschaft hat mir diesen Kongress zu einem unvergesslichen Erlebnis gemacht. Ich möchte Ihnen danken, dass ich mit Ihnen zusammen von effizienter Polizeiarbeit träumen durfte, auch wenn die Träume leider nicht umsetzbar sind."
„Ich möchte diesen Dank gerne zurückgeben. Sie sind ein

Mann ganz nach meinem Geschmack", erwiderte Clive und fuhr fort: „Allerdings sehe ich nicht, wieso unser Traum so unmöglich sein sollte."

„Ich habe das heute morgen im Aufzug kurz überschlagen. Man müsste mindestens zwei Milliarden Rubel zur Verfügung haben, um etwas Vernünftiges auf die Beine zu stellen."

„Vier", lautete Clives trockener Kommentar.

„Wie?", fragte Kolbin irritiert.

„Vier Milliarden. Meiner Rechnung nach benötigen Sie für drei Jahre etwa vier Milliarden Rubel. Und drei Jahre brauchen Sie, bis Sie den Sumpf halbwegs ausgetrocknet haben. Ich schätze, Sie benötigen etwa hundertfünfzig Leute, ein Flugzeug mit mittlerer Reichweite, vier bis fünf Helikopter, die an Schlüsselpositionen stationiert sind, entsprechende Unterkünfte an diesen Standorten und jede Menge Technik."

Clive reichte ihm ein Blatt, auf dem er eine ganze Reihe Informationen und Zahlen notiert hatte. Der russische Polizeiminister starrte lange auf das Blatt und hob dann den Blick. Er schaute seinen kanadischen Kollegen verblüfft an.

„Sie haben sich sehr intensiv mit dem Thema beschäftigt. Vier Milliarden Rubel also. Nach Ihren Berechnungen leuchtet mir das ein. Aber warum haben Sie so viel Zeit auf etwas verschwendet, was reine Gedankenspielerei ist?"

Clive lächelte ihn etwas unsicher an.

„Nun, dann ist wohl jetzt der Zeitpunkt gekommen, an

dem es kein Zurück mehr gibt. Antip, wie ernst ist es Ihnen mit der Bekämpfung des organisierten Verbrechens in Russland?"

„Wie meinen Sie das?"

Von Clive kam keine Antwort.

Kolbin betrachtete ihn eine Weile, dann sagte er:

„Verdammt ernst, das können Sie mir glauben. Lieber heute als morgen würde ich mit den Aufräumarbeiten anfangen. Aber ich kann es nicht bezahlen. Auf diesen Punkt kommen alle Überlegungen immer wieder zurück."

Clive nickte ernst.

„Nun, ich war nicht ganz aufrichtig zu Ihnen. Mein Name ist nicht Antoine Bergeur und ich bin weder Kanadier noch Polizist. Tatsächlich arbeite ich für eine private Organisation, die es sich in den letzten acht Jahren zur Aufgabe gemacht hat, der organisierten Kriminalität zu schaden, wann und wo immer es geht. Wir haben die britischen Paten James Day, Charles Ingraham und noch eine ganze Reihe weiterer Syndikatsbosse unschädlich gemacht und den irren Igor, der Ihnen ein Begriff sein dürfte, aus dem Verkehr gezogen."

Kolbin nickte wie betäubt.

Clive fuhr fort: „Seine Organisation wird gerade von uns aufgelöst. Um aber in Russland Weiteres in die Wege zu leiten, brauchen wir die Kooperation einer unbestechlichen staatlichen Behörde. Wir liefern das nötige Geld und Informationen auf dem Silbertablett, aber die eigentliche Arbeit können wir nicht nachhaltig leisten. Jedes Machtvakuum, das wir schaffen, wird nicht von Dauer sein, weil es sofort durch eine Konkurrenzorganisation besetzt wird. Es geht schon los."

Clive verstummte und betrachtete sein Gegenüber. Er fühlte einen dicken Klumpen im Magen. Was, wenn er sich mit seiner Einschätzung Kolbins vollkommen vertan hatte? Dann würde ihnen alles um die Ohren fliegen, was sie in den letzten Jahren aufgebaut hatten.

In Kolbins Gesicht konnte er eine Menge widerstreitender Gefühle ablesen. Ganz deutlich war absolute Fassungslosigkeit, aber auch Ärger und Misstrauen war erkennbar. Zuletzt aber siegte die Neugier.

„Ich weiß nicht, was ich sagen soll", begann Antip Kolbin ein wenig stotternd. „Ich habe tausend Fragen, aber wo fange ich an?"

„Vielleicht darf ich eine vertrauensbildende Maßnahme vorschlagen. Wir können ja viel behaupten, aber wenn Sie sich überzeugen wollen, dass wir den irren Igor wirklich unschädlich gemacht haben, dann schicken Sie einen Ihrer Leute auf die schottische Insel Shillay. Sie ist bis auf zwei Männer unbewohnt. Der eine heißt Aidan und mit ihm ist nicht zu spaßen. Also kündigen Sie Ihren Besuch lieber an. Der zweite ist Igor Andrejewitsch, der dort auf der Insel seine wahre Berufung erkannt hat. Er arbeitet hart, bestellt Felder, kümmert sich um die Schweine, repariert Dächer und hat, so weit wir wissen, keine Ambitionen mehr, in sein altes Leben zurückzukehren. Aber wer weiß, was im Kopf eines Menschen vor sich geht."

Antip nickte und notierte sich den Namen der Insel. Dann polterten die Fragen aus ihm heraus.

Wer war diese Organisation, für die sein Gegenüber tätig war? Woher kam das Geld? Wollten sie wirklich vier Milliarden Rubel zur Verfügung stellen? Was war mit Andrejewitschs Organisation? Wie waren sie gerade auf ihn, Kolbin, gekommen?

Die meisten beantwortete Clive wahrheitsgemäß, bei einigen blieb er noch in der Deckung. Er vermied jede Anspielung auf Kolbins sexuelle Orientierung, denn das hätte das gerade entstehende Vertrauen sofort zunichte gemacht. Und auf die Frage, wie er denn nun wirklich hieße, sagte er, sein Name sei *Martin McGregor*. Seine wahre Identität würde er noch nicht preisgeben. Und auch was die anderen Namen aus Harriets Team anging, war er sehr verschwiegen.

Er schilderte den Bandenkrieg, der aus dem Überfall im Hafen von Magadan entstanden war und gab ihm umfassende Informationen über Andrejewitschs schwankendes Imperium. In Kürze könnte Kolbin erste Maßnahmen gegen den verbleibenden Rest von Andrejewitschs Syndikat ergreifen. Danach könnte er sich dann Rajonowitsch vornehmen.

Die gesamte finanzielle Abwicklung würde über eine Im– und Exportfirma laufen, Kolbins vordringliche Aufgabe war es, zuverlässige Leute zu finden, die von Martins Organisation lückenlos überprüft und durchleuchtet würden. Eine ganze Reihe von Martins eigenen Leuten würden in die Arbeit eingebunden, denn das und eine beständige Rotation innerhalb der Teams und Arbeitsgruppen sollte verhindern, dass Seilschaften und Kumpeleien entstanden, die immer eine Brutstätte von Bestechlichkeit waren. Länger als ein paar Tage sollte kein Team unverändert zusammenarbeiten.

Zum Schluss machte er Kolbin unmissverständlich klar, dass dieser sofort mit der Arbeit anfangen müsse.

„Was halten Sie von unserem Plan? Können Sie sich vorstellen, mit uns zusammenzuarbeiten?", fragte er zum Schluss.

Einen Moment zögerte Kolbin und sah Clive forschend an, dann senkte er den Kopf.

„Der russische Polizeiminister als Juniorpartner einer privaten Initiative, die gegen organisierte Kriminalität vorgeht..." Bei diesem Satz war sein Ton bedenklich.

Wieder sah er Clive abschätzend an. Der schwitzte Blut und Wasser, gab sich aber alle Mühe, sich nichts anmerken zu lassen. Vorsichtshalber waren alle ihre Leute in Russland im Augenblick in Deckung. Sollte Kolbin das Angebot rundweg ablehnen, dann würden sie innerhalb kürzester Zeit aus dem Land geschafft, wenn sie es nicht ohnehin schon in den letzten Tagen verlassen hatten. Was mit ihm selbst passieren würde, wagte sich Clive nicht auszumalen.

Er hielt Kolbins Blick stand, so, als sei er vollkommen gelassen.

Der Anflug eines Lächelns trat in Kolbins Gesicht und schließlich sagte er:

„Wieso eigentlich nicht? Was habe ich zu verlieren? Ohne Ihre Hilfe erreiche ich nichts, mit Ihrer Hilfe im schlimmsten Fall auch nichts, im besseren Fall aber etwas. Etwas ist immer besser als nichts. Also steht meine Entscheidung fest. Ich freue mich, dass endlich etwas in Bewegung kommt."

Er streckte die Hand aus und reichte sie Clive. Der schlug ein und beiden war ein wenig feierlich ums Herz. So etwas machte man nicht alle Tage.

„Wie bleiben wir in Verbindung?", wollte Antip wissen.

Clive riss eine Seite aus seinem Notizheft, schrieb eine Telefonnummer darauf und reichte sie Antip zusammen mit einem britischen Pass.

„Bevor Sie in Ihr Flugzeug steigen, kaufen Sie sich in einem Telefonladen in Heathrow mit diesem Ausweis ein Prepaid-Handy. Sobald Sie es haben, schicken Sie Ihre Telefonnummer an die, die ich Ihnen gerade gegeben habe. Ich werde im Zusammenhang mit einer Ihrer nächsten Reisen einen Treffpunkt vereinbaren."

Der Russe schaute ihn verblüfft an.

„Woher wollen Sie wissen …?", setzte er zu einer Frage an, die aber unausgesprochen blieb.

„Keine Sorge. Wir kennen Ihren Terminkalender. Unser nächstes Treffen wird irgendwo in Russland stattfinden."

Kolbin brauchte einen Moment, um diese Antwort zu verdauen. Dann nickte er.

„So werden wir das also machen."

Er schaute auf seine Uhr.

„Ich fürchte, nun muss ich aufbrechen. Ich habe ja am Flughafen noch einiges zu erledigen." Er grinste etwas schief und fuhr fort: „Ich freue mich auf ein baldiges Wiedersehen."

Clive bestellte telefonisch ein Taxi für Kolbin, rief die Kellnerin, um zu bezahlen, und begleitete den Russen zum Ausgang des Hyde Parks an der Kensington Road. Als das Taxi vor ihnen anhielt, umarmten sich die beiden Männer herzlich. Kolbin stieg in den Wagen und durch die sich schließende Tür rief er Clive noch zu:

„Ich hatte mich ja schon eine ganze Weile gefragt, was eigentlich mit dem irren Igor passiert ist."

Clive schaute dem davonfahrenden Wagen verdattert nach. Zumindest der russische Polizeiminister hatte offenbar längst begriffen, dass Andrejewitsch auf mysteriöse Weise verschwunden war und die Mär von den südamerikanischen Aktivitäten nicht geglaubt. Der Bursche war nicht zu unterschätzen.

♦

Der junge Mann in der kleinen Filiale der *Miners' Bank* in Broughton-in-Furness war sichtlich aufgeregt. Er war im zweiten Jahr seiner Ausbildung und durfte erst seit kurzem eigenständig Konteneröffnungen vornehmen. Die elegant gekleidete Dame hatte eine Viertelstunde nach Öffnung die Filiale betreten und ihrem Wunsch Ausdruck verliehen, ein Giro- und ein Festgeldkonto zu eröffnen. Der Filialchef war krank, seine Stellvertreterin machte gerade Kaffeepause und die einzige andere Kollegin, die in der Filiale war, führte im Chefbüro gerade ein Kundengespräch mit Major Huntingdon - und das konnte erfahrungsgemäß dauern.

Also nahm Henry Morcombe seinen ganzen Mut zusammen, bat die Dame an den Beratungstisch und arbeitete sich mannhaft durch die Formalitäten einer Kontoeröffnung. Als er endlich alle Eintragungen in den elektronischen Anträgen vorgenommen hatte und das System keine Fehler mehr reklamierte, stand nur noch die Frage nach dem Betrag aus, der auf das Festgeldkonto gebucht werden sollte. Henry gab die Frage an Mrs. Katchatourian weiter.

„Nun, für den Anfang hatte ich an hundert gedacht", antwortete diese.

Henry trug den Betrag ein und hüstelte dann.

„Verzeihung, gnädige Frau, das System meldet zurück, dass unsere Richtlinien einen Mindestbetrag von eintausend Pfund für ein Festgeldkonto vorsehen. Wäre es für Sie vorstellbar …?" Seine Frage versandete im Ungewissen.

Die Dame lachte kurz auf und sagte dann freundlich:

„Mein Fehler. Entschuldigen Sie. Ich spreche natürlich von hunderttausend Pfund."

Henry schnappte hörbar nach Luft, schaffte es aber mit einem letzten Rest Willenskraft, den Mund geschlossen zu halten und sein Gegenüber nicht fassungslos anzustarren.

„Selbstverständlich", sagte er, als sei es für ihn das Normalste der Welt, mal eben mit Beträgen derartiger Höhe umzugehen. Er trug den Betrag in das elektronische Formular ein und druckte die beiden Anträge aus.

Während er auf den Ausdruck wartete, schaute er kurz in eine Tabelle, die er unter der Schreibtischunterlage hervorzog. Als er sich vergewissert hatte, informierte er Mrs. Katchatourian, dass auch bei einem Betrag dieser Höhe keinerlei Zinsen gezahlt wurden.

„Aber Sie können wenigstens davon ausgehen, dass derzeit in unserem Haus kein Strafzins für Festgeldguthaben erhoben wird und das ist ja bei der augenblicklichen Lage am Finanzmarkt etwas Positives. Wir werden Sie selbstverständlich umgehend informieren, sollte sich an diesen Gegebenheiten etwas verändern", informierte er sie freudestrahlend.

Wieder lächelte seine Kundin.

„Dessen bin ich mir bewusst, Mr. Morcombe, keine Sorge. Aber danke, dass Sie mich darauf aufmerksam machen."

Sie unterzeichnete die Eröffnungsanträge, nachdem sie

diese kurz geprüft hatte und verabschiedete sich.

Als zehn Minuten später die stellvertretende Filialleiterin aus ihrer Pause zurück kam, fand sie einen Henry vor, der geistesabwesend und mit leerem Blick in eine unbestimmte Ferne schaute.

„Ist alles in Ordnung, Mr. Morcombe?", fragte sie beunruhigt.

Henry riss seinen Blick von dem Punkt in der Ferne los und sagte träumerisch:

„Ich habe gerade ein neues Festgeldkonto über hunderttausend Pfund für eine Dame eröffnet."

♦

So wie Henry Morcombe erging es an diesem Donnerstag und dem darauf folgenden Freitag weiteren vier Angestellten von Filialen der Miners' Bank.

In Whitehaven eröffnete Jeanette Wrexham ein Konto, in Cockermouth war es Ludmilla Waters, in Ambleside Janet Henley und in der Zentrale in Kendal war es schließlich Nora Sayers. Zur gleichen Zeit saß Clara in der Filiale in Penrith und Tony in Brough, wo sie ebenfalls Konten einrichten ließen. All diese Konten beliefen sich auf Beträge zwischen zweitausend und fünftausend Pfund, wie es vorher verabredet worden war.

„Ich konnte einfach nicht widerstehen", erzählte Harriet Clara und Tony, als sie sich am Freitag Nachmittag in der Lounge des Glenridding House Hotel am Ullswater trafen.

„Da saß dieser aufgeregte Junge vor mir, mit hochrotem Kopf und zitternden Händen, der sich furchtbar anstrengte, keinen Fehler zu machen und so zu tun, als wenn er jeden Tag Konten eröffnete. Und plötzlich überkam mich der Wunsch, ihm diesen Tag unvergesslich zu machen."

„Wie geht es jetzt weiter?", wollte Clara wissen.

„In einigen Tagen müssten die Karten für die neuen Konten bei uns eintreffen und dann werde ich an möglichst vielen Stellen im ganzen Lake District immer mal wieder fünfzig Pfund abheben. Einige werde ich an anderen Stellen wieder auf Konten einzahlen und andere werde ich an meinen Polizeikontakt senden, um sie prüfen zu lassen."

„Und wozu das alles?", fragte Tony.

„Um herauszufinden, ob die Geldautomaten der Miners' Bank Falschgeld ausspucken und ob an den Schaltern Falschgeld problemlos angenommen wird."

„Aha." Tony machte nicht den Eindruck, als verstände er, was Harriet beabsichtigte.

Sie ließ sich auch auf keine weiteren Erklärungen ein, sondern wechselte das Thema, indem sie fragte:

„Wollen wir noch einen kleinen Spaziergang machen? Wir könnten mit dem Ullswater Steamer bis Howtown fahren und dann das Stück bis hier zurücklaufen."

Tony gab etwas in sein Smartphone ein und schaute dann

ein wenig fassungslos auf eine Karte, die sich öffnete.

„Das sind fast sechs Meilen, wenn ich das hier richtig sehe."

„Ja, und. Jetzt ist es viertel vor drei. Wenn wir uns ein bisschen beeilen, kriegen wir das Boot um halb vier, sind gegen vier in Howtown und um sechs zurück zum Abendessen, also wo ist das Problem?"

„Ich kann unmöglich sechs Meilen in Straßenschuhen laufen!", stöhnte Tony.

Clara mischte sich ein.

„Du willst sagen, Du fährst mit Harriet in den Lake District und hast keine Wanderschuhe dabei?", fragte sie ungläubig. „Komm, Harriet, soll der Loser doch hier im Hotel verschimmeln. Ich zieh' mich flott um, organisiere ein paar Kekse und Wasser und dann nichts wie los. Ich bin froh, wenn ich mal ein paar Schritte gehen kann."

Harriet und Clara erhoben sich aus den dicken Polstersesseln.

„Wenn Ihr nichts Besseres zu tun habt, als in der Gegend rumzulaufen, bitte. Es soll Menschen geben, die zu arbeiten haben", sagte Tony bissig. „Ich muss noch eine ganze Menge Papierkram erledigen."

Im Hinausgehen rief Clara ihm über die Schulter zu:

„Viel Spaß dabei. Du kannst ja schon mal einen Tisch fürs Dinner reservieren, dann machst Du wenigstens etwas Sinnvolles."

◆

„Welch seltener Gast in unseren Gefilden", begrüßte Catherine Theresa, als diese das *Horse and Farrier Inn* in Threlkeld betrat.

„Du weißt ja, wie es immer so ist", sagte Theresa entschuldigend: „'Bis zum nächsten Treffen vergeht jetzt aber nicht so viel Zeit', sagst Du dir nach dem letzten Treffen. Und ehe Du Dich's versiehst, ist doch wieder ein halbes Jahr vergangen. Wo steckt Jenny? Wieso kann sie sich nicht mit uns treffen?"

„Sie nutzt die Gelegenheit, dass sie eine zuverlässige Stellvertreterin gefunden hat, und macht endlich mal selber Urlaub. Sie hatte ihn aber auch dringend nötig. Das ist natürlich gleichzeitig auch eine gute Gelegenheit, um zu testen, ob die Neue einen guten Job macht. Ich esse also in den nächsten drei Wochen fünf oder sechs Mal hier und halte ein bisschen die Ohren auf. Aber erzähl: Wie ist es Dir ergangen? Wie sieht es bei Dir in der Behörde aus?"

Theresa hatte Catherine beim letzten Treffen von ihren Befürchtungen wegen John Mikes' Weggang erzählt, war aber noch nicht dazu gekommen, ihr von den neusten Entwicklungen zu berichten. Das holte sie jetzt ausführlich nach. Natürlich hatte Catherine keine Ahnung von den anonymen Hinweisen, die über das alte Prepaid-Handy bei Theresa eingingen und meist der Ausgangspunkt für Fahndungserfolge waren. Und sie wusste auch nicht, dass Theresas jetziger Besuch nicht ganz ohne Hintergedanken erfolgte. Auf der Hinfahrt hatte sie überlegt, wie sie Catherine als Informantin anzapfen könnte, ohne dass die sich missbraucht fühlte. Sie war sich immer noch nicht klar darüber und beschloss, es am nächsten Tag spontan zu entscheiden.

„Wie sieht der Wetterbericht aus?", wollte Theresa wissen, als sie sich gegenseitig auf den neusten Stand gebracht hatten.

„Gut. Morgen soll ein strahlend schöner Tag sein. Bist Du bereit?"

„Allzeit bereit, Ma'am!", schnarrte Theresa militärisch und fuhr in normalem Ton fort: „Hast Du dir schon überlegt, wo wir laufen wollen?"

„Die Robinson-Runde? Das war immer Harriets Lieblingsweg. Verdammt, sie fehlt mir immer noch, dabei ist sie jetzt schon fünf Jahre tot. Ich kann es immer noch nicht fassen."

„Geht mir genauso. Und dabei kannte ich sie längst nicht so gut wie Du. Von mir aus gerne die Robinson-Runde. Im Gedenken an Harriet."

Theresa hob ihr Glas, Catherine tat es ihr gleich.

♦

Die Grangers saßen zur gleichen Zeit mit einem Gast am Esstisch ihres Cottages in East Thirston.

Der Gast war zwar immer noch schlecht gelaunt, aber zumindest hatte sich seine Laune erheblich gebessert, nachdem Alice ihm ihre Überlegungen mitgeteilt hatte, wie sie sich die baldige Anwesenheit von Mrs. Katchatourian in Newcastle zunutze machen wollten. Alice hatte sich mit falschem Namen bereits zu der Tagung angemeldet. Nun arbeitete sie gerade an ihrer neuen Identität und dachte sich eine überzeugende Lebensgeschichte aus. Ihre Verkleidung musste perfekt sein. Sehr oft hatte die Zielperson sie zwar nicht gesehen, aber manchmal waren es ja Kleinigkeiten, die einen verrieten. Aber Alice war nicht umsonst Schauspielerin gewesen. Sie würde ihre Rolle perfekt spielen. Dann musste sie nur in die Nähe von Mrs. Katchatourian gelangen und herausfinden, in welchem Hotel diese untergebracht war. Alles Weitere würde sich finden. „Was kann ich tun?", knurrte der Boss, als sie mit ihrer Schilderung fertig war.

„Wir brauchen einen Unterschlupf, zu dem wir sie bringen können. Wir können sie nicht hier verstecken. Hier gehen einfach zu viele Leute ein und aus."

„Ich überlege mir was und sage Euch Bescheid. Diesmal muss es klappen. Wir brauchen das Geld. Sonst kommen wir mit unseren Plänen nicht weiter."

Eine Schwachstelle war natürlich Dennis, der Idiot. Das war sowohl Alice wie auch ihrem Auftraggeber klar. Wenn es darum ging, kreativ zu sein und zu improvisieren, konnte man sich auf den Kerl einfach nicht verlassen. Andererseits brauchte man ihn, denn manchmal gab es einfach grobe Arbeiten zu erledigen.

♦

Der Wetterbericht hatte nicht gelogen. Keine Wolke trübte den strahlend blauen Himmel. Sie waren früh aufgebrochen und gegen elf Uhr erreichten sie den kleinen runden Schutzwall auf dem Hindscarth. Theresa bestand auf einer Pause, obwohl Catherine sie auslachte.

Sie ließen sich in dem Schutzwall nieder, holten Trinkflaschen und Sandwiches aus ihren Rucksäcken und machten es sich gemütlich.

„Mit Harriet habe ich es immer rüber auf den Robinson geschafft, bis wir eine Pause gemacht haben. Du könntest wohl ein bisschen Fitnesstraining gebrauchen. Oder müsstest einfach viel öfter am Wochenende herkommen."

„Ich hatte in letzter Zeit einfach so viel zu tun, dass ich kaum noch trainiert habe. Wir mussten noch so viele Dinge abschließen, bevor Mikes nach Manchester geht. Es war einfach die Hölle."

„Was treibt Dich um? Wenn ich Dir irgendwie helfen kann,

sag es. Ich bin nicht beleidigt, wenn Du das hoffentlich Angenehme eines Treffens mit dem Praktischen verbindest. So gut solltest Du mich inzwischen kennen. Also schleich' nicht weiter wie die Katze um den heißen Brei, sondern spucks aus."

Theresa lachte schuldbewusst. „War es so deutlich? Ich war überzeugt, dass man mir nichts anmerkt. Da kann ich ja froh sein, dass ich nicht als Undercover-Agentin arbeiten muss."

Sie fragte Catherine, was die über die Miner's Bank wusste. „Die Miner's Bank? Grundsolides kleines regionales Institut. Während der Krise 2008 sind sie ein wenig ins Schleudern geraten, weil sie wie alle anderen auch in Risiokopapiere investiert hatten, haben sich aber schnell gefangen. Ich müsste mir die aktuellen Zahlen mal anschauen, aber nach allem, was ich weiß, erwirtschaften die eine solide Rendite. Die scheinen einige wirklich gute Investment-Spezialisten im Boot zu haben."

„Dann tu mir doch bitte den Gefallen und schau Dir die mal näher an."

„Gerne. Ich vermute, dass es mich nichts angeht, warum Du Dich für die Bank interessierst?"

Theresa nickte nur.

„Alles klar. Ich melde mich, wenn ich mir einen Eindruck verschafft habe."

„Tausend Dank. Ich fühle mich jetzt übrigens fit genug, um weiterzugehen. Was ist mit Dir? Brauchst Du noch etwas

Pause oder sollen wir aufbrechen?"

Catherine schnappte hörbar empört nach Luft.

„Ich glaub' es wohl. Erst machst Du schlapp und ich muss hier in der Gegend 'rumsitzen, anstatt zügig voranzukommen und jetzt das. Na warte, das wird Konsequenzen haben. Erwarte keine Gnade von mir."

Sie erhob sich, hängte sich den Rucksack um und marschierte in einem Tempo los, dem Theresa auf keinen Fall gewachsen war. Aber den Triumph gönnte diese ihr gerne.

◆

Harriet war zwei Tage lang kreuz und quer durch den Lake District gereist und hatte bei traumhaft schönem Wetter die Landschaft genossen. Sie hatte nur bedauert, dass sie keine Zeit hatte, eine ausgedehnte Wanderung auf einem ihrer Lieblingsberge zu machen. Im Kofferraum ihres Wagens hatten vier überdimensional große, gut sortierte Handtaschen gelegen, die alles notwendige enthielten, damit Harriet innerhalb kürzester Zeit ihre verschiedenen Identitäten annehmen konnte.

Sie hatte in allen Orten, in denen sie vor einer Woche die Konten eröffnet hatten, Geld abgehoben und auch Beträge eingezahlt. Wo immer es ging, hatte sie dazu keinen Automaten benutzt, sondern sich das Geld in der Bank auszahlen lassen. Nur in den Orten, in denen Clara und Tony die Kontoeröffnungen vorgenommen hatten, nutzte sie für die Auszahlung die Geldautomaten. Die ausgezahlten Scheine kontrollierte sie immer bei der nächsten Gelegen-

heit auf einem abgelegenen Parkplatz mit Hilfe eines Prüf-
gerätes, das dem Standard der Bank of England entsprach.
Es verblüffte sie nicht wirklich, dass bis auf einen Schein,
den sie in Whitehaven erhalten hatte, alle anderen aus-
nahmslos gefälscht waren. Und in keiner der Banken hatte
jemand die Einzahlung von falschen Scheinen bemerkt.
Oder wenn, dann jedenfalls nicht reklamiert.

Zum Vergleich hatte Harriet auch an vielen Geldautomaten
anderer Banken Abhebungen vorgenommen und ohne
Ausnahme echtes Geld erhalten. Das sah ganz danach aus,
als bringe die Miners' Bank tatsächlich gezielt Falschgeld in
Umlauf. Harriet konnte sich nicht erklären, wieso sie das
tat, hoffte aber, dass sie von Theresa Informationen erhielt, die ein erhellendes Licht auf die Sache warfen.

Die Falschgeldangelegenheit musste ohnehin erst einmal
warten, denn in vier Tagen fand in Newcastle der Kongress
zur Mädchenbildung statt, bei dem sich Arlette Katchatourian ihren potentiellen Entführern auf dem Silbertablett
präsentieren würde. Es galt, noch jede Menge Vorbereitun-
gen zu treffen, also setzte sich Harriet an den kleinen, ovalen Esstisch ihres Feriencottages in Ambleside, das sie für
eine Woche gemietet hatte.

Sie mochte den Ort nicht, weil er die Vorhölle des Massen-
tourismus war, aber er lag im Moment einfach strategisch
günstig. Sie tröstete sich damit, dass es wenigstens einige
gute indische Lokale gab, in denen sie abends essen konn-

te. Und Zeit zum Herumschlendern hatte sie ohnehin nicht, denn sie musste bis zum Kongressbeginn detaillierte Mails an viele Menschen verfassen und im richtigen Moment losschicken. Sie begann mit einer Mail an Alisha, denn dieser kam eine Schlüsselrolle bei allen weiteren Planungen zu.

Donnerstagnacht schickte Harriet insgesamt acht umfangreiche Mails an Faizah, Andrew, Clive, Carl, Tony, Alisha, Laura und Rouben. Am Freitagmorgen überzeugte sie sich, dass alle die jeweilige Mail zur Kenntnis genommen hatten, packte ihre Sachen, gab den Cottageschlüssel bei der Vermietungsgesellschaft ab und fuhr nach Newcastle.

♦

Gegen Mittag traf sie als Ludmilla Waters im *Sea Crest Guest House* in South Shield ein, brachte ihr Gepäck in ein geräumiges Zimmer im ersten Stock und brach dann zu einem Spaziergang auf, der sie durch den *North Marine Park* zum *Little Haven Hotel* führte, wo sie im *Boardwalk Restaurant* zu Mittag aß. Schnell kam sie mit dem Mann am Nebentisch ins Gespräch und schon bald wechselte er an ihren Tisch. Der billige Anzug, der Aktenkoffer und das Zuviel an Haargel legten nahe, dass er Handelsvertreter war.

Der Kellner war so aufmerksam, der Dame einen fragenden Blick zuzuwerfen, der wohl besagen sollte, ob das so gewollt sei oder ob der Gast sich ihr aufgedrängt hatte. Die rothaarige Frau lächelte ihm beruhigend zu und signalisierte, dass alles seine Richtigkeit hatte. Als der Kellner zurück zum Tresen gegangen war, schmunzelte sie.

„Du wirst kritisch beobachtet", sagte sie zu dem Mann an ihrem Tisch. Er schaute sie überrascht an, blickte sich aber nicht fragend um. Er war so gut geschult, dass er sich nichts anmerken ließ.

„Solch aufmerksames Personal würde man sich in jeder Kneipe wünschen. Er hat sich äußerst verschwiegen erkundigt, ob Du mit meinem Einverständnis am Tisch sitzt oder nicht. Ich war kurz versucht, ein Nein anzudeuten, weil ich einfach gern gewusst hätte, wie er dann reagiert hätte. Aber für solche Spielchen fehlt uns die Zeit."

„Da bin ich aber froh!", seufzte Clive erleichtert. „Es reicht völlig, dass ich diese scheußlichen Klamotten tragen muss und dieses stinkende Haargel. Da brauche ich nicht auch noch verantwortungsbewusste Kellner. So, und jetzt zur Sache. Was hast Du Dir wieder für einen Wahnsinn ausgedacht?"

„Es ist definitiv die einzige Möglichkeit, die Hintermänner aus der Reserve zu locken."

„Um den Preis, dass Du dich in Lebensgefahr begibst."

„Na, dank Deiner kleinen technischen Spielereien ja nicht

wirklich. Ihr wisst jederzeit, wo ich bin, Ihr werdet immer dicht an mir dran bleiben. Und Ihr werdet Alisha lückenlos überwachen. Und Faizah vorsichtshalber auch. So dämlich wie die sind, schaffen die es glatt, die Falsche zu entführen."

„Und irgendwo im Hintergrund lauert die Kavallerie?"

„Genau. Unsere Freunde und Helfer werden in der Sekunde, wo die Entführer zum zweiten Mal zuschlagen, informiert."

„Hört sich idiotensicher an."

„Ist es aber wahrscheinlich nicht. Du und Andrew, Ihr müsst improvisieren, wenn doch irgend etwas schief läuft."

„Also vermutlich fünf Mal während der ganzen Aktion." Clive grinste schief.

„Die wollen Geld, keine Leiche. Das sollte uns immer bewusst sein." Harriet versuchte, aufmunternd zu klingen.

„Dein Wort in Gottes Ohr. Alles, was Du an technischer Ausrüstung brauchst, ist in Deinem Hotelzimmer unten links im Schrank. Verwechsele nur bitte die Sachen, die Du schlucken musst nicht mit denen, die angeklebt werden müssen. Ich fürchte, das gibt sonst einige Tage Magen- und Darmbeschwerden und im schlimmsten Fall verlieren wir Dich, was ja wirklich blöd wäre. Aber Du kriegst das schon hin."

„Sind alle da, wo sie sein sollen?"

Clive nickte.

„Laura und Carl sind in ihrem Büro, Alisha, Tony und Faizah sind in der Konzernzentrale und werden sich gegenseitig nicht eine Sekunde aus den Augen lassen, bis nicht Mr. X auftaucht. Ich sitze in meinem Wagen und lasse Dich nicht aus den Augen. Was Andrew macht, weiß ich nicht, bin aber sicher, dass er das macht, was Du für ihn vorgesehen hast. Und Rouben ist stinksauer, weil Du dich mal wieder in Gefahr begibst."

„Und dabei habe ich ihm schon einen Entschuldigungsbrief geschrieben."

„Na, ich vermute, Du wirst bald Gelegenheit haben, in Ruhe darüber nachzudenken, wie Du ihn versöhnen kannst, wenn alles vorbei ist."

„Ich fürchte, ja. Ich gehe dann jetzt mal in mein Gästehaus zurück. Ach, bevor ich das vergesse. Kannst Du Laura bitten, herauszufinden, wann genau ein Rupert Mallory aus der Haft entlassen wird? Er sitzt in Princetown ein und seine Freilassung müsste unmittelbar bevorstehen. Und sie soll auch gleich mal nachforschen, ob sie den Aufenthaltsort von Jorge und Eusebio Gonzalez ermitteln kann."

„Wozu willst Du das denn wissen?" Clive schaute sie einen Moment fragend an und winkte dann ab: „Ach, egal, Du wirst Deine Gründe haben. Ich kümmere mich drum."

„Danke. Und bis bald."

Clive stand auf und deutete eine kleine Verbeugung an. Liebend gern hätte er Harriet fest umarmt, aber dann wäre der aufmerksame Kellner bestimmt dazwischen gegangen.

Also ging er zügig zur Restauranttür, drehte sich nur noch einmal kurz um, hob die Hand zum Gruß und fuhr davon.

◆

Über tausendfünfhundert Teilnehmerinnen aus mehr als achtzig Ländern versammelten sich am frühen Samstagmorgen in dem futuristisch anmutenden Kulturzentrum *The Sage* in Gateshead, das von weitem an eine kleine, fette, metallisch glänzende Raupe erinnerte. Zwei Tage lang würden sich Pädagoginnen, Regierungsmitarbeiterinnen, Aktivistinnen, Lehrerinnen, Schuldirektorinnen und Schülerinnen aus aller Welt über Möglichkeiten und Chancen austauschen, Mädchenbildung grundsätzlich zu fördern. Die Eröffnungsrede hielt Henrietta Dawson, die Vorsitzende des Vereins *Schools for Girls*, der offizieller Ausrichter der Tagung war. Sie dankte verschiedensten Sponsoren, ohne die der Kongress nicht möglich gewesen wäre, unter anderem auch der Firma Katchatourian, die großzügig Hotel– und Reisekosten für Teilnehmerinnen übernommen hatte, die sich sonst eine Teilnahme nicht hätten leisten können.
Es war ein unglaublich dichtes Programm. Überall in der

Stadt waren kleine Versammlungsräume angemietet worden, wo Arbeitsgruppen tagen konnten. Es gab Vorträge, Workshops, Erfahrungsaustausch, Ideenpools und am ersten Abend ein Konzert im großen Saal des *Sage* mit einem anschließenden Fest im Foyer. Eine hochgewachsene, blonde Frau zog die Blicke auf sich und überall im Foyer wurde gewispert und gemurmelt.

„Das da ist Mrs. Katchatourian." „Du, ich glaube, das ist die Frau von diesem Ölmagnaten, die den Kongress so großzügig unterstützt hat." „Sollen wir sie mal ansprechen? Vielleicht kann sie uns ja helfen?"

Arlette Katchatourian schien sich gar nicht bewusst zu sein, welches Raunen und Tuscheln sie auslöste. Sie ging von Gruppe zu Gruppe, fragte viel, hörte aufmerksam zu, begann irgendwann, Frauen miteinander in Kontakt zu bringen.

Eine ältere Frau sprach sie an und berichtete von einer Mädchenschule in Zaatari, einem der weltgrößten Flüchtlingslager in Jordanien.

Arlette Katchatourian sagte: „Ich würde gerne erfahren, wie wir Ihnen gezielt helfen können. Die Unterstützung für Flüchtlingsmädchen liegt uns besonders am Herzen."

Die pensionierte Lehrerin, die ein wenig altbacken, aber sympathisch wirkte, strahlte: „Ich schlage vor, dass wir uns morgen früh treffen, um in Ruhe weiterzusprechen. Heute Abend fehlt dafür die Zeit."

Die beiden Frauen verabredeten sich für die erste Kaffeepause. Arlette schlug das Café des *Baltic Art Centres* vor, weil sie dort an einem Workshop teilnehmen wollte. Linda Kelly stimmte begeistert zu.

◆

„Wir haben sie am Haken. Morgen früh, gegen elf, Cafeteria des Baltic Art Centres. Ich verlasse mich auf Euch."

◆

„Jetzt ist sie aber vollkommen übergeschnappt, nicht wahr", sagte Tony, als er die Mail las, die Harriet an Faizah geschickt hatte. „Sie ist echt ein Adrenalin-Junkie! Kann sie nicht wie andere Leute auch in ein Kletterzentrum gehen oder wieder mehr in den Bergen herumlaufen? Warum muss sie immer volles Risiko gehen?"

„Weil sich sonst nichts bewegen würde. Versteh' mich nicht falsch. Ich halte ihren Plan auch für riskant, aber an seiner Ausführung hindern können wir sie auch nicht. Also, was hat sie Dir geschrieben?"

Tony reichte ihr den Ausdruck seiner Mail.

„Sie will also wirklich, dass die Firma keinen Cent für ihre Freilassung rausrückt? Ich schlage vor, dass wir das schleunigst mit Rouben und Alisha besprechen. Nicht, dass die den ganzen Plan zunichte machen, weil sie die Nerven verlieren und doch ein Lösegeld zahlen", schlug Faizah nach der Lektüre vor. „Wie praktisch, dass beide gerade in London sind. Ich versuche sie zu erreichen und lade sie zu uns ein."

Tony strahlte sie an. Zum ersten Mal hatte Faizah *UNS* gesagt. Seit einigen Wochen verbrachte Tony zwar die meisten Nächte in Faizahs Wohnung, aber sie hatten noch mit niemandem darüber gesprochen, dass sie jetzt ein Paar waren. Sie hatten lange gebraucht, bis sie sich ihre Gefühle gegenseitig eingestanden hatten und jetzt brauchten sie Zeit, um das öffentlich zu machen. Sie fürchteten die Reaktionen der anderen. Insbesondere Alisha machte ihnen Kummer. Sie war sowieso in der letzten Zeit so schwierig und schien ihnen aus dem Weg zu gehen. Rouben würde über Liebeleien innerhalb der Geschäftsführung seiner Firma bestimmt nicht begeistert sein. Ganz zu schweigen von Harriet. Zu deutlich hatten sie ihren Standardspruch „Die Liebe kommt immer zum falschen Zeitpunkt und im Zweifel stört sie nur" im Ohr. Ihre Liebe war noch sehr fragil und sie waren nicht sicher, ob sie den Widerstand der anderen überstehen würde. Also waren sie extrem diskret und ließen sich nichts anmerken. Umso mehr bedeutete Tony dieses UNS. Wenn Faizah an dem Punkt war, sie beide als Einheit zu sehen, konnten sie vielleicht doch endlich mit den anderen sprechen und er müsste sich nicht mehr wie ein Betrüger fühlen.

„Mach das. Sie sollen am besten noch heute kommen."

♦

Es war ein strahlend schöner Sonntagmorgen in New-castle. Harriet saß in der Cafeteria des Baltic Art Centres, wartete auf die vermeintliche Linda Kelly und musste sich sehr zusammenreißen, eine gelassene und nonchalante Arlette Katchatourian zu spielen, wo sie doch in Wirklich-keit angespannt und aufgeregt war.

Alice Martland war gut, sie hätte eine Karriere als Schau-spielerin machen sollen. Sie spielte die ältliche, etwas ver-staubte Lehrerin mit ausgeprägtem sozialen Wissen und Sinn für den Weltfrieden wirklich perfekt. Nichts deutete daraufhin, dass sie Arlette vor nicht allzu langer Zeit als Ethel Granger bereits begegnet war. Sie hatte alle Ange-wohnheiten, die bei Ethel ausgeprägt waren, abgelegt. Sie wickelte sich keine Haarsträhne um den Zeigefinger, hielt nicht die Hand schamhaft vor den Mund, wenn sie kicher-te. Sie rückte nicht das Besteck auf dem Tisch hin und her, bis es gerade und in einem bestimmten Abstand zu ihrem Teller lag und zeigte auch keinen der nervösen Anfälle, bei denen Ethel Granger für Sekunden mit Zeige-, Mittel und Ringfinger der rechten Hand auf den Tisch trommelte.

Harriet war zu Beginn ihrer Unterhaltung mit der vermeintlichen Lehrerin wirklich unsicher gewesen, aber dann hatte sie beiläufig Manchester erwähnt und ein ganz kurzes Flackern im Blick der Frau wahrgenommen. Das hatte sie stutzig gemacht. Und nun hatte sie nicht mehr auf die Hände geachtet, die sonst meist Menschen verrieten. Jetzt hatte sie sich ganz auf Lindas Blicke konzentriert. Sie war sich jetzt relativ sicher, dass Linda wie gedruckt log. Andere Menschen, die logen, tendierten dazu, nach links oben zu schauen. Ihr Gegenüber aber schaute die ganze Zeit nach rechts unten, wo, wenn man Psychologen Glauben schenken wollte, der innere Dialog angesiedelt war.

Harriet fragte sie zu einer Besonderheit des Flüchtlingslagers, in dem Linda angeblich tätig war. Die Antwort war frei erfunden. Linda konnte ja nicht ahnen, dass Arlette Katchatourian das Lager recht gut kannte. Und auch in dieser Situation blieb ihr Blick immer unten rechts.

Und genau so war es auch bei Ethel gewesen, die ja nachweislich eine einzige Lüge gewesen war. Nun war sich Harriet so sicher, wie man nur sein konnte. Linda Kelly war Alice Martland.

Gerade betrat sie die Cafeteria und winkte Arlette begeistert zu, während sie sich ihrem Tisch näherte. Noch während sie Platz nahm, plapperte sie drauflos und tat alles dafür, ihr Gegenüber zu beeindrucken und ihr Mitleid zu erregen, um ihr für ihre Schule in Zaatari das Geld aus der Tasche zu ziehen. Harriet ließ sich vollkommen auf dieses Spiel ein. Sie stellte einige kritische Fragen, die wohl jeder gestellt hätte, wenn er ernsthaft in Erwägung zog, ein Projekt zu sponsern.

Und dann kam der Moment, als es ernst wurde. Eine Dreiviertelstunde hatten sie geredet. Jetzt musste Arlette Katchatourian das Gespräch beenden, denn mehr Zeit würde sich keine Prominente für ein Bettelgespräch nehmen. Außerdem hatte sie ja angekündigt, an einer Veranstaltung teilnehmen zu wollen und die würde bald beginnen.

Sie dankte Linda für die tiefen Einblicke in die wichtige Arbeit und versprach, sich in Kürze zu melden. Sie steckte die Visitenkarte der Lehrerin ein und ging noch kurz in die Damentoilette. Sie atmete tief durch. Wenn sie nicht alles täuschte, würde es jetzt gleich passieren.

Sie behielt den Blick auf ihre Hände unter dem Wasserstrahl gerichtet, als die Toilettentür aufging. Als ihr jemand von hinten einen übelriechenden Lappen ins Gesicht drückte, wehrte sie sich. Dann wurde ihr schwarz vor Augen.

◆

Auf die Erfahrung, mit Chloroform oder etwas Ähnlichem betäubt zu werden, hätte Harriet in der Rückschau gut verzichten können. Ihr war schlecht, sie hatte brüllende Kopfschmerzen, sie hörte die Geräusche ihrer Umgebung gedämpft, als habe sie Watte in den Ohren, und sie fühlte sich vollkommen benommen. ‚Das reimt sich‘, dachte sie und schalt sich sofort für diesen schwachsinnigen Gedanken. Die Kunst bestand darin, sich erst dann zu rühren, wenn sie ihren Kopf wieder klar hatte, aber ihre Entführer glaubten, sie sei noch durch die Nachwirkungen des Betäubungsmittel eingeschränkt. Dann würden sie vielleicht Dinge sagen, die sie später vermeiden würden.

Die Wattebäusche wurden kleiner, ihr Gehör zunehmend schärfer und das schwankende Gefühl im Kopf ließ nach.

„Jetzt müsste sie so langsam zu sich kommen“, hörte sie eine Frauenstimme sagen.

„Es sei denn, Du hast zuviel von dem Zeug genommen“, antwortete ein Mann.

„Quatsch. Ich weiß genau, wie viel ich nehmen muss. Ist ja schließlich nicht das erste Mal,“ schnappte die Frau.

Harriet notierte im Geiste, dass sich ihre beiden Entführer wohl nicht ganz grün waren. Das würde sie sicher in den Verhandlungen mit den beiden ausnutzen können.

Sie versuchte, einen Eindruck von dem Raum zu gewinnen, in dem sie sich befand. Sie lag auf der linken Seite auf einem Sofa oder einer Matratze. Ein unangenehmer Druck am linken Knöchel legte nahe, dass man ihr einen Metallring um das Bein gelegt hatte. Höchst wahrscheinlich war sie angekettet. Der Mann und die Frau in ihrem Rücken waren gefühlt sechs Meter entfernt. Es gab keinen besonderen Hall, deshalb handelte es sich vermutlich um einen normal eingerichteten Raum, der - so viel nahm sie durch die geschlossenen Augen wahr - recht hell war. Wahrscheinlich war sie nicht in einem Kellerverlies, einer Garage oder einem Stall. Die einzigen Geräusche, die sie ausmachen konnte, waren ein tropfender Wasserhahn und ein Singvogel. Ein leiser Lufthauch legte nahe, dass der Raum ein geöffnetes Fenster hatte. Eine Glocke begann zu läuten.

„Mach' vorsichtshalber das Fenster zu. Sie soll so wenig wie möglich hören, damit sie den Ort nicht akustisch identifizieren kann", sagte die Frau in barschem Ton.

„Mach's doch selber. Ich bin doch nicht dein Wallah", gab der Mann zurück.

„Falls Du Dich erinnern möchtest: N. hat mir die Leitung der Operation übertragen, nachdem Du in Manchester so kläglich versagt hast. Also schließ jetzt das Fenster."

Die Geräusche legten nahe, dass sich der Mann langsam von einem Stuhl erhob und ein paar Schritte durch den Raum ging. Dabei murmelte er verächtlich:

„Akustisch identifizieren. Was für'n Scheiß."

Ein Fenster wurde geschlossen. Sofort erstarb das Vogelgezwitscher und das Läuten der Glocke.

Harriet fand, nun sei der Moment gekommen, aus ihrer Betäubung aufzuerstehen. Sie bewegte den rechten Arm und stöhnte leise.

Sie drehte sich langsam auf den Rücken, machte Anstalten, die Augen zu öffnen, kniff sie aber mit einem lauteren Stöhnen sofort wieder zusammen.

„Mir ist so schlecht", brachte sie mit einem leichten Lallen heraus.

„Ach, das wird gleich wieder", ertönte eine muntere Frauenstimme und Schritte näherten sich ihr.

„Trinken Sie einfach ein Glas Wasser und ein gutes Kopfschmerzmittel habe ich auch für Sie."

In Zeitlupe drehte Harriet sich weiter auf die linke Seite, wobei sie den rechten Arm unbeholfen zu ihrem Kopf führte im Versuch, ihre Augen abzuschirmen. Sie machte einen erneuten Versuch, die Augen zu öffnen. Mehrfach zogen sich ihre Augen wieder zusammen, gab aber schließlich auf, weil ihr das Licht in den Augen weh tat.

„Was ist passiert? Wo bin ich?", murmelte sie mit schwerer Zunge.

„Das erklären wir Ihnen später. Jetzt setzen Sie sich erst mal auf."

Mit Mühe und weiterem Stöhnen kam sie dieser Aufforderung nach, nicht ohne eine ungeduldige Bewegung mit dem Fuß zu machen, so, als wolle sie etwas Lästiges abschütteln.

„Was …?", brachte sie hervor, schaffte es aber nicht, den Satz zu Ende zu sprechen.

„Machen Sie sich keine Sorgen. Es ist alles in bester Ordnung. Ich stelle Ihnen das Wasser und die Tabletten hierher. Es gibt zu essen. Sie sind also gut versorgt. Wir lassen Sie jetzt ein bisschen in Ruhe. Wir kommen morgen wieder, dann geht es Ihnen bestimmt etwas besser," sagte die

Frau.

Harriet brachte mit Mühe ein zustimmendes „Hhhm" hervor.

Sie hörte, wie sich die beiden erhoben, dann einige Schritte und dann wurde eine Metalltür geschlossen, ein Schlüssel drehte sich außen im Schloss und ein Riegel wurde vorgeschoben.

Harriet ließ sich äußerlich nichts anmerken, für den Fall, dass sie auch in Abwesenheit der beiden Leute beobachtet wurde, aber sie dachte zufrieden: „So, Punkt eins wäre erledigt."

◆

Die Lösegeldforderung für Mrs. Katchatourian erreichte Faizah am Montagmorgen gegen elf Uhr. Ihre Sekretärin hatte ihr das Gespräch mit den Worten „Da ist jemand Merkwürdiges in der Leitung, aber es scheint wichtig zu sein" durchgestellt.

Eine verzerrte, metallisch klingende Stimme sagte, man solle zwei Millionen Pfund bereit halten. Nähere Instruktionen, wie die Übergabe zu erfolgen habe, würden in Kürze folgen. Und natürlich sei die Entführte beim kleinsten Anzeichen, dass die Polizei eingeschaltet worden sei, tot. Dann legte der Entführer auf.

Eine Stunde später betraten der Mann und die Frau das Zimmer, in dem Arlette Katchatourian festgehalten wurde.

„So, jetzt kann es nicht mehr lange dauern und Sie sind wieder frei, meine Liebe", flötete die Frau fröhlich.

Mrs. Katchatourian keuchte auf.

„Mrs. Granger!", rief sie entsetzt aus.

„Ja, meine Liebe, so leicht schüttelt man die Grangers nicht ab. Beim ersten Versuch haben Sie uns allerdings in der Tat überrascht. Warum sind Sie eigentlich aus dem Wagen meines Mannes gesprungen, wenn ich mir die Frage erlauben darf?"

Ihre Gefangene war offensichtlich so überrascht, dass sie ohne zu zögern antwortete.

„Na ja, Ihr Mann kannte sich doch nach seiner eigenen Aussage in Manchester gar nicht aus. Aber die Art, wie er durch die Stadt fuhr, bewies das genaue Gegenteil. Er wusste immer, wo er sich einzuordnen hatte, auch wenn das Navi noch gar keine Anweisung gegeben hatte. Und an Kreuzungen schaute er auch nicht auf die jeweils maßgebliche Ampel, sondern achtete auf die Spiegelbilder anderer Ampeln und fuhr trotzdem los, wenn seine Ampel noch gar nicht umgesprungen war. Das hat mich misstrauisch gemacht. Es war einfach nur so ein unsicheres Gefühl."

„Du Idiot!", zischte Ethel Granger ihren Mann an. „Und da hast Du vollmundig behauptet, Du hättest nichts falsch gemacht!" Sie wandte sich wieder ihrem Opfer zu und ihre Stimme triefte vor falscher Freundlichkeit.

„Aber wie ich schon sagte: es kann nun nicht mehr lange dauern. Ihre Leute beschaffen gerade das Geld und Sie werden sehen, im Handumdrehen sind Sie wieder eine freie Frau."

„Warum tun Sie das? Wir waren doch befreundet?"

Arlettes Stimme zitterte bei dieser Frage von Enttäuschung.

„Nun, meine Liebe, nicht alle Menschen sind so reich wie Sie. Aber manche möchten es nur zu gerne sein. Und da reiche Leute selten freiwillig etwas abgeben, müssen wir eben ein wenig nachhelfen."

♦

Die Telefonanlage im Familienunternehmen Katchatourian war nach dem ersten Anruf der Erpresser sofort so geschaltet worden, dass eingehende Gespräche nicht im Vorzimmer, sondern direkt bei Faizah landeten. Der nächste Anruf der Entführer am Dienstag Nachmittag lief allerdings ins Leere, denn es ging einfach niemand an den Apparat.

Am frühen Abend erfolgte der nächste Versuch einer Kontaktaufnahme. Tony nahm das Gespräch mit ruppigem Ton entgegen.

„Nelson! Was wollen Sie?", bellte er in den Hörer.

„Haben Sie die zwei Millionen?" fragte die verzerrte Stimme.

„Nein, natürlich nicht! Glauben Sie eigentlich, in unserem Unternehmen liegt das Geld einfach so herum?", raunzte Tony.

Einen Moment lang herrschte Schweigen. Vermutlich hatten die Entführer es sonst mit verängstigten, außerordentlich zahlungswilligen Gesprächspartnern zu tun.

„Dann sollten Sie sich etwas Mühe geben. Spätestens übermorgen wollen wir das Geld haben."

„Ja, ja! Wir sehen, was wir machen können!", knurrte Tony und legte einfach auf.

Faizah und Rouben klatschten Beifall.

„Das sollte die Entführer jetzt ein wenig aufmischen. So hat wahrscheinlich noch niemand auf ihre Forderungen reagiert", sagte Tony freundlich grinsend.

„Ich kann nur hoffen, dass Harriet die Situation richtig einschätzt", gab Alisha zu bedenken.

Die drei anderen wurden ernst und Rouben sagte:

„Ich auch."

◆

„Wann lassen Sie mich denn nun endlich frei?", fragte Arlette Katchatourian etwas weinerlich am Mittwochmittag, als ihre beiden Entführer ihr etwas zu essen brachten.

Mrs. Granger sah sie nicht unfreundlich, aber sehr nachdenklich an.

„Tja, es gibt da ein kleines Hindernis. Angeblich hat Ihre Familie Probleme, läppische zwei Millionen zusammenzukratzen, aber wir haben inzwischen den Eindruck, dass die vielleicht gar nicht zahlen wollen. Anders können wir uns das Verhalten von Mr. Nelson und Miss Dschadid nicht erklären. Meist gehen sie nicht ans Telefon und wenn doch, werden wir vertröstet."

Mrs. Katchatourians Gesichtszüge zeigte vollkommene Fassungslosigkeit. Sie sackte auf dem Sofa zusammen, als habe ihr jemand einen Knüppel über den Kopf gezogen. Minutenlang starrte sie ausdruckslos vor sich hin.

Dann trat blanke Wut in ihr Gesicht.

„Diese miesen Dreckstücke! Diese widerlichen Ratten! Natürlich! Jetzt verstehe ich!", stieß sie hervor.

Mrs. Granger schaute sie verblüfft an.

„Hä?", brachte sie fragend hervor, denn sie verstand nicht, was los war.

Mrs. Kathchatourian fing an, hysterisch zu lachen. Kaum verständlich brachte sie hervor:

„Die wollen mich loswerden. Die wollen mich ganz einfach loswerden. Sie haben einfach die Falsche entführt!."

„Wie, die Falsche?" Mr. Granger war offensichtlich verstört, denn zum ersten Mal, seit Arlette aus ihrer Betäubung erwacht war, sagte er etwas zu ihr.

„Verstehen Sie denn nicht? Die werden nicht zahlen. Mein

gesamtes Kapital habe ich in die Familienstiftung einfließen lassen. Mir gehört nicht einmal mehr das Haus in Bath. Im Gegenzug erhalte ich aus dem Stiftungsvermögen eine monatliche Zahlung. Stellen Sie sich vor, wenn die drei sich das in Zukunft sparen können, weil ich von Ihnen umgebracht werde. "

„Und wer wäre Ihrer Meinung nach ein geeignetes Entführungsopfer gewesen?"

„Sie glauben doch nicht im Ernst, dass ich das mit Ihnen diskutiere. Auf die Idee muss dieser Nick, oder wie auch immer Ihr Chef heißt, schon selber kommen. Ich glaube nicht, dass er sich einen Mord aufladen will und leer ausgeht."

Als sie den Namen *Nick* nannte, sah sie den Schock in Mrs. Grangers Augen und wusste, dass sie die ganzen Informationen, die sie zusammengetragen hatten, richtig interpretiert hatte.

Mr. Granger stotterte drauf los:

„Ey, woher weiß die das? Die will uns doch bloß hinhalten. Mal sehen, ob die Familie nicht doch zahlt, wenn ein Ringfinger bei denen auf dem Schreibtisch landet."

Mrs. Granger kämpfte sich aus ihrer Schockstarre.

„Halt die Schnauze! Das haben wir nicht zu entscheiden. Los, komm. Das müssen wir mit ihm besprechen."

◆

Es war Freitag und Alisha hatte sich eigentlich auf einen frühen Feierabend gefreut. Tony und Faizah waren mal wieder nach Shrewsbury zu Pete und Clara gefahren, denn immer noch gab es Dinge für die Hochzeit zu organisieren. Alisha selbst hatte am Morgen eine nervenzerfetzende Krise in Aserbaidschan gemanagt und hatte sich für den Abend mit Andrew verabredet. Sie wollten ins Kino gehen. Aber als sich um halb elf ein Mr. Frome bei ihr gemeldet hatte, der ein dringendes technisches Problem in seiner Goldmine hatte und die Firma Katchatourian mit der Lösung desselben beauftragen wollte, verzichtete sie schweren Herzens auf ihren freien Abend und vereinbarte für halb sechs einen Termin mit Frome und seinem Ingenieur.

Alisha schickte Andrew eine SMS mit einer Absage für den Abend und bereitete sich auf das Gespräch am späten Nachmittag vor. Normalerweise wäre einer ihrer Fachleute bei so einem Gespräch dabei gewesen, aber nachdem sie mit Aserbaidschan alles geklärt hatten, hatte sie Geoffrey und Michael ins Wochenende geschickt, so dass außer ihr niemand mehr im Haus war.

Ihre Sekretärin war beinahe in Tränen ausgebrochen, als sie von dem Termin erfuhr, denn sie wollte direkt nach Dienstschluss um vier zu ihrer Schwester nach Nottingham fahren. Wenn jetzt um halb sechs noch Kunden kamen, dann konnte sie sich ausrechnen, dass sie vor acht nicht aus dem Büro kam und dann erst gegen halb elf bei ihrer Schwester eintraf.

Alisha beschloss, dass sie ganz gut für ihre Kunden selbst einen Tee oder Kaffee zubereiten konnte und gab Valerie frei.

Pünktlich um halb sechs klingelte es und sie ließ Frome und seinen Ingenieur herein, führte sie eine Etage höher in das Besprechungszimmer und verließ kurz den Raum mit dem Hinweis, dass außer ihr niemand mehr da sei, um Kaffee und Tee zu holen. Als sie das Zimmer wieder betrat, drückte ihr jemand von hinten einen Lappen ins Gesicht. Das Tablett fiel ihr aus den Händen und das Geräusch einer zerschellenden Tasse war das letzte, das sie wahrnahm, bevor sie das Bewusstsein verlor.

„Gott, sind die blöd. Einfacher konnten sie es uns nicht machen", sagte der vermeintliche Ingenieur verächtlich, bei dem es sich natürlich um Dennis Higson alias Mr. Granger handelte.

„Red' nicht blöd rum sondern mach' voran. Je eher wir hier raus sind um so besser", raunzte ihn der hochgewachsene, distinguiert wirkende Mann an, der ganz bestimmt nicht Frome hieß und auch keine Goldmine besaß.

Er schnappte sich den Bürostuhl aus dem angrenzenden Zimmer und mit Higsons Hilfe hob er die bewusstlose junge Frau auf den Stuhl. Er nahm ihr die Codekarte ab, die sie an einem Schlüsselband um den Hals trug und die ihnen alle Türen öffnen würde.

„Ich gehe vor und prüfe, ob draußen jemand stört und du schaffst die Kleine im Aufzug runter. Aber vorsichtig, ihr darf kein Haar gekrümmt werden."

Higson verdrehte genervt die Augen. Warum meinten eigentlich alle immer, ihn rumkommandieren zu können?

Er schob den Bürostuhl mit der jungen Frau zum Aufzug und fuhr ins Erdgeschoss, wo sein Chef schon auf ihn wartete und ihn mit wedelnden Handbewegungen in einen Flur scheuchte, der an das Foyer angrenzte.

„Draußen ist alles ruhig, aber ich will trotzdem kein Risiko. Die Katchatourian hat Alice ja von einem Seitenausgang erzählt, der direkt auf den Parkplatz führt, wo unser Wagen steht. Und mit der Codekarte kriegen wir den ja auch spielend auf," sagte er zufrieden.

Er war zwar nicht glücklich darüber gewesen, diesmal selbst in Aktion treten zu müssen, aber er wollte sich unter keinen Umständen auf diesen Versager Higson verlassen, der schon eine Entführung vermasselt hatte. Außerdem hätte der ums Verrecken nicht einen Goldminenbesitzer mimen können. Dafür war der viel zu blöd.

Er grinste zufrieden. Nachdem die ganze Entführung erst ein großes Desaster zu werden schien, würde das Ganze nun wirklich ein gutes Geschäft werden. Statt zwei Millionen für Mrs. Katchatourian kassierte er jetzt acht Millionen für die Kleine. Als die Martland ihn über die veränderten Vermögensverhältnisse von Mrs. Katchatourian informiert hatte, hatte er scharf überlegt, wer in dem Unternehmen unersetzlich war. Tony Nelson schied aus, denn erwachsene Männer machten als Entführungsopfer nur Probleme.

Faizah Dschadid wäre sicher eine Möglichkeit gewesen, aber vielversprechender war natürlich die technische Leiterin, diese Alisha Rabbani. Ohne deren Know-how wäre die Firma am Ende und deswegen würde man bei ihr die mit Abstand größte Zahlungsbereitschaft voraussetzen.

Er hatte der Martland sehr klare Anweisungen erteilt, wie sie Mrs. Katchatourian in Gespräche verwickeln sollte, um ganz gezielt an Informationen zu gelangen. Aus den Gesprächsaufzeichnungen hatte er alle relevanten Fakten herausgefiltert und so erfahren, dass Alisha am Wochenende oft ganz alleine in den Büros der Firmenleitung arbeitete.

Ein technisch versierter Typ, der ihm noch einen Gefallen schuldete, hatte sich in Alishas Bürorechner gehackt und seinem Auftraggeber die Möglichkeit eröffnet, alle Gespräche mitzuhören, die im Raum geführt wurden. Er hatte also genau gewusst, dass an diesem Freitagnachmittag außer Alisha niemand im Haus war.

Er hielt Higson mit einer Armbewegung zurück und öffnete die Tür des Nebeneingangs. Vorsichtig schaute er sich um, dann bedeutete er seinem Adlatus, dass er den Bürostuhl auf den Parkplatz rollen konnte. Damit es schneller ging, half er ihm sogar, das Entführungsopfer in den Kofferraum seines Bentley zu schaffen. Er schloss die Kofferraumklappe und schickte sich an, die Fahrertür zu öffnen, als jemand sagte:

„Guten Abend, Mr. Faraday. Würden Sie uns wohl bitte

erklären, was sie da gerade in Ihrem Kofferraum verstaut haben?"

Der ehemalige Führer der IPUK erkannte mit Entsetzen, dass mindestens zwanzig uniformierte Polizisten den Parkplatz von allen Seiten stürmten. Higson suchte sein Heil in wilder Flucht, aber gegen so viele Polizisten war er chancenlos. Faraday begriff, dass er geliefert war.

Was er nicht verstand, war, wie die Polizei ihm auf die Schliche gekommen war.

◆

Einen Tag später saßen sie alle in Faizahs Wohnzimmer und dem angrenzenden Esszimmer. Es gab zwar kaum genug Platz für alle, aber irgendwie hatten sie sich doch hinein gequetscht. Alisha hatte die Nacht im Krankenhaus verbracht, war am Morgen von der Polizei vernommen worden und gegen Mittag hatten Rouben und Faizah sie im Hospital abgeholt. Sie lag auf dem Sofa und war noch immer ein wenig benommen von dem Betäubungsmittel. Die anderen hatten alle möglichen Sitzgelegenheiten aus dem ganzen Haus zusammen getragen. Selbst Laura, die sonst immer Abstand brauchte, saß am Esstisch und ertrug zwei Menschen direkt neben sich.

Einzig Andrew und Harriet fehlten noch. Arlette Katchatourian war erst in dem Moment aus ihrem Versteck, einer Hochhauswohnung in Newcastle, befreit worden, als der polizeiliche Zugriff auf Faraday und Higson in London erfolgte. Zu groß wäre die Gefahr gewesen, dass es Alice Martland bei einer vorzeitigen Befreiung gelungen wäre, Faraday zu warnen. Das Entführungsopfer hatte die Nacht in einem Hotel verbracht und den Samstagvormittag bei der Polizei. Gegen drei Uhr nachmittags hatte sie das Polizeigebäude verlassen und war zusammen mit Andrew zum Bahnhof gefahren. Sie müssten in Kürze eintreffen.

Man merkte ihnen allen noch die Aufregung an, auch wenn seit der Verhaftung von Nick Faraday und Dennis Higson inzwischen ein Tag vergangen war. Hektische Betriebsamkeit erfüllte den Raum. Kaltgetränke wurden geholt, Sandwiches zubereitet und Tee gekocht. Schließlich stand alles auf dem Couchtisch und Esstisch bereit.

Sie tauschten sich aus, erzählten sich, welche Anweisungen sie jeweils von Harriet erhalten hatten, berichteten, was sie an dem Freitag getan hatten. Dann kehrte für einen Moment Ruhe ein.

Und in die Ruhe hinein klopfte es an der Tür und Harriet trat, gefolgt von Andrew, mit einem zufriedenen Lächeln in den Raum. Rouben überließ ihr seinen Sessel und alle schauten sie erwartungsvoll an.

Schließlich hielt Clive es nicht mehr aus:

„Wie bist Du ihm auf die Spur gekommen?", wollte er wissen.

„Ich habe einen Korkenzieher gesucht und dabei ist mein Blick zufällig in all den Unterlagen, die auf meinem Tisch lagen, auf einen Namen gefallen, den ich vorher beim mehrfachen Lesen der Unterlagen wohl immer übersehen hatte. Da tauchte nämlich ein Anwalt namens Keeler auf, der Higson einige Male verteidigt hatte. Der Name wird Euch nichts sagen, aber ich wusste aus den Unterlagen meines Vaters, dass ein Samuel Keeler nach einer eher mäßigen Karriere als Strafverteidiger mit lauter solchen Fällen wie der Higson-Sache umgesattelt hat und einige Jahre als Fachanwalt für Wirtschaftsrecht gearbeitet hat. Er hatte bei beiden Tätigkeiten beste Kontakte zu einer ganzen Reihe von Syndikaten."

Sie machte eine kurze Pause und fuhr fort:

„Und nun wird es lustig. Seit 2002 war er der Büroleiter von Nick Faraday, dem Sausack, der uns zusammen mit Bruno Jamieson den Brexit eingebrockt hat und sich direkt danach davongeschlichen hat. Plötzlich war alles klar. Higson und Faraday standen durch Keeler in Verbindung. Faraday brauchte vermutlich viel Geld, denn mit der Niederlegung seiner Ämter hatte er sich zur Bedeutungslosigkeit verdammt und konnte kein Geld mehr aus der Parteikasse abzweigen. Vermutlich ist bei der Suche nach einem geeigneten Entführungsopfer die Wahl auf Mrs. Katchatourian gefallen, die ja wegen des dramatischen Todes ihres Mannes groß in der Presse stand, verbunden mit zahlreichen

Hinweisen auf den finanziellen Hintergrund. Ich habe mich immer schon gefragt, wovon der Kerl lebt. Er hat zwar als Börsenmakler gearbeitet, aber wohl nicht unbedingt wahnsinnig erfolgreich. Sagt zumindest Laura, die sich damals zu Zeiten der Brexit-Kampagne seine Steuerbescheide angeschaut hat. Und er muss ja schließlich auch zwei Ex-Frauen und vier Kinder unterhalten."

Harriet machte eine Pause.

„Als ich diese Verbindung hatte, habe ich weiter geforscht und bin über einige kleine, schmutzige Details gestolpert, die ich nicht unerwähnt lassen möchte", fuhr sie nach einer Weile fort. „Roger Barnes war lange Jahre Mitglied der IPUK und kurz bevor seine Tochter entführt wurde, hatte er durch eine harsche Kritik an seinem Parteichef Aufsehen erregt. Dann kam die Entführung und danach hat sich Barnes gänzlich aus der Politik zurückgezogen."

„Und konnte seinen Herrn und Meister nicht mehr kritisieren. Und wenn doch, hat's niemanden mehr interessiert", folgerte Tony. „Neben leicht verdientem Geld auch noch der hübsche Nebeneffekt, einen Störenfried loszuwerden."

„Entführungsopfer eins, Myrtle Jenkins, ist die Mutter von Roger Jenkins. Der leitete als Staatsanwalt eine Ermittlung gegen Faraday wegen Veruntreuung von Kundengeldern. Kurz bevor er eine großangelegte Razzia in Faradays Privat– und Geschäftsräumen veranlassen wollte, passierte die Entführung und im nachfolgenden Nervenkrieg wurde die Durchsuchung erst einmal nicht angeordnet. Und als sie dann erfolgte, hat man bei ihm nichts gefunden. Dafür kam einer seiner Kollegen in den Knast, dem er wahrscheinlich das belastende Material untergeschoben hat. Alles in allem hat die Entführung Faraday zehn Tage Luft zum Aufräumen verschafft. Tim Huston, Ihr erinnert Euch, der Medienmogul, wollte ein kritisches Porträt der IPUK und natürlich auch ihres Führers im Daily Herold veröffentlichen und Faraday seine Schmutzfinken auf den Hals hetzen. Auch er hatte natürlich andere Sorgen, als sein Sohn entführt wurde. Seine Reporter waren dann übrigens ganz handzahm und haben ein eher positives Bild von Faraday und seiner Partei geschildert. Vermutlich hat er sie bestochen, er hatte ja Zeit gewonnen, sie anzubaggern."

„Und was ist mit der Tochter der Schauspielerin? Warum hat er die entführen lassen?", wollte Faizah wissen.

„Da muss ich passen. Aber das erfahren wir vielleicht durch den Prozess gegen den guten Nick, denn jetzt werden natürlich all die alten Fälle aufgerollt."

„Wie verhalten sich seine Helfershelfer?"

„Higson hält ihm die Vasallentreue und sagt kein Wort, aber Alice hat begriffen, dass es an der Zeit ist, ihr Fähnchen in den Wind zu hängen und ist in vollem Umfang geständig, wie es so schön heißt."

„Wenn Du doch all das wusstest, warum musstest Du dich wieder in Gefahr bringen? Und dann auch noch Alisha? Du hättest doch einfach nur Deine Informationen an die Polizei geben können!" Man merkte Rouben immer noch an, dass er über Harriets neuste Eskapade nicht begeistert war.

„Nick Faraday ist ein cleveres Kerlchen. Er hat sich nie die Hände schmutzig gemacht und keines der Entführungsopfer hat ihn jemals gesehen, weil er sich immer im Hintergrund gehalten hat. Die Polizei hätte Faraday nichts, aber auch gar nichts nachweisen können. Es gab nur eine Chance: Ihn auf frischer Tat ertappen. Und dazu musste ich ihn aus der Reserve locken."

„Und dich natürlich gleich selbst als Köder in die Falle setzen", sagte Rouben genervt.

„Ja, natürlich. Mich hatten sie schon auf der Agenda. Und sie waren wütend, dass es beim ersten Mal nicht geklappt hatte. Es war ein großer Schock für Alice und Dennis, dass ich ihren Auftraggeber kannte. Noch größer war natürlich ihr Frust darüber, dass sie kein Geld von Euch kriegten, denn all ihre anderen Opfer haben ja stets innerhalb kürzester Zeit brav gezahlt. Diesmal lief aber auch alles schief. Sie hatten kein Geld, dafür ein Entführungsopfer am Hals, das zu viel wusste und eigentlich beseitigt werden musste, wozu ihnen aber jeder Nerv fehlte. Als ich Faraday in dieser verfahrenen Situation mit meinem wütenden Geplapper einen Ausweg aufgezeigt habe, hat das Denken ausgesetzt und sie sind gar nicht auf die Idee gekommen, dass das eine Falle sein könnte. Abgesehen davon ist unser Nick keiner, der glaubt, dass Frauen denken können."

„Ich hoffe nur, dass Du nicht in den Prozess verwickelt wirst. Immerhin könnte man Dir unterstellen, Du habest ihn zu der zweiten Entführung angeregt", gab Rouben sorgenvoll zu bedenken.

„Keine Sorge. Ich habe nie mit ihm direkt gesprochen, ich habe keine aktiven Vorschläge gemacht und alle Informationen, die er hatte, hat er aus meinen Gesprächen mit Alice herausgefiltert. Eine verängstigte Frau redet viel und gibt dadurch natürlich auch jede Menge Informationen preis. Die Polizei hat die ganzen Dateien beschlagnahmt, die die Aufzeichnungen meiner Gespräche mit Mrs. Granger enthalten. Ich habe sehr sorgsam darauf geachtet, dass daraus nichts für mich Belastendes zu konstruieren ist."

„Wieso wusste die Polizei, wo sie Faraday mit seinem Entführungsopfer schnappen würden?"

„Weil ich in dem Moment, wo Alisha mir unseren abendlichen Kinobesuch abgesagt hatte, eine SMS auf den Weg gebracht habe", schaltete sich Andrew ein.

„Eine dieser *Chlebnikov*-Nachrichten, vermute ich", sagte Faizah.

„Richtig. Ich haben ihnen den Link zu einer Cloud geschickt, in der alle Informationen gespeichert waren."

„Und damit wussten Deine Polizeikontakte, was passieren würde und konnten eingreifen."

„Und wenn sie das nicht getan hätten?", warf Rouben vorwurfsvoll ein. „Was wäre dann passiert? Du hast Alisha in Gefahr gebracht."

„Ich wusste zu jeder Minute, wo Alisha, Faizah und Harriet waren. Ich konnte sie nicht verlieren und Ihr hättet sie im Zweifel jederzeit befreien können," sagte Laura trocken.

„Und wir hatten es nicht mit rücksichtslosen Profis zu tun, sondern mit Amateuren. Profis hätten sofort den Minisender in meiner Kleidung gefunden," fügte Harriet hinzu.

„Und wenn die Amateure das auch gemacht hätten?"

„Dann war da immer noch der Sender in meinem Oberarm und zusätzlich hatte ich sogar auch noch einen verschluckt. Und genau so sind auch Faizah, Tony und Alisha abgesichert."

„Ihr habt immer auf alles eine Antwort. Ich bin fast wahnsinnig geworden vor Angst. Langsam werde ich zu alt für Eure Aktionen. Sagt mir doch bitte beim nächsten Mal erst Bescheid, wenn alles vorbei ist", seufzte Rouben.

„Gerne. Ihr habt es alle gehört. Aber diesmal mussten wir Dich im Vorfeld einweihen. Du hättest sonst bestimmt mit einer Lösegeldzahlung den ganzen Plan zunichte gemacht."

„Stimmt. Ich hätte sofort gezahlt", gab Rouben zu.

„Und dann säße Faraday jetzt nicht in Untersuchungshaft, sondern würde munter weitermachen wie bisher", sagte Carl und sein Ton war streng.

„Ich konnte gar nicht anders handeln", sagte Harriet im gleichen weinerlichen Ton, den sie als Arlette gegenüber Mrs. Granger öfter an den Tag gelegt hatte. „Genau so streng hat Carl mich nämlich zur Ordnung gerufen, als ich den Entführungsversuch in Manchester einfach zu den Akten legen wollte. Ich hatte doch gar keine Wahl."

Im nachfolgenden Gelächter richtete sich Alisha plötzlich auf ihrem Sofa auf und sagte:

„Das Gefängnis, in dem der gute Nick landet, heißt dann wohl ab sofort *Faradayscher Käfig*, oder?"

♦

„Sie sollten doch nur eine Falschgeldaffäre aufklären", nörgelte Mikes. „Stattdessen schnappen Sie den ehemaligen Parteiführer der IPUK dabei, wie er eine junge Frau entführt. Was haben Sie sich eigentlich dabei gedacht?"

„Ach, wissen Sie, Sir, ich kam mit meinen Ermittlungen zum Falschgeld nicht so richtig weiter und habe überlegt, dass ich mich ja auch mit anderen Dingen beschäftigen kann, bis mir neue Informationen vorliegen. Ich dachte, es steht uns ganz gut zu Gesicht, einem Serien-Entführer das Handwerk zu legen", antwortete Theresa und ihr Gesichtsausdruck zeigte eine perfekte Mischung aus Unschuld und Naivität.

Wie so oft saßen Mikes und Theresa in einem Pub und tranken ein Feierabendbier. Faraday, Higson und Martland waren dem Haftrichter vorgeführt und dann in Untersuchungshaft gebracht worden. Theresa hatte nur schnell etwas gegessen, einen Tee getrunken und war dann nach York zurückgefahren, um ihrem Vorgesetzten Bericht zu erstatten, was sie soeben bei einem Bier getan hatte.

Mikes grinste sie an.

„Ich war vollkommen fassungslos, als ich um sechs in mein Büro kam und Ihre Mail vorfand."

„Mir ging es nicht anders, als ich die Informationen aus der Cloud las, deren Zugangsdaten mir mit einer der üblichen SMS übermittelt worden waren. Ich bin so schnell wie möglich nach London gehetzt, habe ein Team zusammengestellt und um sechs Uhr haben wir Faraday verhaftet. Das war die schnellste Verbrechensaufklärung, an der ich je beteiligt war."

„Zumal es sich um ein Verbrechen handelt, von dem wir keinen blassen Schimmer hatten. Was für ein mieser Dreckskerl. Und er ist über Jahrzehnte damit durchgekommen."

„Nun wird er wohl ein paar Jahrzehnte im Knast sitzen. Sir, sorgen Sie bitte dafür, das er nicht in Belmarsh landet, sonst verbündet er sich gleich mit einem Gefangenen namens Miller. Dazu gab es nämlich in der Cloud auch einen Warnhinweis. Mit dem hat er wohl in der Vergangenheit eng zusammengearbeitet."

„Ich kümmere mich drum. Auf jeden Fall kommt uns das sehr zupass. Sie haben einmal mehr unter Beweis gestellt, was Sie für eine fähige Polizistin sind. Robson wird es jetzt sehr schwer haben, an Ihrem Stuhl zu sägen. Und wenn Sie jetzt noch mit der Falschgeld-Angelegenheit weiterkommen …"

„Ja, Sir, selbstverständlich, Sir." Theresas kecker Blick konterkarierte ihren diensteifrigen Ton und Mikes musste lachen.

„Ich habe die Informationen, die mir meine Freundin Catherine gegeben hat, an unsere anonyme Dienststelle weitergeleitet und warte auf Antworten."

„Wenn sich was Neues ergibt, melden Sie sich."

„Natürlich, Sir, wann hätte ich das jemals nicht getan?"

♦

Intermedium 4

22. April 2022, 05:23 Uhr

Die bodenlose Erschöpfung musste ihn doch übermannt haben. Er schreckte hoch. Er hatte kein Zeitgefühl, um ihn herum war es immer noch stockdunkel. Aber er hörte etwas. Ein Vogel zwitscherte. Das bedeutete, dass es früher Morgen war. Er musste jede Sekunde damit rechnen, dass Lamonts Leute kamen und ihn holten.

Er bewegte seine Beine und realisierte, dass sie immer noch gefesselt waren. Hektisch suchte er mit den Händen den Boden ab. Wo war sein Ring? Er musste ihm aus den Händen gerutscht sein, als er eingeschlafen war.

Er zwang sich zur Ruhe. Weit konnte der Ring nicht sein, also musste er nur systematisch den Boden absuchen, dann würde er ihn früher oder später finden. Er beugte sich vor. Ein stechender Schmerz fuhr durch seine Seite und erinnerte ihn deutlich an seine gebrochene Rippe.

Er tastete diesmal mit kontrollierten Bewegungen den Boden um seine Füße ab und atmete erleichtert auf, als er den Draht fühlte, der die beiden Ringe verband. Es galt, keine Zeit zu verlieren. Wenn er seine Beine rechtzeitig befreite, hatte er vielleicht noch eine kleine Chance.

Als er begann, mit dem Draht seine Fußfessel zu bearbeiten, konnte er einen minimalen Streifen Licht an der Unterkante des Tores erkennen. Bald würde es hell sein.

♦

August 2021

Ab dem 6. August berichtete jede Zeitung im Land in riesigen Schlagzeilen von einem brutalen Mord in einer Gaststätte in Postbridge. Jemand hatte am Vortag im Billardzimmer der Dorfkneipe drei Männer kaltblütig und brutal erschossen. Die Opfer waren vor nicht allzu langer Zeit aus dem Gefängnis in Princetown entlassen worden, der letzte von ihnen sogar am Tag seiner Ermordung.

Der Wirt erinnerte sich, dass in der Zeit, wo die drei Ex-Knackis im Billardzimmer gewesen waren, zwei andere Gäste den Raum betreten hatten, wohl um zur Toilette zu gehen. Der eine, ein vierschrötiger bärtiger Kerl, war Stammgast, der regelmäßig seine Mittagspause in der Kneipe verbrachte. Der andere war ein recht kleiner, unauffälliger Mann in Motorradkleidung, der ein Sandwich und einen Kaffee zu sich genommen hatte, und dann nach seinem WC-Besuch mit seinem Motorrad davongefahren war. Niemand konnte etwas zum Modell oder gar Kennzeichen sagen. Eventuelle Fingerabdrücke hatte der Industriegeschirrspüler vernichtet.

Die Polizei rätselte, warum Rupert Mallory und Eusebio

und Jorge Gonzalez erschossen worden waren. Die drei hatten im Gefängnis gesessen, weil sie vor acht Jahren einen Geldtransporter im Lake District überfallen hatten. Die Beute war allerdings damals von einer Polizistin unter Einsatz ihres Lebens sichergestellt worden, so dass das kein Grund für die Ermordung sein konnte.

Clive saß am Küchentisch in Harriets Londoner Wohnung und las Zeitung. Wie gewohnt hatte er die Lektüre auf der letzten Seite begonnen und arbeitete sich nach vorne. Als sein Blick auf die Titelseite fiel, stutzte er, dann schaute er Harriet an, die ihm gegenüber saß und wohl etwas auf ihrem Tablet recherchierte.

„Rupert Mallory", sagte Clive leise.

„Was?"

„Hast Du mich nicht kurz vor Deiner Entführung beauftragt, dass wir herausfinden sollen, wann Rupert Mallory aus der Haft entlassen wird?"

„Ja. Wieso?"

Wortlos schob Clive Harriet die Zeitung über den Tisch. Bei jedem anderen Menschen wäre er sicher gewesen, dass ihre Reaktion zeigte, dass sie von der Nachricht absolut überrascht war.

„Sag mir, dass Du nichts damit zu tun hast", sagte Clive genau so leise wie zuvor.

Harriet schaute ihn ernst an und erschrak, weil in seinem Blick zum ersten Mal, seit sie sich kannten, Misstrauen stand.

„Ich habe diese Morde nicht veranlasst," versicherte sie.

„Warum wolltest Du dann wissen, wann er freigelassen wird?"

„Weil ich diese Männer vor acht Jahren in den Knast gebracht habe und dabei waren sie vollkommen unschuldig, zumindest was den Überfall auf den Geldtransporter anging, für den sie angeklagt waren. Ansonsten hatten sie jede Menge Dreck am Stecken. Ich war mir sicher, dass Mallory sich auf Harriet Days Spur setzen würde und wollte ihn einfach nicht aus den Augen verlieren, falls er zu einer Gefahr werden würde. Aber warum sollte ich die drei umbringen lassen?"

Während sie sprach, hatte sie Clive unverwandt angeschaut und hielt seinem Blick auch stand, als sie verstummte.

Schließlich senkte er als erster den Blick.

„Hast Du denn eine Idee, wer für die Morde verantwortlich ist?", fragte er.

„Ich weiß es nicht, aber mein Vater war ein Mann mit einem alttestamentarischen Sinn für Rache. In seinen Unterlagen finden sich jede Menge Strafaktionen gegen Leute, von denen er sich verraten oder betrogen fühlte. Ich fürchte, dass er seinen Stellvertreter und dessen beide Schläger verdächtigte, für den Verlust einer beträchtlichen Menge Blutdiamanten verantwortlich zu sein. Das letzte, was er getan hat, bevor er England damals aus Angst vor dem russischen Paten, mit dem er sich angelegt hatte, verlassen hat, war vielleicht die Beauftragung eines Killers."

„Aber hätte der nicht viel früher zugeschlagen?"

„James hielt viel von dem sizilianischen Sprichwort ‚Rache ist ein Gericht, das man kalt genießen sollte.' Mein Vater ist ein durch und durch grausamer Mensch. Ich traue ihm zu, dass er genau den Moment für den Mord festgelegt hat, in dem Mallory endlich frei war. Ich schlage vor, wir hören uns ein wenig um. Vielleicht finden wir Genaueres heraus."

„Warum liegt Dir daran?", wollte Clive wissen.

„Weil ich gerne möchte, dass das Misstrauen aus Deinem Blick verschwindet", antwortete Harriet in beinahe liebevollem Ton.

◆

Der russische Polizeiminister war zu Besuch in Kasan. Die Stadt hatte eine lange Geschichte als blühende Handelsstadt, denn die beiden großen Wasserwege Wolga und Kama waren stets wichtige Handelswege gewesen und auch zwei der wichtigen Verbindungsstraßen nach Sibirien trafen sich hier. Seit jeher wurde der legale Handel von illegalen Unternehmungen begleitet. Was an Drogen und Waffen illegal innerhalb Russlands transportiert wurde, fand zum überwiegenden Teil seinen Weg durch Kasan. Antip Kolbin hatte bereits zu Beginn seiner Amtszeit beschlossen, ein besonderes Augenmerk auf diese Stadt zu legen und eine seiner ersten Maßnahmen war es gewesen, eine neue Polizeikaserne bauen zu lassen. Am gestrigen Donnerstag hatte die Einweihung stattgefunden und er war aus diesem Anlass angereist. Und aus ganz anderen Motiven hatte er noch drei Urlaubstage an den offiziellen Besuch angehängt.

Fünf Wochen waren seit dem Polizeikongress in Brighton vergangen und bislang hatte es keinen Versuch gegeben, Kontakt zu ihm aufzunehmen. Wahrscheinlich war er doch einem Aufschneider aufgesessen. Natürlich hatte er sofort nach seiner Rückkehr aus Brighton Nachforschungen angestellt, aber die Ergebnisse waren mager. Ein Martin McGregor tauchte so gut wie nicht auf. Es fand sich nur ein kleiner Hinweis auf einen Besitzer eines recht angesehenen Hotels mit einem Sterne-Restaurant in Südostengland.

Trotzdem hatte Kolbin seinen Teil der Verabredung eingehalten und zweiunddreißig Leute gefunden, die als Polizisten, Soldaten oder Verwaltungsangestellte herausragende Leistungen gezeigt hatten und jung genug waren, um vielleicht noch nicht von der Krankheit Korruption infiziert worden zu sein.

Kolbin hatte sie auf Herz und Nieren geprüft und informelle Gespräche mit ihnen geführt, bei denen er ihnen die Berufung in eine Sondereinheit in Aussicht gestellt hatte. Außerdem hatte er beschlossen, Kasan und nicht Moskau zum Zentrum seiner Nebentätigkeit zu machen. Die Chancen, unbeobachtet zu agieren, waren in Moskau einfach sehr gering. Also hatte Kolbin den Samstag genutzt, um in der Nähe des Flugzeugwerks KAPO ein Gebäude anzumieten. Die Kaution und erste Monatsmiete hatte er aus der eigenen Tasche finanziert. Im schlimmsten Fall wäre dieses Geld verloren, wenn sich seine Befürchtung bewahrheitete, dass McGregors Angebot nur eine Farce gewesen war.

Nun saß er in der Lobby des Shalyapin Palace Hotels und las Zeitung. Er wollte heute nicht im Hotel essen, denn die prächtige Atmosphäre des Speisesaals lag ihm nicht.

Gegen sieben Uhr machte er sich auf ins Restaurant Kinkalnaya, das nur wenige Schritte vom Hotel entfernt auf der gegenüberliegenden Straßenseite lag. Er betrat das Restaurant und wusste sofort, dass er wohl besser einen Tisch hätte reservieren sollen. Das Lokal war brechend voll. Er wollte schon umdrehen, als ein Kellner ihn ansprach. An einem Tisch im hinteren Bereich sei noch ein Platz bei einem einzelnen Herrn frei. Wenn er nichts dagegen habe, könne er sich gerne dazu setzen.

Kolbin willigte ein, denn wahrscheinlich würden alle anderen Restaurants ebenso voll sein und ehe er jetzt noch lange suchte, konnte er genauso gut hier bleiben. Er folgte dem Kellner an einen etwas isoliert stehenden Tisch, an dem ein älterer, sehr distinguiert wirkender Herr saß. Man begrüßte sich freundlich, Kolbin bedankte sich, dass der

Herr bereit sei, seinen Tisch zu teilen und nahm Platz. Der Kellner brachte ihm die Speisekarte und nahm seinen Getränkewunsch auf. Kaum hatte er den Tisch verlassen, sagte der ältere Herr:

„Das Essen ist sehr gut hier, allerdings ist das Bier kein Vergleich mit dem im Schooner's Inn."

Kolbin starrte ihn an. Jetzt, wo er ihn genau betrachtete, erkannte er unter der Maskerade Martin McGregor.

„Ich hatte die Hoffnung, Sie wiederzusehen, schon beinahe aufgegeben", sagte er unumwunden.

„Ich bitte um Entschuldigung, Antip, aber wir hatten einiges zu tun. Wir mussten einem Entführer das Handwerk legen und größere finanzielle Transaktionen vornehmen. Zudem haben wir eine gebrauchte Tupolew 214 gekauft, die noch auf dem Gelände der KAPO hier in Kasan steht, und ab Mittwoch kommender Woche werden Ihnen drei Mil-Mi-172 zur Verfügung stehen. Den Standort für Ihre neue Zentrale haben Sie übrigens sehr klug ausgewählt."

Kolbin war sprachlos. Er hatte den Mietvertrag doch erst heute morgen abgeschlossen. Woher wusste McGregor darüber Bescheid?

„Stehe ich unter dauerhafter Überwachung?", fragte er und man konnte seinem Ton entnehmen, dass er nicht übermäßig amüsiert war.

Clive lachte.

„Nein, keine Sorge. Ich habe mich nur zufällig für das gleiche Objekt interessiert und war sehr enttäuscht, dass es mir jemand vor der Nase weggeschnappt hat, denn der Vermieter sagte mir, dass in Kürze der neue Mieter zur Vertragsunterzeichnung kommen würde. Ich habe also im Wagen gewartet und mit Freude Sie erkannt, als sie kurz darauf sein Haus betraten."

„Aber Sie könnten?", fragte Kolbin.

Clive tat gar nicht erst so, als habe er die Frage nicht verstanden.

„Ja, Antip, wir könnten. So wie alle, die über ein halbwegs fundiertes Hackerpotential verfügen. Wir haben allerdings unsere Kenntnisse nur genutzt, um herauszufinden, dass Sie sich an diesem Wochenende in Kasan aufhalten würden."

Sie mussten das Gespräch kurz unterbrechen, denn der Kellner kam mit Kolbins Getränk und notierte seine Essenswünsche.

„Sie werden gleich so freundlich sein, meine Serviette aufzuheben und sie bei dieser Gelegenheit mit Ihrer tauschen", empfahl ihm Clive, als sich der Kellner zurückgezogen hatte.

Er griff nach seinem Bierglas und wischte dabei versehentlich die noch zusammengefaltete Serviette vom Tisch. Antip tat, was ihm Clive gesagt hatte und schaute diesen fragend an.

„In Ihrer Serviette befinden sich alle notwendigen Unterlagen, damit Sie über ein Konto der IBERORUS S.L. bei der Kazan City Bank verfügen können. Wir sorgen für regelmäßige Zahlungseingänge und kümmern uns darum, dass in einer Scheinfirma auf russischer Seite alles seine Richtigkeit hat. Sie können also ab sofort alle notwendigen Zahlungen für Sach- und Personalkosten leisten."

Mit großer Vorsicht öffnete Kolbin seine Serviette, entnahm ihr die zusammengefalteten Dokumente, eine Bank- und eine Kreditkarte und ließ sie rasch in der Innentasche seines Sakkos verschwinden.

Er bedankte sich und berichtete dann Clive von seinen eigenen Fortschritten. Dank der gerade gewonnen Zahlungsfähigkeit konnte er die Leute, die er angeworben hatte, ab sofort entlohnen und mit Aufgaben betrauen.

Clive stellte ihm in Aussicht, dass voraussichtlich Ende September ein massiver Schlag gegen das Syndikat von Igor Andrejewitsch unternommen werden könne. Genauere Informationen werde Antip rechtzeitig erhalten. Wichtig sei, dass er mit seinen Mitarbeitern mindestens fünf funktionierende Teams bilde, die dann eigenständig an unterschiedlichen Einsatzorten Operationen durchführen könnten.

Als der Mokka gereicht wurde, fragte Antip:

„Ganz zu Beginn unseres Gespräches erwähnten Sie eine Entführung, die es zu verhindern galt. Handelte es sich da zufällig um den Fall von Nick Faraday?"

Clive schaute ihn überrascht an.

„Wie kommen Sie darauf?"

Kolbin lachte: „Sogar die russische Presse hat darüber berichtet. Und so viele Entführungsfälle wird es ja selbst in England in den letzten Wochen nicht gegeben haben."

„Meine Hochachtung, Antip. Sie sind ein wirklich aufmerksamer Zuhörer und Beobachter."

Kolbin senkte bescheiden den Kopf.

„Nun, Mrs. Katchatourian und ihre Stieftochter können sich wohl glücklich schätzen, Freunde wie Sie zu haben."

Clive lächelte ein wenig verlegen.

◆

Der große Tag war gekommen. Ab elf Uhr strömten etwa zweihundert festlich gekleidete Menschen durch das normalerweise verschlossene Tor neben der Marianne North Galerie auf das Gelände der Kew Gardens und versammelten sich vor dem riesigen Temperate House. Alle wuselten wie ein eifriger Bienenschwarm durcheinander, es wurde geredet, gelacht und Menschen stellten sich gut gelaunt zu Gruppen auf, um sich fotografieren zu lassen. Engländer kamen mit Russen ins Gespräch, vierschrötige Industriearbeiter sprachen mit Oxford-Absolventen, afghanische Schülerinnen redeten mit englischen Verwaltungsangestellten und adrett gekleidete junge Leute trugen Tabletts mit Champagnergläsern herum und reichten herzhaftes und süßes Backwerk. Um zwölf Uhr dann wurde die Menschenmenge aufgefordert, das zentrale Gewächshaus zu betreten. Wer es sich zutraue, solle bitte auf die umlaufende Galerie gehen, alle anderen versammelten sich auf dem quadratischen Platz inmitten des Gebäudes. Begleitet von feierlicher Musik betraten der Bräutigam und die Braut von den beiden angebauten Achtecken her den Zentralbau und gingen aufeinander zu, um sich in der Mitte des Quadrates zu treffen, wo die Standesbeamtin die Trauungszeremonien abwechselnd auf Englisch und Russisch vollzog.

Kira wurde von ihrer künftigen Schwiegermutter und ihren beiden Trauzeuginnen Clara und Faizah begleitet, Ruslan von Pete und Tony, die als seine Trauzeugen fungierten. Rouben hielt sich bewusst im Hintergrund, um keine unnötige Aufmerksamkeit zu erregen.

Die Heiterkeit erreichte ihren Höhepunkt, als mitten in die Trauungszeremonie ein deutsches Touristenpaar platzte, das einfach nicht akzeptieren wollte, dass das Temperate House für eine Dreiviertelstunde gesperrt war.

Als Ruslan und Kira die Ringe getauscht hatten und sich küssten, wurde begeistert geklatscht.

Anschließend ging die ganze Hochzeitsgesellschaft am Palmenhaus entlang über den Broad Walk zur Orangerie, wo das Hochzeitsessen stattfand.

Begleitet wurde das Essen durch ein abwechslungsreiches Programm. Ein Quartett des Hamburg Balletts trat auf, die afghanischen Schülerinnen gaben ein Flötenkonzert mit Stücken englischer, russischer und afghanischer Komponisten. Die Trauzeugen und –zeuginnen hielten eine amüsante Ansprache, in der sie die spezifischen Besonderheiten von Braut und Bräutigam würdigten, Ruslans russischer Freundeskreis sang einige Chorstücke voller Wehmut und wer immer von Ruslans ehemaligen Kommilitonen aus Oxford ein Instrument spielte, beteiligte sich an einem Orchester, das Jazzvarianten berühmter Hochzeitsmärsche spielte.

Und schließlich erhoben sich Braut und Bräutigam und würdigten in einer Rede all jene, die diesen Tag zu einem Festtag gemacht hatten.

Harriet und Rouben saßen in einer außerordentlich biederen Maskerade an einem der Katzentische für entfernte Bekannte, während die jungen Leute alle am Tisch des Brautpaares untergebracht waren. Das war der einzige Punkt gewesen, der im Vorfeld der Feier erörtert worden war. Harriet hatte auf dieser Lösung bestanden. Arlette Katchatourian konnte unmöglich an Ruslans Hochzeit teilnehmen und auch Surab Merabishwili, einen leitender Ingenieur der Katchatourian Ltd., hätte Igor Andrejewitschs Sohn wohl kaum eingeladen.

Da es aber keine enge Verbindung zwischen dem Brautpaar und diesen beiden Menschen gab, konnten sie unmöglich am Tisch des Brautpaares sitzen. Das hatte zu langen Diskussionen geführt, aber letztlich hatte sich Harriet mit ihrer Argumentation durchsetzen können. Wenn jemand sie fragte, in welcher Beziehung sie zum Brautpaar standen, sagten sie, sie seien ehemalige Nachbarn von Kira.

Gegen sieben Uhr abends brach das Brautpaar unter großem Beifall der Gäste in die Flitterwochen auf.

Nur Harriet bemerkte Alishas sonderbaren Gesichtsausdruck, als Faizah den Brautstrauß fing. Ihre Züge spiegelten irgendetwas zwischen Wut und Trauer. Wieder fragte sich Harriet, was da los war.

◆

Kolja dagegen hatte am Tisch des Brautpaares gesessen und fühlte sich im höchsten Maße geehrt. Nur wenige Sektionschefs außer ihm waren ebenfalls eingeladen, saßen aber an einem Tisch zusammen mit Ruslans Freunden aus Kinder– und Schultagen. Er hatte der Feier ein wenig angespannt entgegen gesehen, denn seit er die Leitung von ganz Sibirien übernommen hatte, war einiges schief gelaufen. Er rechnete eigentlich damit, dass Ruslan ihn im zeitlichen Umfeld der Feierlichkeit zu sich zitieren und massiver Kritik aussetzen würde. Da war die Pleite im Hafen von Magadan und der anschließende Bandenkrieg mit Rajonowitschs Leuten, der nicht so problemlos verlaufen war, wie

Ruslan es erwartet hatte. In Wladiwostok war eine größere Drogenlieferung vom Zoll beschlagnahmt worden, in Irkutsk hatte die Polizei einige seiner Männer wegen illegalen Waffenbesitzes festgenommen. Normalerweise regelte man solche Dinge mit Zahlung einer größeren Summe an die Beteiligten, aber in diesen beiden Fällen hatte es nichts genützt. Kolja konnte sich nicht erklären, wieso da auf einmal unbestechliche Beamte am Werk waren. Sobald er wieder in Russland war, würde er sich dieses Themas annehmen.

Aber Ruslan hatte ihn nicht zu einem Gespräch einbestellt, sondern nur während der Feier kurz mit ihm gesprochen. Tenor war, dass immer mal was schief gehen konnte und dass sie das gemeinsam schon alles wieder in geregelte Bahnen bekommen würden.

Diese kleine Aufmunterung hatte Kolja sichtlich entspannt und plötzlich hatte er das Fest rückhaltlos genießen können. Ja, sie würden das alles hinkriegen und wieder die unangefochtene Nummer eins unter den Syndikaten werden. Morgen würde er nach Krasnojarsk zurückkehren und sich direkt an die Arbeit machen. Und dann würde er Ruslan absägen und dessen Nachfolge antreten.

Geld würde kein Problem sein, denn seine Pipeline funktionierte einwandfrei. Der Kurier, den die Polizei erwischt hatte, hatte zum Glück vor seinem Tod nichts ausgeplaudert.

Kolja tanzte, trank und feierte ausgelassen. Und vor lauter Wodka vergaß er vollkommen, dass er sich den ganzen

Abend über gewundert hatte, dass Igor nicht an der Feier seines Sohnes teilnahm. Eigentlich hatte er Ruslan darauf ansprechen wollen, es dann aber irgendwie vergessen. Und nun war die Frage im Alkoholnebel verschwommen.

Wie er in sein Hotelzimmer gekommen war, war ihm nicht klar. Er wusste noch, dass er mit den anderen Sektionschefs nach dem Dessert ordentlich einen genommen hatte und sich dann auf die Tanzfläche gestürzt hatte. Ganz vage erinnerte er sich daran, dass einer von Ruslans Beratern, so ein schlanker Dunkelhaariger, ihn angesprochen hatte und bei einer Kellnerin eine Flasche ordentlichen Wodka bestellt hatte. Wann war denn das gewesen? Waren Ruslan und seine Frau da schon zu ihrer Hochzeitsreise aufgebrochen? Und was war dann passiert? Ihm fehlte jede Erinnerung.

Er stöhnte, als er sich im Bett umdrehen wollte. Sein Schädel dröhnte und sein linker Oberarm schmerzte. Er gab den Versuch auf, sich aufzurichten. Er würde einfach noch ein wenig schlafen.

♦

„So, wir haben Kolja seinen Mikrochip verpasst", berichtete Clive, als er am nächsten Morgen mit Harriet, Andrew und den jungen Leuten beim Frühstück zusammen saß.

„Blöd aber auch, dass er im Herrenklo ausgerutscht ist und sich an einer Scherbe eines zertrümmerten Spiegels geschnitten hat. Auch sein schöner Anzug ist hin", sagte Andrew mitleidig.

„Jetzt muss Ruslan ihn nur so unter Druck setzen, dass er eine große Menge Drogen durch die Pipeline transportiert und zwar persönlich. Dann haben wir ihn", frohlockte Tony.

„Antips Leute werden ihn auf frischer Tat ertappen und verhaften. Das wird ihn nicht weiter beeindrucken, denn er wird sicher sein, dass Ruslan ihn innerhalb kürzester Zeit freikauft. Ich möchte nicht dabei sein, wenn ihm endlich dämmert, dass das nicht passieren wird und dass er zu einer lange Gefängnisstrafe verurteilt wird", ergänzte Clive.

„Soweit ist das ja alles schön und gut, aber so einer wie Storonoy ist doch in jedem Knast sofort ganz oben in der Hierarchie. Ich wette, nach wenigen Wochen fressen ihm die Aufseher aus der Hand", wandte Clara ein.

„Da wäre ich mir nicht so sicher. Antip hat nämlich die sehr schöne Idee gehabt, ein ehemaliges Arbeitslager in der Nähe von Batagai wieder in Betrieb zu nehmen und als Hochsicherheitsgefängnis für Schwerstkriminelle zu nutzen. Dort wird Kolja landen. In einem Umfeld, dass so gut es eben geht gegen Korruption und Bestechlichkeit geschützt ist, weil das Personal hervorragend bezahlt wird und sehr großzügige Freizeitregelungen hat. Da es nur komfortable Einzelzellen gibt, kann kein Gefangener irgendwelche Strukturen entwickeln. Antip hat mir in Kasan von seinem Plan erzählt, einen Teil unseres Geldes für dieses Gefängnis zu verwenden. Ich habe ihm, Euer Einverständnis voraussetzend, grünes Licht gegeben."

„Also, ganz ehrlich, da würd' ich aber lieber Schweine auf Shillay züchten", sagte Clara.

♦

September 2021

Harriet schaute versonnen aus ihrem Küchenfenster, während sie darauf wartete, dass ihr Drucker fertig wurde. Theresa hatte ihr per SMS den Zugang zu einer Cloud geschickt, in der alle Informationen gespeichert waren, die es zur Miners' Bank gab. Harriet war sich sicher, dass Theresa sich an ihre gemeinsame Freundin Catherine gewendet hatte, die eine leitende Position in einer Bank in Carlisle hatte. Catherine hatte gründlich gearbeitet, das erkannte Harriet allein am Umfang des Materials. Sie druckte alles aus, auch wenn sie vielleicht nur einen Bruchteil benötigen würde. Sie war in mancher Hinsicht etwas altmodisch und las lieber auf Papier als elektronisch.

Während sie so aus dem Fenster schaute, sah sie zwei Männer, die das Gärtnereigelände im Hof betraten, um zum Quince Café zu gehen. Irgendetwas an dem linken Mann kam ihr sonderbar vertraut vor.

‚Das ist doch Blödsinn, warum sollte Andrew in London sein und dann gerade hier?‘, dachte sie. Kurz bevor sie das Café erreichten, drehten sich die beiden Männer um, weil der eine den anderen auf eine Pflanze am Wegesrand aufmerksam machte. Dadurch konnte Harriet die Gesichter der beiden sehen. Und jetzt hätte sie schwören können, dass der schlanke Blonde in dem Lederblouson tatsächlich Andrew war. Sein gut gekleideter, untersetzter Begleiter, der schütteres dunkles Haar hatte und eine dunkel umrandete Brille trug, kam ihr vage bekannt vor, aber sie konnte nicht einordnen, woher sie ihn kannte oder wer er genau war.

Ob Andrew ihr auf die Schliche gekommen war? Schwierig wäre es ja nicht, denn sie hatte ja immer noch den Mikrochip im Oberarmmuskel, durch den Laura sie jederzeit auffinden konnte. Aber die hatte ihr versichert, dass sie das nur im Ernstfall täte und außerdem wäre sie die einzige, die wusste, wie man die Ortungssoftware einsetzte. Andrew hatte ja mitunter einen ausgeprägten Beschützerinstinkt, aber augenblicklich gab es dafür keinen akuten Anlass.

Sein Verhalten deutete auch nicht darauf hin. Wenn er wusste, wo sie wohnte, hätte er bestimmt den einen oder anderen Blick zu ihrem Haus, wenn nicht sogar zu ihrer Etage geworfen, aber er unterhielt sich konzentriert mit seinem Begleiter. Beinahe instinktiv griff Harriet zu ihrem Mobiltelefon, schaltete die Kamerafunktion an, zoomte die beiden Männer heran und machte ein Foto. Bei nächster Gelegenheit würde sie Laura bitten, ihre Gesichtserkennungssoftware einzusetzen.

Nun wendeten sich die beiden Männer ab und betraten das

Café und im gleichen Moment hörte ihr Drucker auf, weitere Seiten auszuspucken.

Harriet seufzte, setzte sich mit dem Stapel frisch gedruckten Papiers an ihren Küchentisch und versenkte sich in all die Informationen, die Catherine für Theresa zusammengestellt hatte. Eine ganze Reihe von Informationen über die *Miners' Bank* hatte sie schon selbst ausgegraben, so zum Beispiel die Namen der Vorstands– und Aufsichtsratsmitglieder. Es gab eine detaillierte Aufstellung aller Filialen in Listenform, aber auch als Übersichtskarte. Harriet fand es sehr auffällig, dass das Gebiet, in dem das Bankhaus Filialen hatte, identisch war mit dem Landesteil, in dem vermehrt Falschgeld aufgetreten war. Sie konnte nicht an einen Zufall glauben.

Als nächstes hatte Catherine alles über das Personal des Bankhauses zusammengetragen. Harriet musste beinahe schmunzeln, als sie mehrfach auf die Namen Ravenglass und Stonethwaite stolperte. Einige Filialleiter waren dabei, aber auch der jüngste Auszubildende im Stammhaus in Kendal gehörte zu einer der beiden Familien.

Harriet war inzwischen sicher, dass die *Miners' Bank* dafür verantwortlich war, dass das Falschgeld hergestellt und in Umlauf gebracht wurde, aber ihr fiel partout kein Grund ein, warum eine Bank so etwas tun sollte.

Gut die Hälfte des Materials hatte sie durchgearbeitet. Vielleicht könnte sie sich eine Pause gönnen, einen Spaziergang am Kanal machen und im Quince Café eine Kleinigkeit essen.

Ihr fiel siedendheiß ein, dass sie dann vielleicht Andrew begegnete. Das wollte sie auf jeden Fall vermeiden. Er sollte nicht wissen, dass sie in London war und auch nicht, dass sie ihn gesehen hatte. Sie schaute auf die Uhr. Gute anderthalb Stunden hatte sie am Küchentisch gearbeitet. Bestimmt waren die beiden Männer längst gegangen. Harriet blickte hinunter in den Hof. Das Café hatte, da es ja ehemals ein Gewächshaus gewesen war, ein Glasdach, aber sie konnte von ihrem Standort aus nichts in dem darunter liegenden Raum erkennen.

Sie überlegte noch, ob sie das Risiko eingehen konnte, als sie plötzlich sah, dass der stämmige Brillenträger aus der Richtung kam, in der die Toiletten lagen. Kurz darauf kam Andrew aus dem Café und die beiden Männer verließen den Gärtnereihof durch den schmalen Zugang Richtung Clifton Villas. Schnell ging Harriet an ihr Schlafzimmerfenster, das nach vorne lag und schaute auf die Straße hinunter. Sie konnte gerade noch erkennen, dass die beiden Männer in einen schwarzen Jaguar stiegen und davonfuhren.

Da hatte sie ja gerade noch mal Glück gehabt. Zwei Minuten früher wäre sie den beiden genau in dem schmalen Durchgang zwischen den Häusern in die Arme gelaufen.

Jetzt hinderte sie nichts mehr an einem Spaziergang.

Gelüftet und gestärkt setzte sie sich eine Stunde später

wieder an ihren Tisch und nahm die Lektüre der weiteren Seiten in Angriff.

Catherine hatte darauf alles zusammengestellt, was sie über die wirschaftliche Situation der Miners' Bank herausgefunden hatte.

2008 war die Privatbank wie so viele andere Banken auch kurzfristig in Schieflage geraten, als der Zusammenbruch der Lehman Brother eine Bankenkrise ungeahnten Ausmaßes losgetreten hatte. Auch hier hatte man in obskure Wertpapiere investiert, die hohe Renditen versprachen, durch die geplatzte Immobilienblase aber plötzlich vollkommen wertlos waren. Das Bankhaus hatte staatliche Hilfen in Anspruch genommen, konnte allerdings innerhalb kürzester Zeit die gewährten Hilfsgelder zurückzahlen und bereits die Bilanz des Jahres 2011 wies wieder einen ordentlichen Gewinn aus, verbunden mit einer beachtlichen Dividendenausschüttung. Nicht viele Banken hatten sich so schnell von den verheerenden Folgen des Crashs erholt.

Harriet schaute sich Catherines Zusammenfassungen der Bilanzen der vergangenen Jahre an. Im Kreditbereich wurde kaum Geld verdient, was bei den herrschenden Niedrigzinsen kein Wunder war. Allerdings schien die Bank über eine sehr erfolgreiche Investmentabteilung zu verfügen, denn in diesem Bereich wurde eine Marge erzielt, die Catherine ungewöhnlich hoch erschien. Zum Vergleich hatte sie die Ergebnisse einiger anderer Bankhäuser aufgeführt, die erheblich geringer ausfielen.

‚Wie machen die das?' fragte sich Harriet. ‚Wo kann man denn Geld zu solchen Konditionen anlegen?'

Sie las konzentriert weiter, aber Catherines Recherchen gaben keinen weiteren Aufschluss darüber. Sie musste unbedingt herausfinden, wo diese Bank ihr Geld angelegt hatte.

Harriet griff zum Telefon und rief Carl an.

♦

Die Renovierungsarbeiten waren in vollem Gange und Harriet hatte alle Hände voll zu tun. Nach zwei Wochen Dreck und Lärm war sie der Meinung, sich eine kleine Auszeit verdient zu haben und war nach Bath geflüchtet.

Wohl hatte sie realisiert, dass während der letzten Tage immer wieder neue Informationen von Carl eingetroffen waren, aber vor lauter Handwerkergesprächen war sie zu nichts anderem gekommen. Jetzt wollte sie sich mit den Ergebnissen von Carls Recherchen beschäftigen.

Carl hatte sich Zugang zu den Daten der Miners' Bank verschafft. Laura hätte wahrscheinlich mit einigem Zeitaufwand das Rechenzentrum geknackt, aber Carl wollte so schnell wie möglich Ergebnisse liefern und hatte an der schwächsten Stelle angesetzt. Und das war der PC des Vorstandsvorsitzenden. Carl hatte empört geschnaubt, als ihm klar wurde, wie schlecht dieser Rechner gesichert war.

Und dann benutzte dieser Mensch auch noch den Vornamen seiner Frau als Passwort. Es war wirklich unglaublich!

Drei Nächte lang hatte er sich ungehindert durch alle Menüs und Unterverzeichnisse gewühlt und dabei jede Menge Bilanzen und andere Zahlenwerke gefunden, die er postwendend an Harriet weiterleitete.

Nun druckte sie wieder jede Menge Papier aus und sortierte die Blätter.

Zuerst studierte sie die Bilanzen und die Gewinn– und Verlust-Rechnungen, die Catherines Zusammenfassungen und ihre Schlüsse daraus bestätigten. Es war wirklich erstaunlich, was das Bankhaus für eine hohe Rendite mit Wertpapieren erzielte.

Harriet blätterte weiter durch das ganze Material, das Carl für sie erbeutet hatte und stieß schließlich auf Kontenblätter aus der Finanzbuchhaltung, die die Wertpapierzinsen auswiesen. Namen wie *Bahama Fruit Ltd., Bolivian Lithium S.A., REE PLC, Fortune Corporation* oder *Power Grid Group Int.* tauchten darin auf. Das hörte sich alles sehr nach obskuren Risikokapitalanlagen an und würde die vergleichsweise hohen Zinseinkünfte erklären. Aber würde so eine Feld-, Wald– und Wiesenbank wie die Miners' derartig riskante Geschäfte machen? Nach all den Erfahrungen der Bankenkrise? So richtig brachten sie Carls Erkenntnisse nicht weiter.

Harriet begann, einige der aufgeführten Namen zu recherchieren und scheiterte grandios. Eine *Bahama Fruit Ltd.* war nicht zu finden, gleiches galt für eine *Bolivian Lithium S.A.*.

Eine REE PLC hatte es zwar mal gegeben, aber das Unternehmen, das die Förderung seltener Erden aus dem Pazifikboden zum Ziel hatte, hatte 2011 Konkurs anmelden müssen. Trotzdem waren für die Folgejahre in der Buchhaltung der Miners' Bank satte Zahlungen vermerkt. Die Power Grid Group Int. existierte zwar seit 2013, befand sich aber immer noch im Zustand der Gründung und konnte ganz sicher keine Dividenden ausschütten.

Das Ganze stank zum Himmel. Es flossen regelmäßige Zahlungen von Firmen, die nicht existierten.

Harriet beschloss, Laura einzuschalten, denn jetzt galt es, die Zahlungsströme zu verfolgen. Auf welchen Wegen war das Geld auf den Konten der Miners' Bank gelandet und wo kam es her? Diese Arbeit forderte Lauras Können. Harriet schrieb ihr umgehend eine Mail und hängte die Dateien der Buchhaltungskonten an. Und da sie einmal dabei war, erinnerte sie Laura auch sanft an das Foto des bebrillten Mannes, das sie ihr vor einigen Tagen geschickt hatte.

◆

Laura antwortete am nächsten Tag. Knapp teilte sie mit, dass sie für die Verfolgung der Zahlungsströme voraussichtlich eine Woche benötigen würde. Das Ergebnis der Gesichtserkennung habe sie bereits vor drei Tagen an Harriet geschickt, aber sie sende es jetzt gerne noch mal, da diese es ja offensichtlich übersehen oder versehentlich gelöscht habe.

Noch bevor sie den Anhang öffnete, überprüfte Harriet ihre Maileingänge der letzten Tage und wurde in ihren Spam-Mails fündig. Sie antwortete Laura, dankte ihr und entschuldigte sich in aller Form. Dann schaute sie sich das Ergebnis von Lauras Arbeit an.

Als sie den Namen las, den Laura ermittelt hatte, zog sie die Augenbrauen hoch. Trevor Lamont. Laura hatte direkt einige wesentliche Informationen hinzugefügt. Lamont war ein großes Tier in der pharmazeutischen Industrie. Ihm gehörte die Anteilsmehrheit der *BritPharm Sales & Marketing* Co., zu der Produktionsstätten, aber auch ein Netz von pharmazeutischen Im- und Exportfirmen in aller Welt gehörten. Der Vollständigkeit halber hatte Laura seine persönlichen Daten, seinen Werdegang, sein Sponsoring des Blackbarn F.C. und die Vornamen seiner Frau und seiner drei Kinder aufgelistet sowie einen Link zu seinem Eintrag im Portal der Gesellschaft der *British Pharmaceutical Industry*.

Harriet sah sich den Eintrag an und erkannte in dem abgebildeten Mann sofort Andrews Begleiter im *Quince Café*.

Kriegte Andrew doch noch die Kurve, indem er jetzt für eigene Klienten arbeitete? Er hatte vor einigen Jahren mal kurz über einen eigenen Sicherheitsdienst nachgedacht, aber davon war schon lange keine Rede mehr gewesen. Vielleicht hatte er die Idee jetzt doch aufgegriffen und umgesetzt. Aber wenn dem so wäre, hätte er nicht mit ihr oder Clive darüber gesprochen? Vielleicht wollte er erst einige Erfolge verbuchen, bevor er ihnen davon berichtete. Immerhin würde das erklären, warum er in letzter Zeit so oft unerreichbar gewesen war. Harriet zuckte mit den Schultern. Bei Gelegenheit würde sie es sicher erfahren. Bis dahin würde sie so tun, als habe sie Andrew nie mit diesem Lamont gesehen. Aber es konnte ja nicht schaden, noch ein wenig mehr über den Pharmaproduzenten herauszufinden.

Harriet tat das, was sie immer machte, wenn jemand in ihrem Gesichtsfeld auftauchte: Sie schaute als erstes in der Kartei ihres Vaters nach, ob der Name der betreffenden Person dort auftauchte.

Sie pfiff durch die Zähne, als sie einen langen Eintrag fand.

♦

Oktober 2021

Gerade mal zwei Wochen war Ruslan von seiner Hochzeitsreise zurück und schon nervte er wieder. Dabei war während seiner Abwesenheit gar nichts Aufsehenerregendes
passiert, wenn man mal davon absah, dass in Wladiwostok
drei seiner Männer verhaftet worden waren, als sie gerade
einen Lastwagen mit betäubten jungen Frauen aufs Hafengelände fuhren. Hatte Ruslan während der Hochzeitsfeier
nicht selber gesagt, dass sie das alles wieder hinkriegen
würden? Jetzt dagegen belästigte er ihn mit Forderungen,
die Organisation zu straffen, vermehrt betriebswirtschaftlich zu denken, die Konkurrenzsituation nicht aus dem Auge zu verlieren. Als wären sie hier beim Betriebswirt-
schaftsstudium in Oxford. Das hier war Russland. Hier
dachte man nicht betriebswirtschaftlich, sondern löste
Probleme mit der Knarre. Basta.

Kolja hatte gerade den Hörer nach einem Telefonat mit
Ruslan aufgelegt und war entsprechend übel gelaunt, als

es an seiner Bürotür klopfte. Unwirsch forderte er zum Eintreten auf.

Den Mann, der eintrat, hatte er, soweit er sich erinnern konnte, noch nie gesehen. Klein, unscheinbar, vielleicht Ende vierzig, mit schütterem Haar und katastrophalen Zähnen lächelte er ihn schüchtern an.

„Wer bist Du? Was willst Du?", knurrte Kolja ihn an.

„Ich bin Milan, Sektionschef von Novosibirsk. Boris schickt mich. Er hat was Interessantes gehört. Ruslan hat einen Deal mit Dimitriew. Wenn er bis Freitag eine bestimmte Menge Drogen nach Novosibirsk schafft, dann kooperiert in Zukunft Dimitriews Syndikat nur noch mit uns. Aber jetzt gibt es da ein Problem. Es handelt sich um eine wirklich große Menge und sie muss unbedingt pünktlich kommen, sonst platzt der Deal."

Der kleine Mann verstummte.

„Und wo ist das Problem? Drogen haben wir ja nun wirklich genug. Und es ist ja kein Hexenwerk, innerhalb von zwei Tagen eine Lieferung nach Novosibirsk zu bringen", sagte Kolja verständnislos.

„Ja, ja, sicher, aber gerade ist direkt hinter der Grenze bei Rubkovsk einer von Ruslans Drogentransporten aufgeflogen. Er weiß es vermutlich selbst noch nicht, aber das bedeutet, dass er gar nicht genug Stoff für den Deal mit Novosibirsk hat. Und selbst wenn, er hätte extreme Schwierigkeiten, ihn in die Stadt zu kriegen. Ich weiß nicht, was genau los ist, aber ein Vögelchen hat gezwitschert, dass für einige Wochen der Flughafen extrem scharf kontrolliert wird und es einen Ring von Polizeiposten an allen Zufahrtsstraßen rund um Novosibirsk gibt, so in etwa fünfundzwanzig Kilometern vom Stadtzentrum entfernt. Selbst wenn er also die Drogen hätte, was er nicht hat, und sie nach Tomsk fliegen würde, er kriegte sie nicht in die Stadt rein. Keine Chance. Boris ist ziemlich sauer, denn er hat den Deal mit Dimitriew eingefädelt und wenn ihm der jetzt um die Ohren fliegt, weil Ruslan das nicht gebacken kriegt, dann kann er sich einen neuen Absatzmarkt suchen."

„Und warum erzählst Du mir das alles?", fragte Kolja unwirsch.

„Boris ist wohl nicht der einzige, der unzufrieden ist. Es gibt eine ganze Reihe Sektionschefs, die inzwischen bezweifeln, dass Ruslan der Richtige für den Job ist. Wir fragen uns alle, ob es nicht besser wäre, wenn sich da etwas ändern würde."

„Das ist ja wohl Andrejewitsch Sache, so etwas zu entscheiden", antwortete Kolja kurz angebunden und ließ sich nicht anmerken, wie sehr ihn der Gesprächsverlauf interessierte.

„Igor ist aber nicht da. Und wir glauben, er wird auch nicht erfreut sein, wenn er aus Südamerika zurück kommt und hier nur noch Trümmer vorfindet."

„Wer ist eigentlich wir?"

„Na, Boris natürlich, aber auch fast alle sibirischen Sektionschefs und eine ganze Menge der westlich vom Ural angesiedelten Sektionen."

„Und wer soll es Eurer Meinung nach richten?"

„Na, die meisten sind der Meinung, dass Du nicht umsonst Stellvertreter bist."

„Natürlich nicht. Igor hält große Stücke auf mich."

„Wir auch."

„Und was heißt das?"

Sie waren eine ganze Weile wie Katzen um den heißen Brei geschlichen, aber Milan schien jetzt bereit zu sein, die Katze aus dem Sack zu lassen.

„Wir glauben, dass wir mit Dir an der Spitze unserer Organisation wieder das bedeutendste der Syndikate werden könnten. Lande eine großen Coup und wir werden auch die Sektionschefs überzeugen können, die im Moment aus falsch verstandener Loyalität noch zu Ruslan stehen."

Es folgte ein langes Schweigen, das schließlich von Kolja gebrochen wurde.

„Ich brauche Garantien. Ich werde Dimitriew die Drogen liefern, aber ich will übermorgen von allen Sektionen, die mich an der Spitze unserer Organisation sehen wollen, den Chef, mindestens aber den zweiten Mann hier haben, wenn wir das machen. Sonst könnt Ihr das vergessen!"

„In Ordnung. Ich gebe das an die anderen weiter. Wann soll der Deal stattfinden?"

„In drei Tagen."

Milan schnappte fassungslos nach Luft.

„Am Mittwoch?! Du meinst, Du kannst innerhalb von drei

Tagen nicht nur die erforderliche Menge Drogen organisieren, sondern sie auch nach Novosibirsk schaffen?", fragte
er ungläubig.

„Klar. Die Frage ist, ob alle Sektionen in der gleichen Zeit
einen Vertreter nach Krasnojarsk entsenden können."

„Ich leite das gleich weiter. Verlass' Dich auf uns."

„Dann gib' mir jetzt die Details der Absprache mit Dimitriew."

♦

Laura hatte doch etwas länger für die Recherche der Zahlungsströme benötigt, als sie ursprünglich veranschlagt
hatte. Doch nun lagen die Ergebnisse vor und sie hatte sie
sofort an Harriet übermittelt.

Mit großer Spannung las diese Lauras Zusammenfassung.

Mit Ausnahme der Zins- und Dividendenzahlungen an die
Miners' Bank nahmen alle Zahlungen den gleichen Weg.

Über ein weit gespanntes Kontennetz landete man immer
bei einem Konto, das eine Importgesellschaft mit Sitz in
Carlisle bei der Bay Bank unterhielt. Es erfolgten regelmäßig hohe Bareinzahlungen und dann floss das Geld auf di-

verse Auslandskonten.

Lauras Recherchen hatte ergeben, dass es in Carlisle keine derartige Importfirma gab. Allerdings arbeiteten in der Niederlassung der Bay Bank in Carlisle ein Mann namens James Ravenglass als stellvertretender Geschäftsstellenleiter und eine junge Angestellte namens Julia Stonethwaite.

Und genau diese beiden hatten die Kontoeröffnung vorgenommen und nahmen auch stets die Bareinzahlungen entgegen.

Harriet grinste. Ein Schelm, der Böses dabei dachte. Nun war ihr alles klar.

Das war wirklich ein cleveres Konzept. Über die Miners' Bank brachte man erhebliche Mengen an Falschgeld in Umlauf, griff die entsprechende Menge an echtem Geld ab, zahlte sie auf das Konto bei der Bay Bank ein, von dort lief das Geld über eine Vielzahl von Konten zu den Scheinfirmen, die dann an die Miners' Bank Dividenden und Zinsen zahlten, mit diesen Beträgen deren marode Bilanz aufhübschten und die Bank vor dem Konkurs bewahrten. Möglich war das alles, weil man sich auf ein stabiles Netzwerk zweier angesehener Familien verlassen konnte.

Sie lehnte sich zufrieden zurück. Morgen würde Laura die ganzen Informationen in eine Cloud laden und sie würde Theresa die Zugangsdaten schicken. Den Rest musste die Polizei erledigen.

◆

Es war sein großer Tag. Heute würde ihnen nichts anderes übrigbleiben, als seine Führungsqualitäten anzuerkennen und sich ihm bedingungslos unterzuordnen. Und dann musste sich Ruslan warm anziehen.

Es war ein Leichtes gewesen, die benötigte Menge an Drogen für den Deal mit Dimitriew zu beschaffen. Jenseits der Grenze warteten genug Leute auf Absatzmöglichkeiten.

Gestern Abend hatten sie um halb elf Uhr abends die Drogen in Gorno Altayk in die Pipeline eingespeist, gegen halb drei heute Nachmittag würde er die Lieferung in Krasnojarsk in Anwesenheit aller Sektionschefs, die seinen Führungsanspruch unterstützten, in Empfang nehmen und dann sofort nach Novosibirsk weiterleiten, wo sie gegen sieben Uhr am nächsten Morgen eintreffen würde. Die Pipeline verlief innerhalb der 25-Meilen-Sperrzone, die die Polizei errichtet hatte, also war es kein Problem, die Drogen in die Stadt zu transportieren.

Seine Leute würden Dimitriew pünktlich beliefern und der Exklusivvertrag wäre gesichert.

Kolja griff nach der Wodkaflasche, die ihm ein Untergebener gerade auf den Tisch gestellt hatte. Diesen Wodka hatte er sich verdient. Er goss sich ein Wasserglas voll und leerte es mit einem genüsslichen Zug.

♦

Kolja hatte es immer noch nicht verstanden. Gerade war er doch noch der stellvertretende Chef von Igor Andrejewitschs Syndikat gewesen und nun saß er irgendwo in der sibirischen Taiga in einem Hochsicherheitsgefängnis.

Seine Versuche, das Personal einzuschüchtern oder zu bestechen, waren gescheitert, zumal er auch über keine Mittel verfügte, denn Ruslan hatte ihn demonstrativ fallen lassen.

Immer wieder spulte in seinem Kopf die Szene ab, die sein Triumph hätte werden sollen und stattdessen ein Albtraum geworden war.

Die anderen Sektionschefs hatten wie verabredet am Kreuzungspunkt der Ölpipeline etwas außerhalb von Novosibirsk auf ihn gewartet. Es herrschte Unruhe, denn keiner von ihnen war eingeweiht, warum sie sich hier versammeln sollten. Dann war Kolja aufgetaucht, strotzend vor Selbstvertrauen und hatte verkündet, sie würden jetzt Zeuge, wie er, Kolja Storonoy, den Drogennachschub für Süd-Sibirien revolutioniert hatte. Nicht mehr lange und er würde das gleiche System russlandweit einführen. Dann war er an die Pipeline herangetreten, hatte den anwesenden Techniker angewiesen, eine Revisionsklappe zu öffnen und dieser Klappe dann eine Metallkapsel entnommen, die an eine altmodische Geldbombe erinnerte. Noch immer hatten die anderen Sektionschefs keine Ahnung, was das alles sollte, aber als Kolja die Metallkapseln öffnete und ihr einen Beutel mit etwa einem Kilogramm eines weißen Pulvers entnahm, bei dem es sich unverkennbar um Kokain handelte, hatten sie begriffen, was vor sich ging und begeistert geklatscht.

„Brüder, mit dieser Lieferung fegen wir jede Konkurrenz vom Platz! Niemand kann uns jetzt mehr aufhalten! Sibirien ist fest in unserer Hand!", hatte Kolja vollmundig gegrölt. Die Sektionschefs waren begeistert gewesen und hatten gejubelt, als Milan rief, dass das, was sie gerade sahen, deutlich zeigte, wer ihr richtiger Führer sei. Nicht Ruslan, sondern Kolja solle ab sofort ihre Organisation leiten.

Kolja hatte bescheiden das Haupt gesenkt, aber keinen Hehl daraus gemacht, dass genau das sein Anspruch war.

Als er gerade die zweite Metallkapsel aus dem Revisionsschacht entnommen hatte, die in diesem Moment eingetroffen war, waren plötzlich helle Scheinwerfer auf sie gerichtet worden, eine gefühlte Hundertschaft von militärisch ausgerüsteten Polizisten hatte sie eingekreist, einer nach dem anderen war festgenommen und abgeführt worden und hatte sich wenig später in Untersuchungshaft wiedergefunden.

Die Polizei hatte die fünfzig weiteren Drogensendungen abgefangen und wegen der Menge an Drogen hatte der Richter im Hauptverfahren zwei Wochen später eine besonderen Schwere der Tat festgestellt und Kolja zu zwanzig Jahren Hochsicherheitsgefängnis verurteilt. Was mit all den anderen geschah, hatte Kolja nicht erfahren. Und er wusste auch nicht, dass in der Woche nach seiner Festnahme überall in Russland Andrejewitschs Leute verhaftet worden waren. Faktisch existierte das Syndikat nicht mehr, denn nur wenigen Männern war es gelungen, sich der Verhaftung zu entziehen, ins Ausland zu flüchten und unterzutauchen.

Ruslan selber war zum Zeitpunkt der Verhaftungswelle in England gewesen. In den beschlagnahmten Unterlagen und auf den Rechnern, die die Polizei ausgewertet hatte, hatte sich keinerlei Hinweis darauf gefunden, dass Andrejewitschs Sohn jemals in dessen kriminelle Handlungen verwickelt gewesen war.

Die Bosse der anderen Syndikate hatten Morgenluft gewittert. Jetzt, wo Andrejewitschs Haufen ausgeschaltet war, würden sie die entstandenen Vakanzen ganz schnell schließen und sich dabei einen möglichst großen Marktanteil sichern. Der Bandenkrieg, der unmittelbar entstanden war, hatte eine ganze Menge Opfer gefordert und alle Syndikate geschwächt. Und als alle das Gefühl gehabt hatten, nun wäre die Neuordnung abgeschlossen, da hatte die Polizei Rajonowitschs Syndikat in der gleichen Weise zerschlagen, wie vorher Andrejewitschs.

Während Kolja ein trostloses Weihnachtsfest im Hochsicherheitsgefängnis in Batagai verbrachte, ging in ganz Russland Angst um bei den bislang so selbstbewussten Paten. Die beiden mächtigsten Syndikate existierten nicht mehr. Ohne Vorwarnung hatte es sie hinweggefegt. Nichts war im Vorfeld aus den Kreisen der Polizei an Information herausgelangt, obwohl doch überall bezahlte Spitzel ihr Werk taten. Nun wussten alle Bosse, dass es jedem von ihnen ähnlich ergehen konnte. Es war wohl nur eine Frage der Zeit.

Antip Kolbin hatte sich sehr gezielt zuerst die Syndikate vorgenommen, die enge Kontakte zu seinem Dienstherrn hatten. Damit war er zwar das Risiko eingegangen, dass dieser ihn stoppen würde, sein Kalkül war aber, dass die Medien begeistert von den Fahndungserfolgen der Polizei berichten würden und der gute Wlad gezwungen sein würde, gute Miene zum bösen Spiel zu machen. Da die Festnahmen vor Ort jeweils von lokalen Polizeikräften vorgenommen worden waren, ahnte niemand, dass es eine verdeckte Polizeitruppe gab, die tatsächlich die Aktionen organisierte. Immer erst in letzter Sekunde wurden die örtlichen Polizeikräfte eingebunden, wenn nichts mehr schief laufen konnte. Wenn die regierungseigenen Syndikate zerschlagen waren und die Begeisterung der Medien langsam abebbte, konnte Antips Truppe dazu übergehen, die anderen Syndikate zu schädigen.

Mit Genugtuung nahm Antip bei einer Kabinettssitzung im Januar 2020 eine Belobigung für die großartigen Erfolge gegen das organisierte Verbrechen entgegen. Gerade hatte er das Syndikat zerschlagen, das seinem Dienstherren ein besonderer Dorn im Auge gewesen war, weil es eine enge Seilschaft zu der Gruppe der Oligarchen unterhielt, die vom Ausland her die russische Regierung kritisierte und unter Druck setzte. Da es nun seinen Kritikern an den Kragen ging, hatte sich Wlad zähneknirschend mit der Zerschlagung seiner Vasallen abgefunden. Er tröstete sich mit dem Gedanken, dass es zwar einige Zeit brauchen würde, aber kriminelle Strukturen, die dem Landesherren dienten, ließen sich immer wieder aufbauen.

Das war natürlich auch Antip klar, der das in einem Gespräch mit Clive im Februar bei einem Treffen in Kasan thematisierte.

„Ja, wir wissen das, aber zumindest haben wir Zeit gewonnen", tröstete ihn Clive.

„Wird Antoine Bergeur übrigens im Mai an dem internationalen Polizeikongress im Hamburg teilnehmen?", fragte Kolbin am Ende ihres Treffens verschmitzt.

„Nun, wenn der russische Polizeiminister dort ist, wird sich Monsieur Bergeur das nicht zweimal überlegen."

◆

„*Danke!*"

Clive starrte auf Harriets beinahe antikes Handy und war fassungslos.

„Mehr haben die dazu nicht zu sagen?!", brachte er konsterniert hervor. „Du lieferst denen eine Bank frei Haus, die

Falschgeld im Wert von sieben oder acht Millionen Pfund in Umlauf gebracht hat und außer 'Danke' fällt denen dazu nichts ein?"

Harriet wiegelte ab.

„Immerhin bedanken sie sich überhaupt. Sie hätten unseren Beitrag zu ihren Ermittlungen ja auch komplett ignorieren können."

Mit Genugtuung hatte Harriet die Berichterstattung der *Westmorland Gazette* über die Verhaftung des Vorstandsvorsitzenden Henry Ravenglass und der Aufsichtsratsvorsitzenden Joanna Stonethwaite der Miners' Bank verfolgt. Es war nur wenig über das wahre Ausmaß ihrer Verfehlungen an die Öffentlichkeit geraten. Die Polizei hatte nur bekannt gegeben, dass beiden Veruntreuung von Kundengeldern zur Last gelegt wurden, dass sich aber niemand Sorgen um sein Erspartes machen müsse, da man den beiden rechtzeitig auf die Schliche gekommen sei.

Harriet konnte sich denken, dass niemand ein Interesse hatte, die tatsächlichen Hintergründe öffentlich zu machen. Deren Preisgabe würde nur das ohnehin durch die Bankenkrise angekratzte Vertrauen in Geldinstitute weiter erschüttern und es wäre ja auch ein Armutszeugnis für die Sicherheitskräfte, deren Kontrollmechanismen komplett ausgehebelt worden waren. Vermutlich würde ein staatlicher Hilfsfond den finanziellen Schaden abfedern, die Miners' Bank schleunigst mit einem der großen Geldinstitute fusioniert und alle würde hoffen und beten, dass die wahre Geschichte niemals öffentlich würde.

Clive fuhr fort:

„Mich würde es an Stelle Deiner Polizeikontakte ein wenig beunruhigen, dass es jemanden gibt, der über alle wesentlichen Erfolge der Polizei gegen die organisierte Kriminalität der letzten Jahre genauestens Bescheid weiß. Was, wenn derjenige eines Tages mit seinem Wissen an die Öffentlichkeit ginge?"

„Ach, nach allem, was passiert ist, sind die, glaube ich, ziemlich sicher, dass sie da nichts zu befürchten haben. Wenn das das Interesse der Gegenseite wäre, wäre doch längst was passiert."

„Und Du bist sicher, dass Dir keine Gefahr droht?", fragte Clive beunruhigt.

„Du meinst, sie wollen sich einen Mitwisser vom Hals schaffen, um ihre Ermittlungserfolge ganz für sich allein zu haben? Nein, Clive, das glaube ich nicht. Erstens kappen sie damit ihren Nachschub für weitere Informationen und zweitens müssten sie mich erst mal finden. Theresa kann das Handy zwar noch mit Harriet Day in Verbindung bringen, aber die ist vor über fünf Jahren gestorben. Und damit ist das im wahrsten Sinne des Wortes ein totes Ende."

„Aber hast Du keine Angst, dass sie Dich orten?"

„Nein. Laura hat mir versichert, dass es keine Fangschaltung gibt, die so schnell ist, dass sie in der kurzen Zeit, in der ich eine SMS sende oder empfange, ein Ergebnis erzielen kann. Und außerdem hat Carl eine sehr nette technische Spielerei entwickelt, die für den Fall der Fälle den Standort um hundert Meilen verschiebt. Wenn ich also tatsächlich geortet würde, während ich zum Beispiel in Norton-sub-Hamdon bin, würde es demjenigen, der mich ortet, erscheinen, als wenn ich mich in Lynton oder Moretonhampstead oder in Southampton oder Marlborough aufhalte."

„Wie hübsch! Was würden wir bloß ohne die beiden machen?"

„Wir könnten einpacken. Und das habe ich den beiden auch schon vor ein paar Jahren offen gesagt. Laura hat damals ein kühles ‚Ja, sicher, aber ich habe gerade was Dringendes zu erledigen!' hervorgebracht und ist an ihren Schreibtisch gegangen. Carl hat sich etwas mehr Zeit für eine Antwort genommen und sinngemäß gesagt, dass er nirgendwo sonst so gut bezahlt und so frei arbeiten könne, dass ihm seine Arbeit einen höllischen Spaß bereite und dann hat er breit gegrinst und hinzugefügt: ‚Und in jedem größeren Unternehmen würde ständig die Personalverwaltung an mir herumerziehen, dass ich abnehmen und mich gesund ernähren solle. Da geht es mir hier doch richtig gut.' Dabei biss er genüsslich in einen Schokoriegel."

Clive lachte. Carl war schon ein verrückter Kerl. Dann wurde er ernst.

„Was machen wir als nächstes? Wenn ich das richtig sehe, sind erst einmal alle Baustellen erledigt, oder?"

„Ja", stimmte Harriet ihm zu. „Das heißt, wir können uns amüsieren, Urlaub machen, arbeiten, uns um unsere Häuser, Hotels und Restaurants kümmern …"

„Bloß nicht!", unterbrach Clive sie lachend. „Ich werde den Teufel tun und Audrey in die Parade fahren. Seit sie ihren Stern hat, ist sie wie ausgewechselt. Das Personal liebt sie und sie liebt ihr Personal. Da werde ich wohl kaum so blöd sein und diesen glückseligen Zustand gefährden, indem ich mich in die Führung oder noch schlimmer in die Küche einmische."

„Du Armer! Heißt das, Du bist im *Peacock* völlig überflüssig?", fragte Harriet mitleidig. Sie fürchtete das Schlimmste, denn wenn Clive nicht mit der Führung eines Hotels oder Restaurants ausgelastet war, konnte man innerhalb kürzester Zeit mit Schlechte-Laune-Attacken rechnen.

„Sieht so aus", sagte Clive resigniert und fuhr in freudigerem Tonfall fort: „Aber ich habe mich schon mal umgeschaut und in der Nähe von Woodstock einen Traditionsgasthof entdeckt, der leise vor sich hin verfällt. Es wäre so schön, ihn zu retten."

„Du willst also eine Hotelkette, Du Gierhals. Mit weniger gibst Du dich wohl nicht zufrieden."

„Nein, Ma'am. Eine Kette sollte es schon sein. England hat einfach bessere Hotels und Restaurants verdient," sagte Clive gespielt bescheiden.

„Na, in Gottes Namen, dann mach' Dich ans Werk. Und such' Dir diesmal jemand Bescheidenes für die Küchenleitung. Nicht dass wieder das Drama mit den Sternen losgeht", wies Harriet ihn streng an.

Begleitet von diensteifrigem Nicken antwortete Clive:

„Danke, Ma'am. Mach' ich, Ma'am. Ich würde mich freuen, wenn Sie in der nächsten Zeit die Gelegenheit nutzten, sich meinen Landgasthof einmal anzuschauen. Aber mal was anderes: Was wirst Du selbst eigentlich machen?"

„Lach' mich nicht aus, aber ich will nach Hause."

„Nach Hause? Wie meinst Du das?", fragte Clive verwundert.

„Ich habe beschlossen, ein Haus im Lake District zu kaufen. Ich bin jetzt so lange weg von dort und habe wirklich Sehnsucht nach den Bergen."

„In welcher Deiner vielen Rollen willst Du das tun?"

„Ich könnte mir vorstellen, dass sich die immer noch trauernde Witwe Arlette Katchatourian nach dem Schock der Entführung in die ländliche Abgeschiedenheit zurückzieht. Wenn ich richtig informiert bin, hat sie bereits einige Objekte ins Auge gefasst. Ich werde in den nächsten Monaten immer mal wieder für ein paar Tage in den Norden fahren und Häuser besichtigen. Wenn ich etwas Passendes finde, melde ich mich bei Dir."

„Die jungen Leute sind alle ausgelastet und Rouben hat alle Hände voll zu tun mit der endgültigen Übergabe an Alisha, Tony und Faizah. Weißt Du eigentlich schon, wann Angus und Judith heiraten werden?", wollte Clive wissen.

„Ich weiß nichts genaues, habe aber gehört, dass sie die

warme Jahreszeit abwarten wollen. Also vermutlich im nächsten Sommer."

„Und nun die Frage aller Fragen: Was macht eigentlich Andrew? Ich habe ihn bestimmt seit einem Monat nicht mehr gesehen."

„Ich weiß es auch nicht. Ich habe ihn tatsächlich das letzte Mal auf der Hochzeit in Kew Gardens gesehen. Seitdem ist er wie vom Erdboden verschluckt", sagte Harriet und verschwieg, dass sie Andrew Mitte September in London in Gesellschaft von Trevor Lamont gesehen hatte.

„Na, er pocht ja immer gern auf seine Unabhängigkeit. Er wird sich schon melden, wenn er uns braucht", sagte Clive mit einem Hauch Ironie.

Harriet stimmte ihm zu und hoffte im Stillen, dass Andrew wusste, mit wem er sich eingelassen hatte und noch die Möglichkeit fände, sich zu melden, wenn er erkannte, dass er tatsächlich Hilfe benötigte.

Clive verabschiedete sich.

Als er gegangen war, sah Harriet eine Weile hinunter auf das Gärtnereigelände. Auch wenn sie Clive gegenüber nichts davon gesagt hatte, beunruhigte sie Andrews Verschwiegenheit extrem.

Und noch etwas machte ihr große Sorgen. Vorgestern hatte sie sich mit Alisha zum Lunch getroffen, die wieder kein persönliches Wort gesagt, sondern nur über die berufliche Belastung gesprochen hatte. Sie hatte grau und müde ausgesehen, zerfahren und beinahe verbittert gewirkt und sich schleunigst verabschiedet, als Harriet nachgefragt hatte.

Irgendetwas stimmte nicht, aber Alisha wollte anscheinend nicht darüber sprechen. Harriet hatte wirklich Angst um sie. Wie lange würde sie dem beruflichen Stress noch standhalten, der sie ganz offensichtlich zermürbte?

Die jungen Leute waren doch immer so gut miteinander ausgekommen. Harriet konnte nicht verstehen, wieso sich Alisha niemandem von ihnen anvertraute, wenn sie mit etwas nicht klar kam. Sie musste unbedingt noch einmal mit Rouben sprechen.

♦

Intermedium 5
22. April 2022, 05:33 Uhr

Endlich hatte er die Fußfessel durchtrennt. Erschöpft sank er für einen Moment an die Wand, dann raffte er sich auf. Inzwischen war wohl die Sonne aufgegangen und durch Ritzen rund um das Garagentor und in den Wänden sickerte dämmriges Licht in sein Gefängnis. Er massierte seine Füße und Knöchel, damit sie wieder durchblutet wurden und richtete sich dann langsam auf. Einen Moment wurde ihm schwindelig, als er stand und er lehnte sich an die Wand, um nicht umzufallen.

Als sich sein Kreislauf beruhigt hatte, versuchte er, im Halbdämmer etwas zu erkennen. Vielleicht fand er ja einen Gegenstand, den er benutzen konnte, um jemanden, der die Garage betrat, außer Gefecht zu setzen. Aber zu seiner Enttäuschung war sein Gefängnis einfach nur leer. Er machte sich an dem zweiflügeligen Tor zu schaffen, erkannte aber schnell, dass es nicht durch ein Schloss, sondern einen mechanischen Riegel auf der Außenseite verschlossen war.

Außerdem ging es zu seinem Bedauern nach außen auf, so dass er sich noch nicht einmal hinter der Tür verstecken konnte, um einen Überraschungsangriff zu starten, sobald jemand die Garage betrat.

Aber angreifen würde er in jedem Fall, auch wenn ihm klar war, dass er nichts ausrichten konnte. Im günstigsten Fall würde einer von Lamonts Schlägern vielleicht die Nerven verlieren und ihn erschießen. Dann würde ihm wenigstens eine schmerzhafte Befragung erspart bleiben.

Er untersuchte noch einmal das Tor und stellte fest, dass der linke Torflügel mit einem Bolzen im oberen Türrahmen festgestellt war. Und zu seinem Glück hatte der rechte Torflügel innen einen Griff, an dem er das eine Ende seines Ringdrahts befestigen konnte. Der Draht bot etwa vierzig Zentimeter Spiel. Es bestand die minimale Chance, dass der erste von Lamonts Männern die Tür etwas öffnen würde, um in die Garage hinein zu schauen. In dem Fall könnte er, direkt hinter der starren Torseite stehend, mit einem kräftigen Ruck am Draht die Tür gegen den Kopf des Entsprechenden krachen lassen und ihn so zum Stolpern veranlassen. Das wäre eine Chance, vielleicht an eine Waffe zu kommen. Sein einziger Vorteil war, dass sie nicht ahnten, dass er seine Fesseln gelöst hatte. Dieses Überraschungsmoment musste er nutzen.

Harriet hatte sich auch mehrfach in ausweglos erscheinenden Situationen befunden und immer eine Lösung gefunden, weil sie nie aufgab, immer gegen den Strich dachte und es schaffte, ihre Gegner zu überraschen.

Er befestigte den Draht am Türgriff, hakte seinen Zeigefinger in den Ring am anderen Drahtende und stellte sich hinter der starren Seite des Tors auf. Dann wartete er.

◆

April 2022

„Mit Lamonts neuem Mann stimmt etwas nicht", sagte Laura.

„Wie meinst Du das?", wollte Harriet wissen.

Es war der 19. April und sie saß mit Laura und Clive im Besprechungszimmer in Spitalfields zu ihrer üblichen monatlichen Besprechung.

„Vorgestern hat jemand eine ganze Reihe Daten von Lamonts Rechner auf einen anderen Rechner kopiert. Ich habe das verfolgt und bin auf den Rechner von diesem Anthony Bower gelandet, an den die Daten versendet wurden. Und auf dessen Festplatte habe ich eine Materialsammlung zu Lamont gefunden."

„Was schließt Du daraus?", fragte Clive.

„Lamont hat einen Verräter in den eigenen Reihen, der entweder für die Konkurrenz oder für die Polizei arbeitet."

„Was geht denn grob zusammen gefasst aus der Materialsammlung hervor?", fragte Harriet.

„Lamont arbeitet auf drei Feldern. Er produziert Medikamente, er importiert und exportiert diese und er handelt mit Müll aller Art."

„Mit Müll kann man Geld machen?", wunderte sich Clive.

„Das ist ein Milliardengeschäft. Besonders die Entsorgung von kontaminierten Dingen, zum Beispiel verseuchtem Altlastboden oder radioaktiven Abfällen, aber auch von Elektronikschrott oder Fleischabfällen ist sehr lukrativ. Vor allem, wenn der Müll, statt fachgerecht entsorgt zu werden, einfach nur auf eine chinesische oder schwarzafrikanische Müllkippe gebracht wird, wo er ungesichert lagert oder von einheimischen Kindern ausgeschlachtet wird", lautete Lauras trockener Kommentar.

„Und das macht Lamont?"

„Genau. Er hat einen Rahmenvertrag mit der britischen Atomenergiebehörde. Zudem betreibt er eine Recyclingfirma, die angeblich in England Wertstoffe aus Altgeräten gewinnt und Gefahrenstoffe sicher entsorgt. Eine weitere Firma kümmert sich um die Beseitigung von Erdreich aus Industriebrachen oder Rückständen der Energiewirtschaft. Mit diesem Bereich macht Lamonts Konzern inzwischen ein Viertel seines Umsatzes. Der Hauptteil wird aber immer noch mit der pharmazeutischen Produktion und dem Handel mit Medikamenten erwirtschaftet."

„Welche kriminellen Machenschaften hast Du da gefunden? Oder ist der Konzern da sauber?", fragte Harriet skeptisch.

„Keinesfalls. Aus dem Material dieses Bower geht hervor, dass tonnenweise gefälschte Medikamente vorwiegend in China eingekauft, in einem Werk in Nottingham gestreckt und dann als Originalprodukte der *Lamont Pharmaceuticals* ins Ausland weiterverkauft werden. *Lamont Pharmaceuticals* kriegt sehr viele Aufträge von karitativen Einrichtungen, weil sie sehr gute Preise machen. Was kein Wunder ist, denn Bower hat herausgefunden, dass Hilfslieferungen in Drittweltländer oder Katastrophengebiete grundsätzlich aus gefälschten und gestreckten Chargen bestehen."

„Wie perfide!", empörte sich Harriet.

„Würde die Materialsammlung ausreichen, um die Polizei aufzuscheuchen?"

„Auf jeden Fall. Sie enthält nicht nur die Anschuldigungen, sondern auch jeden Menge Belege. Wenn das bei Deiner Freundin landet, dann wird das ein Fest für sie."

„Warum interessierst Du Dich eigentlich für Lamont?" fragte Clive neugierig.

♦

Intermedium 6
22. April 2022, 05:38 Uhr

Während seiner Zeit beim SAS hatte er gelernt, geduldig zu warten. Allerdings mussten sie dort meist auf den richtigen Zeitpunkt zum Agieren warten, was, wie er jetzt begriff, ungleich leichter war, als auf den Moment zu warten, in dem man reagieren muss.

Erschwert wurde alles noch durch seine bleierne Müdigkeit. Er hatte seit etwa vierzig Stunden bis auf die kurzen Phasen während der Nacht, in denen er weggesackt war, nicht geschlafen und wehrte sich jetzt verzweifelt dagegen, dass ihm die Augen zufielen.

Plötzlich hörte er ein Geräusch. Schritte näherten sich. Mindestens zwei Leute blieben vor dem Tor stehen, hinter dem er wartete. Er spannte sich an und straffte den Draht. Er musste unbedingt verhindern, dass jemand das Tor mit

Schwung öffnete, denn dann konnte er es nicht kontrollieren. Er machte sich darauf gefasst, dass jede Sekunde die Tür geöffnet wurde. Er hörte, wie der Riegel zurückgezogen wurde.

Und dann glaubte er seinen Ohren nicht zu trauen.

„Andrew? Bist Du da drin?", rief jemand, der sich wie Clive anhörte.

Er rief sich zur Ordnung. Das war vollkommen unmöglich. Wie sollte Clive hier her kommen? Doch wieder erklang die Stimme.

„Andrew? Wenn Du da drin bist: Wir kommen jetzt rein. Pete ist bei mir."

Ganz langsam wurde die Tür aufgezogen und die Helligkeit des sich öffnenden Türspalts blendete ihn beinahe.

Er zwang sich, die Augen nicht zu schließen und starrte nach draußen. Schließlich ließ er den Draht los, denn da draußen stand eindeutig Clive. Die Tür öffnete sich weiter.

Er stöhnte einmal auf, ob vor Schmerz oder vor Erleichterung, wusste er selbst nicht so genau.

Er schwankte und drohte, umzufallen, aber Pete und Clive stützten ihn und halfen ihm in Clives Range Rover.

„Wir bringen Dich jetzt ins Krankenhaus. Wenn ich das richtig sehe, hast Du einige ganz ordentliche Prellungen."

„Und die Rippen", war alles, was er hervorbrachte.

Sie waren noch nicht losgefahren, da sackte er ohnmächtig auf der Rückbank zusammen.

Er erwachte und sah benommen um sich. Er lag in einem Krankenhausbett und war an einen Tropf angeschlossen. Er wollte sich aufrichten, aber ein jäher Schmerz hinderte ihn daran.

„Bleib' einfach liegen. Du hast zwei gebrochene Rippen. Die sind jetzt zwar fixiert, aber die Schmerzen dürften trotz Infusion einigermaßen höllisch sein", sagte Clive, der auf einem Stuhl an seiner rechten Seite saß.

‚Wie recht er hat', dachte Andrew und sackte wieder weg.

Einige Stunden später kam er wieder zu sich. Diesmal blieb er ganz ruhig liegen, öffnete die Augen und sah sich um.

Clive saß immer noch an seinem Bett.

„Wie habt Ihr mich gefunden?", krächzte Andrew. Seine Kehle war völlig ausgetrocknet.

Clive hielt ihm eine Schnabeltasse mit Flüssigkeit an die Lippen und Andrew trank gierig ein paar Schlucke. Er hatte einen widerwärtigen Geschmack im Mund und sein Hirn schien vorwiegend aus Watte zu bestehen.

Während er Andrew zu trinken gab, spulte in Clive das Gespräch mit Harriet und Laura ab. Er hatte gefragt:

„Warum interessierst Du dich eigentlich für Lamont?"

„Weil ich wissen will, warum sich Mr. Bower mit ihm beschäftigt", hatte Harriets knappe Antwort gelautet.

„Wer ist Bower? Kennst Du ihn aus den Unterlagen Deines Vaters?"

„Nein. Bower ist kein anderer als Andrew. Ich habe ihn zufällig mit Lamont gesehen. Erst habe ich gedacht, er hat vor lauter Langeweile vielleicht doch eine eigene Sicherheitsfirma gegründet und Lamont wäre ein Auftraggeber. Aber als ich gelesen habe, was mein Vater über Lamont schreibt, bin ich hellhörig geworden und es hat mich brennend interessiert, was Andrew mit diesem Verbrecher zu tun hat. "

Eine ganze Weile hatte Schweigen geherrscht, dann hatte Clive gesagt:

„Er sammelt offensichtlich belastendes Material."

„Ganz bestimmt", hatte Laura bekräftigt.

Harriet hatte nachdenklich gemeint:

„Sag mal, Laura, wenn Du den Datentransfer zu Bowers Rechner nachvollziehen konntest, können das andere auch? Zum Beispiel Lamonts eigene Leute?"

„Also, wenn dessen IT das nicht kann, dann ist sie ihr Geld nicht wert. Wenn die auch nur einfachste Standardroutinen in ihren Sicherheitschecks haben, dann wissen die das innerhalb kürzester Zeit. Normalerweise lässt jede IT einmal pro Woche so was laufen."

Harriet hatte zutiefst alarmiert geschaut, als sie das hörte.

„Das bedeutet also, dass Andrew in höchster Gefahr ist. Denn wenn die IT seinen Zugriff realisiert, dann weiß Lamont, dass er einen Maulwurf in seiner Organisation hat. Hast Du eine Ahnung, wo Andrew steckt?"

„Ja, natürlich. Ich weiß immer, wo Ihr alle seid. Moment."

Laura war ohne jede Erklärung verschwunden.

Clive und Harriet hatten verwirrt hinter ihr her geschaut, aber nichts gesagt.

So abrupt wie Laura verschwunden war, war sie wieder aufgetaucht.

„Andrew ist gerade in der Dock Road im Hafen von Felixstowe", hatte sie knapp konstatiert.

„Woher weißt Du das?"

„Handy-Ortung", war alles gewesen, was Laura gesagt hatte.

„Kannst Du mir einen Gefallen tun?", hatte Harriet gebeten und Laura hatte genickt.

„Kannst Du bitte ab sofort lückenlos überwachen, wo Andrew sich aufhält?"

„Tag und Nacht?"

„Tag und Nacht! Vielleicht kann Carl helfen? Oder hat er gerade etwas ganz Dringendes zu tun?"

„Carl übernimmt, wenn ich um fünf gehe. Er arbeitet sowieso lieber nachts. Ich gebe ihm Bescheid."

„Und wenn Euch irgend etwas merkwürdig vorkommt, dann informiert mich sofort."

„Also wenn das Handy ausgeschaltet wird? Oder sich an einem ungewöhnlichen Ort befindet? Oder sich sonderbar lange an ein und derselben Stelle aufhält?"

„Genau. Und kopier' bitte alle Daten von Anthony Bowers' Festplatte. Wir müssen jederzeit imstande sein, meinem Polizeikontakt alle relevanten Daten zuzusenden. Richte bitte umgehend eine Cloud ein, damit es im Ernstfall schnell geht. Ich schreibe einen zusammenfassenden Überblick, der die Brisanz des Materials drastisch klar macht. Außerdem beauftrage ich sofort Robertson und seine Leute. Sie sollen Andrew aufspüren und nicht mehr aus den Augen lassen. Also Laura, schick' bitte jede neue Position von Andrew an Clive und an Robertsons Büro. Und Du, Clive, folge bitte dessen Leuten. Ich möchte, dass Du nie mehr als eine halbe Meile von Andrew entfernt bist."

„Du glaubst, dass Lamont kurzen Prozess mit Andrew macht, wenn er ihm auf die Schliche kommt?"

„Genau. Lamont ist, wenn ich meinem Vater glauben darf, ein rücksichtloser Typ, der skrupellos jeden aus dem Weg schafft, der eine Gefahr sein könnte."

„Warum warnst Du Andrew nicht einfach, damit er sich aus der Gefahrenzone bringt?", hatte Clive wissen wollen.

Bei ihrer Antwort hatte Harriet äußerst finster geblickt.

„Weil ich will, dass er begreift, dass Alleingänge wie dieser der nackte Wahnsinn sind. Spätestens seit der Geschichte mit den vermeintlichen Grangers müsste er verstanden haben, dass jeder von uns zu jeder Zeit ein Backup haben muss."

Clive und sogar Laura hatten sie schockiert angesehen.

„Du willst, dass er eine Abreibung von Lamonts Schlägern kriegt? Ist Dir klar, welches Risiko Du eingehst?!"

„Ein genau kalkuliertes Risiko. Millers Leute werden sofort eingreifen, wenn Andrews Leben in Gefahr ist. Ansonsten soll er ruhig ein wenig schmoren." Harriet hatte unversöhnlich geklungen und war fortgefahren: „So, und jetzt an die Arbeit."

Das alles erzählte Clive Andrew nicht. Stattdessen sagte er: „Laura hatte Dich die ganze Zeit auf dem Schirm und hat mich gewarnt, weil sie es merkwürdig fand, wo Du dich herumtreibst. Da habe ich mich an Dich dran gehängt und beobachtet, wie sie Dich zusammengeschlagen und dann hierher verfrachtet haben. Ich musste mich entscheiden, ob ich Dich befreie oder ob ich an Lamont dranbleibe. Ich bin Lamont gefolgt, da Dir keine unmittelbare Gefahr drohte. Ich brauchte Verstärkung und bis ich die erhielt, vergingen ein paar Stunden. Tony war außer Landes, Angus konnte nicht aus seiner Schicht und so musste ich Pete bitten, herzukommen und das hat leider ein wenig gedauert."

„Was ist mit Lamont? Was ist mit dem Material auf meinem Rechner? Haben sie den zerstört?", fragte Andrew aufgelöst.

„Alles in Ordnung. Beruhig' Dich. Laura hat Deinen Rechner angezapft und das Material, das Du zu Lamont gesammelt hast, an Harriets Polizeikontakt geschickt. Lamont und seine wichtigsten Leute wurden vor drei Stunden festgenommen und befinden sich bereits in Untersuchungshaft. Kaution wurde wegen Flucht- und Verdunkelungsgefahr abgelehnt. Ein riesiges Polizeiaufgebot nimmt gerade die ganzen Firmenzentralen auseinander."

Erleichtert sackte Andrew in sein Krankenbett, um sich plötzlich wieder anzuspannen.

„Weiß Harriet von allem?", fragte er beunruhigt.

„Nein, Harriet ist mit der Renovierung ihres neuen Hauses im Lake District beschäftigt. Wir haben sie außen vor gelassen, sie hat im Moment genug zu tun."

„Wirst Du sie einweihen?"

Clive betrachtete Andrew einen Moment sinnend. Dann sagte er:

„Von mir wird sie nichts erfahren und Laura und Pete werden bestimmt auch Stillschweigen bewahren, wenn Du sie darum bittest."

Mehr sagte er nicht, aber sein fragender Blick sprach Bände. Andrew hielt diesem Blick einen Moment stand, dann senkte er betreten die Augen.

„Weißt Du, was das Schlimmste war, während ich da gefesselt in diesem Drecksloch lag?", fragte Andrew leise.

Clive schüttelte stumm den Kopf.

„Ich hatte solche Angst, dass sie mich als Versager betrachtet, wenn sie rauskriegt, in welcher Scheiße ich stecke."

„Glaube ich nicht. Vermutlich wäre sie wahnsinnig wütend wegen Deiner Unvorsichtigkeit. Aber sie wäre bestimmt stolz auf Dich. Immerhin ist es Dir gelungen, Lamont zur Strecke zu bringen."

„Meinst Du?", fragte Andrew unsicher.

„Sprich mit ihr und sag' ihr, dass Du aus Deiner Aktion gelernt hast, dass es im Team besser geht."

Andrew lachte auf, aber es war kein fröhliches Lachen.

„Ich wollte sie beeindrucken. Ganz allein etwas zustande bringen. O Mann, ich hatte so eine Scheißangst, als ich da in dieser Garage lag und wusste, dass sie mich jede Sekunde holen würden. Du ahnst nicht, wie sehr ich mir in diesem Moment gewünscht habe, einen von Euch eingeweiht zu haben."

„Bedank' Dich bei Laura. Ich habe ihr gesagt, dass ich beunruhigt bin, weil niemand von uns weiß, wo Du steckst. Und innerhalb kürzester Zeit hatte sie Dich ausfindig gemacht. Ich sage Dir, wir alle zweifeln oft, dass Laura überhaupt Gefühle hat, aber ihr mieses Gefühl hat sie veranlasst, mir zu sagen, dass ich mich an Dich dran hängen soll."

Einen Moment herrschte Stille. Dann sagte Andrew:

„Ich werde mit Harriet reden."

Clive sagte nichts, dachte aber ‚Gut so'.

Er vertraute darauf, dass sie sicher vernünftig mit Andrews Geständnis umgehen würde.

◆

Er hatte es nicht zu hoffen gewagt, aber seine Beichte war von ihr sehr gefasst aufgenommen worden.

Ab sofort keine Alleingänge mehr, das war ihr gemeinsames Fazit gewesen. Dann waren sie auf das Thema gekommen, was die nahe Zukunft für sie bereit hielte.

Andrew würde aufmerksam den Prozess gegen Lamont verfolgen und seine gebrochenen Rippen und sein verletztes Ego pflegen, wobei er letzteres natürlich nicht laut aussprach.

Clive würde in den kommenden Monaten mit seinem neuen Hotel und Restaurant beschäftigt sein und Rouben, Faizah, Tony und Alisha hatten mit der Katchatourian Ltd. ohnehin alle Hände voll zu tun.

Harriet steckte mitten im Umzug in ihr neues Domizil in Castlerigg und plante für den Herbst eine Reise nach Bolivien.

„Wenn ich zurück bin, schauen wir, was wir als nächstes unternehmen können", sagte Harriet.

Andrew brauchte einen Moment, bis er realisierte, dass er zufrieden lächelte.

Wie alles anfing ...

Harriet, Inhaberin einer erfolgreichen Londoner Event-Agentur, staunt nicht schlecht, als ihr Vater ihr eröffnet, womit er sein Geld tatsächlich verdient. Schwierig wird es, als er von ihr verlangt, dass sie das Familienunternehmen weiterführt. Fieberhaft überlegt sie, wie sie ihn davon überzeugen kann, dass sie völlig ungeeignet für diesen Job ist und hat schließlich eine geniale Idee.

Als der mächtige britische Mafiaboss James Day stirbt, ist seine Tochter Harriet seine Alleinerbin. Sie muss sich genau überlegen, was sie mit all seinen Lagerhäusern voller Waffen, den Geldwäscheunternehmen, Bordellen und dubiosen Transportunternehmen macht. Sie findet heraus, dass ein ehemals enger Vertrauter ihres Vaters ihre Überwachung veranlasst hat. Harriet fragt sich, ob es jemand auf Days Vermögen abgesehen hat? Oder geht es um etwas ganz anderes?

... und wie es weiterging

Eigentlich hatte Harriet Day nur einem guten Bekannten einen Gefallen tun wollen. Doch dann läuft alles aus dem Ruder. Sie muss abtauchen und zieht sich nach Wales zurück.

Als sie die illegal ins Land gekommene, junge Syrerin Faizah trifft, hat das weitreichende Folgen und bringt Harriet und ihren Trupp höchst abenteuerlustiger Leute auf die Spur eines ungeheuerlichen politischen Skandals.

Mit knapper Not konnte sich Harriet, die Tochter des ehemaligen englischen Paten James Day, vor einem Anschlag durch kriminelle Politiker in Sicherheit bringen. Aber das heißt nicht, dass sie es aufgibt, genau diese mit allen Mitteln zu bekämpfen.

Während sie einem verlogenen Filmproduzenten das Handwerk legt, deckt ihre Ziehtochter Faizah einen groß angelegten Wirtschaftsbetrug auf.

Und dann bringt ein schmutziger Verrat Harriets Leben in Gefahr.

Caro Langdale, 1956 geboren in London und aufgewachsen im nordenglischen Lake District, hat Germanistik und Geschichte studiert und schon früh eine Vorliebe für den Kriminalroman entwickelt. Sie lebt seit beinahe 40 Jahren im Rheinland und arbeitet in der Erwachsenenbildung. Sie ist verheiratet und hat keine Katzen und Hunde.

Harriets Team ist der fünfte Band nach *Harriets Coup, Harriets Plan, Harriets Ende und Harriets Erbe.*